目次

60《ロクジュウ》 誤判対策室

第一章　六十年

1

——二〇一五年十一月二十四日。

来年の三月いっぱいで、刑事人生を終えるのだ。

まるで他人事《ひとごと》のようにそう思ったのは、灰色の厚い雲が町を覆った日だった。煙雨《えんう》が、ぼんやりと視界をにじませる朝。有馬英治《ありまえいじ》は人混みにまぎれながら、左手首を見た。

もうそろそろ十二月か。

カレンダー機能が付いた電波時計は安物だったが、十年間で一度も狂ったことがない。駅構内にある雑貨屋で購入したもので、よく見れば粗雑な作りと分かるものの、盤上の数字が大きく、老眼には優しいデザインである。

有馬は首を縮め、足を速めた。傘《かさ》をさし、薄手のコートを着ている通行人がちらほらといたが、あいにく今朝の天気予報を見てこなかった有馬は、通勤ラッシュの人混みの間を縫うようにして道を進み、なるべく雨に当たらないように先を急ぐ。

ＪＲの有楽町《ゆうらくちょう》駅から、職場までは五分ほど。八階建ての古びたビルのロビーに到着したころには、よれたスーツの肩から背中にかけて、雨でしっとりと濡れていた。上着を脱ぎ、エレベーターを待つ。その間に、誰かが隣で立ち止まった。

視線を向けると、見慣れた顔があった。

「おはようございます。今日は寒いですね」

背の高い世良章一《せらしょういち》は、スラックスのポケットに右手を入れながら軽く会釈《えしゃく》をした。どちらかと言えば、テノールに近い声をしている。年齢は有馬よりも二回り以上も若い三十歳。赤いセーターを着込み、黒いネクタイはベルベット素材。紺色のスーツはオーダーで作ったかのように身体にフィットしており、いかにも高そうだ。いや、スーツの良し悪しなど分からなかったが、以前、海外ブランドの服を買っていると言っていたので、その印象がスーツを高価に見せているのだろう。

世良が帯用《たいよう》している弁護士記章を見ながら、弁護士というよりも、洒落《しやれ》た洋服屋の店員と言ったほうがしっくりくるなと有馬は思った。

「明日は晴れるそうですよ」

「そうか」

有馬は自分の型崩れしたスーツに目を落としつつ、短く返答する。

「有馬さん、風邪《かぜ》引きました？」

世良は、肩にかけていたショルダーバッグから風邪薬を取り出し、有馬にさし出した。

「……俺はまだ、なにも返事はしていないぞ」

眉間《みけん》に皺《しわ》を寄せる有馬に、世良は笑いかける。

「だって、鼻が真赤ですよ。ティッシュを使いすぎたんでしょう。ローションティッシュがおすすめです」

そう言った世良は、ポケットからティッシュを取り出した。

「……薬もティッシュも、間に合っている」

仏頂面《ぶっちょうづら》で言った有馬は、到着したエレベーターに大股で乗り込む。見透かされたことが妙に腹立たしい。一昨日の土曜日から鼻風邪を引き、ようやく本調子に戻ったところだった。

　世良は肩をすくめると、鞄《かばん》に薬を戻した。

　有馬たちが所属する組織は、ビルの三階の奥にあった。発足当初は、検察庁が入居する中央合同庁舎第六号館、いわゆる検察合同庁舎の一部に設置するという話もあったのだが、検察側からの猛反発に遭《あ》い、紆余曲折《うよきょくせつ》を経てここに落ち着いた。いや、追いやられたと表現したほうが適切だろう。ただ、有馬はそれで満足していた。このビルには、小規模のＩＴ企業やコンサルタント企業がテナントとして入っている他に、内科や歯科もあったので、高血圧の薬を処方してもらっている身としては便利だった。もし計画通りに検察合同庁舎の中に入ることになっていたらと考えると、ぞっとする。警視庁で刑事をしていたときから、有馬は検察官という職種の人間が苦手だった。傲岸不遜《ごうがんふそん》。その一言では足りないほど、検察という組織は選民意識を持つ人間で構成された集団に思えてならなかった。彼らは、自らを絶対的に肯定し、一切非を認めない。いや、非、という言葉は検察には存在しないと本気で考えているように感じた。

　そして、有馬たちが所属するのは、そんな検察に文字通り楯突く組織だった。

　エレベーターを降りた有馬と世良は、狭い廊下を南に歩く。タイル張りの床は清掃が行き届いていたが、清掃を請け負っている業者は目地《めじ》の部分までは範囲外らしく、ところどころ汚れがこびりついていた。

廊下の一番奥の突き当りが、有馬の目的地だった。

白いプレートに書かれた明朝体《みんちょうたい》の黒字。その上に、〝裁判官訴追《さいばんかんそつい》委員会所属〟と申しわけ程度に書かれている。

〝誤判対策室《ごはんたいさくしつ》〟

物々しい文字を一瞥《いちべつ》した有馬は、ドアノブを握って扉を開けた。

部屋は二十畳ほどの広さで、事務机が三つ、そして、壁際にはハイキャビネットが並べられ、ファイルがぎっしりと詰め込まれていた。

部屋には、すでに春名美鈴《はるなみすず》の姿があり、しかめっ面で立っている。憤慨《ふんがい》しているのは明らかだったが、小柄なせいか、どこか迫力に欠ける。

「遅かったですね」

春名は、赤い革ベルトの腕時計に視線を落としつつ、刺々《とげとげ》しい声を発した。しかし、凄《すご》みを感じない。こんな検察官は珍しい。

「朝から怖い顔をして、どうした」

ブラインドが開けられた窓のほうに視線を向けつつ言った。

春名は目を尖《とが》らせる。

「三十分遅刻ですよ」部屋に掛けられている丸い時計を指さす。九時三十分を回っていた。

「始業は九時ですよ、九時！」

語尾の〝じ〟という発音を強調するように、春名は口を大きく横に開いた。黒いスーツの胸元には、秋霜烈日《しゅうそうれつじつ》をデザインした検察官記章が付けられている。有馬も一応、警視庁捜査一課の刑事だったので〝SIS mpd〟と書かれた赤バッジを持っていたが、出向という形でここに来ているため、今は家の机の上に転がっている。〝選ばれし捜査一課〟という意味のバッジなので、現状で帯用していたら皮肉にしかならない。

「電車が混んでてな」

「……電車が混むのは、いつものことですよね」

頬《ほお》のあたりを引き攣《つ》らせた春名は、腕を組んで椅子《いす》に座った。

「お咎《とが》めは俺だけか？　世良だって遅れているだろ」

有馬が言うと、春名は鼻を鳴らす。

「世良さんには、朝から議員会館に寄ってもらったんです」

「有馬さんは風邪で寝込んでいて遅くなったんですよ。ね？」

椅子に座った世良が、いらぬ助け舟を出してくる。

「え、そうだったんですか？」むくれている顔が、急に不安げな表情になった。

「休まなくて大丈夫ですか」

嘘を真に受けた春名の声は、打って変わって柔らかい。良くも悪くも、真っ直ぐな性格だと思う。

「もう治った」

世良の言葉に便乗するのは癪《しゃく》だったが、春名にグチグチ言われる方が面倒だったので、同調することにする。

「お大事になさってください。有馬さんだって、少しは、戦力と思っていますから」

春名はいつもの少し高圧的な言い回しをしてから、机の上に広げていた資料に目を落とした。

「どうして、議員会館になんて行ったんだ」

有馬の問いに、世良は困惑の表情を浮かべる。

「えっと……それはですね……」

世良が言葉を濁していると、春名が割って入ってきた。

「検察合同庁舎内に誤判対策室の部屋を確保できるように、上申書を出しに行ってもらったんです」

「上申書、ねぇ」

「そうです。こんな場所じゃ、資料をそろえるのも苦労するし、なによりも検察庁や裁判所から遠いのは不便ですから」

春名は口惜《くや》しそうな表情をしながら言った。

それは困ると有馬は思ったが、覚《さと》られぬよう無表情を装う。どうせ言ったところで、考えを曲げるようなタイプではない。窓の外を見る。いまだに雨は降り続いていた。

「この雨、いつ止《や》むんだ」

「予報通りなら、十時半くらいだと思います」

目を擦《こす》りながらの呟《つぶや》きに、世良が間髪《かんはつ》を容《い》れずに答える。

有馬は、ちょうどいい時間だなと思いながら、世良に礼を言ってノートパソコンの電源を入れた。特に使う予定はなかったが、これをすると仕事をした気になる。

「先月から取りかかっているこの案件、やっぱり覆すのは難しそうですね」

世良は机の引き出しからファイルを取り出し、パラパラとめくりながら言った。

「……そうですね。やはり不利な証拠が多すぎますし、新証拠もなさそうです」

春名は頷き、自らもファイルを開く。

視線を机上の右端に向けた有馬は、先月から置きっぱなしの青いファイルを見る。そして、どうしようか迷ったものの、見咎《みとが》められるのも煩わしいので、指でつまむようにしてページを繰《く》ることにした。

一ページ目には、バストアップの顔写真と、一審、二審の判決内容が書かれていた。下方に書かれている文字を見ると、ともに死刑。最高裁は上告を棄却《ききやく》。つまり、死刑確定囚となった男だ。罪状は、二件の強盗強姦殺人。殺人の余罪はほかにないものの、判明しているだけで強姦された被害者は四人。強姦の場合、被害者は警察に届け出ないで泣き寝入りしているケースもあるため、数はもっと多いと推測できる。

裁判で検察側が提出したいくつかの証拠品は殺害現場から押収したもので、そのすべてから男のＤＮＡが検出されており、判決も検察側の主張を全面的に認めた結果となっている。アリバイもなく、目撃者もいる。罪を認めていない否認事件だったため、弁護側は初めこそ無罪を主張していたものの、風向きが悪いと見るやいなや、生《お》い立《た》ちなどを話して情状酌量《じようじようしやくりよう》を訴える作戦に転じたが、裁判所の判断は死刑。五年前から東京拘置所に身を置いている。

当然だ。

有馬は、写真の男に軽蔑の眼差しを送った。丸坊主の男の人相はいかにも凶悪で、特に目に暗い光を宿している。

そうだ、この目だ。この目は絶対に犯罪者の――。

そこまで考えて、通電したような痛みが心臓を襲い、歯をぐっと嚙《か》みしめた。これ以上はトラウマに触れる恐れがあると本能が察知し、慌てて思考を堰《せ》き止めにかかった。鼓動《こどう》が激しくなり、上手《うま》く息ができない。

「彼の死刑が確定して以降、再審《さいしん》の請求を五度もしており、すべて棄却されています。ですが、一貫して無罪を主張していて、弁護人も必死になって……」

有馬は春名の声を聞きながら、背凭《せもた》れに寄りかかり、心臓の辺りに手を置いて呼吸を整えることに集中した。背中にかいた汗で、ワイシャツが湿っていくのが不快だった。

やがて、徐々に動悸《どうき》が収まってきたので、顔を天井に向けてゆっくりと息を吐いた。

どうして、こんな妙な場所にいなければならないのか。警視庁捜査一課に配属されてから十二年。このまま定年を迎えるのだろうと漠然と思っていたのだが、半年前、突然出向を命じられた。

左遷《させん》に近い人事だった。しかし、出向と聞いて、正直ほっとした部分もある。あの、一件があって以来、このまま一課にいても、とても自分が使い物になるとは思えなかったのだ。ほとんど捜査に身が入らず、足を引っ張っていた自覚はあった。出向に異論はなかったし、刑事を辞めさせられても構わないと覚悟していた。

ただ、出向先は予想だにしなかった。

誤判対策室。死刑が確定した死刑囚が、拘置所で無罪を訴え続けている場合に、事件を再調査する組織。刑事と弁護士と検察官で構成され、多角的に事件を検証して、冤罪の可能性を探る。誤判対策室には、三人のメンバーがおり、検察官である春名と、弁護士である世良、そして、警視庁捜査一課の有馬が配属された。

衆参両院で可決された法律案によってできた新組織は、アメリカのダラス検察局が実施している有罪再審査部（ＣＩＵ）という組織を参考にして発足したものであり、掲げた理想や理念は申し分ない。しかし、どんな崇高《すうこう》な考えも、実を伴っていなければ茶番である。

裁判で被告人の罪を糾弾《きゅうだん》する際、検察側が都合の悪い証拠を隠し、調書に沿った証拠だけを提出するという問題はずっと指摘され続けていた。

もし、誤判対策室の権限で、検察側が取捨した証拠品の〝捨〟の部分を含む全証拠を調べて冤罪の可能性を探ることが可能ならば、組織発足の意義としては大きい。しかし、現実はそう甘くない。いくらすべての証拠を提出しろと言っても、検察側がどんな証拠を持っているのか不明なので、「証拠品はこれですべてです」と言われたら黙って引き下がるほかなかった。それに、検察は、はなから協力するつもりはないようだった。

世間やマスコミは、誤判対策室という画期的な試みに最初は注目していたものの、半年経った今ではほとんど見向きもせず、現政権の、民衆に対する票集めのアピールだったのではないかとさえ揶揄《やゆ》していた。事実、誤判対策室は設立から半年経っても成果はなく、警察組織や検察から煙たがられるだけの存在と成り下がっている。

それはそうだと、有馬は思う。

誤判対策室は、検察が起訴し、裁判所が有罪判決を下したことに異を唱えようとする組織だ。自分たちにケチをつけようとする組織に協力する酔狂《すいきょう》な奴なんているはずがない。

目の前で議論をする検察官の春名や、弁護士の世良は、冤罪事件がないかを熱心に調査しているようだったが、有馬は、この組織に意味があるとは思えなかった。

発足から半年の間に、今回の件を含めて、三件の事件の再調査をしていた。しかし、たっぷりと時間をかけたにもかかわらず、無実を証明できていなかった。

「証拠を精査しても、判決を覆《くつがえ》す材料は見つからず、検察も他に証拠はないと……」

「これ、まだ続けるのか？」

春名の言葉を思わず遮ってしまった有馬は、すぐに後悔する。春名が、親の仇《かたき》を見るような鋭い視線を送ってきた。

「……どういうことでしょうか」

その声は怒りに震えていたが、反面、興奮からか泣き出しそうに目が潤《うる》んでいる。強く出たら、おそらく泣かせてしまうだろうなと思った。

「どう考えたって、こいつが冤罪のわけがないだろ」

「どうしてですか」

突っかかるように春名が問う。

「殺人を犯した証拠は揃《そろ》っているし、ＤＮＡ鑑定もクロ。今は否認に転じているが……最初は罪を認めていたんだろ」

有馬は顔を歪《ゆが》めながら言った。

「でも、この人は刑事に自白を強要されたと……」

「そんなのは死刑が怖くなって言っているだけだろ！」

つい声を荒らげてしまった有馬は、春名の顔に恐怖の色が浮かんでいるのを感じ取って、眉をひそめる。妙に苛立《いらだ》った。

「まぁまぁ、穏やかにいきましょうよ」柔らかい声を発した世良が身を乗り出し、有馬と春名に笑みを送る。

「弁護士の観点からで恐縮ですが、今回の件をこれ以上調べても、冤罪の可能性を見つけることはできないと思います。ですが、誤判対策室は、無実を訴える死刑囚に耳を貸すために設置されたものです。結果がクロでもシロでも、調べることに意義があるんですよ。ですので、今回はここで打ち止めということで。春名さんも、これ以上の調査は不要と思っているんですよね」

世良に聞かれ、春名は不承不承といった様子で頷いた。

「ほら見ろ。あんたも無実だとは思ってないんじゃないか」

「そ、それは、再調査した上での結果であって、私は別に最初から……」

「まぁまぁ。お二人とも落ち着いて」再び仲裁《ちゅうさい》に入った世良は、コーヒーでも淹《い》れましょうと言って身体を反転させた。

「俺はいらない。ちょっと出てくる」

窓の外を一瞥した有馬は席を立った。いまだに空は暗かったが、雨は止み、厚い雲の隙間《すきま》から薄陽を見ることができる。

「ど、どこに行くんですか」

春名が即座に訊ねる。

「情報収集だよ」

「……なんのですか」

「まぁ、いいじゃないですか。有馬さん、お気をつけて」

口うるさい春名の追撃を遮断した世良は、小さく手を振った。

「今日は直帰だ」

「今日も、ですよね」

春名の憎まれ口を無視した有馬は、先ほど通ったばかりの扉から出て、外に向かう。歩きながら、どこに行こうかと一瞬迷ったが、結局いつものパチンコ店に向かうことにした。

有楽町駅から東京《とうきょう》駅を経由し、ＪＲ中央《ちゅうおう》線に乗りかえる。通勤ラッシュはすぎていたが、乗客は多く、座席に座ることはできなかった。つり革を摑み、隣にいる若者のイヤホンから漏れる雑音を聞きながら、車内の広告物を眺めていた。

三十分後。三鷹《みたか》駅に到着し、有馬は乗車扉前で仁王立ちをする男を押しのけるようにしてホームに降り立った。空を覆う雲がずいぶんと薄くなっていた。

駅から数分歩いた場所にあるパチンコ店に入ると、店内を満たしている電子音が鼓膜を震わせ、思考能力が低下していくような心地よさを感じる。

店内を一周したあと、適当な場所に座った。通常の一玉四円のタイプではなく、一玉一円で遊べる台だったので、いい時間潰しになる。玉貸機に千円札を入れると、無数の銀の玉が台の中で跳ね始める。それを見るともなしに見ながら、左手を開いたり閉じたりしたあと、煙草を取り出して吸い、パチンコ台に煙を吹きかけた。

誤判対策室に配属されてから、しばらくは大人しく春名の言うことを聞いていたが、最近では馬鹿馬鹿しくて、事務所にいることすら苦痛になっていた。

死刑囚が再審の請求をするケースは多々あるが、明らかに冤罪の証拠となるものが出ない限り、裁判所が再審開始の決定をする可能性は低い。言い換えれば、冤罪の可能性が極めて高いことを示す証拠がなければ、再審請求は棄却され、死刑判決は覆らない。だからこそ誤判対策室は、裁判所とは別角度で事件を再調査し、冤罪の可能性を探るために組織された。

誤判対策室が作られたのは、冤罪によって死刑となる人間が存在しないようにするためだ。ただ、それだけではない気がする。綺麗事という膜の下にある真意――。

「おっ」

パチンコ台が煌《きら》びやかな光を放ち、軽快な音楽が鳴り響く。思考を中断した有馬は、目の前で回るリールに集中した。しかし、当たりは長くは続かなかった。

結局、勝ちも負けもせず、ただ時間を空費するだけの一日になった。

パチンコ店を出た有馬は、三鷹中央通り商店街を横切り、幅一・五メートルほどの道を歩く。左右の家々が壁のように建っており、圧迫感を感じる。ただでさえ狭い路地なのに、ところどころ民家の玄関から植木鉢がはみ出ていて躓《つまず》きそうになった。

十五分ほど歩いたところで、道が五叉路《ごさろ》に分かれている。その一角に、古民家のような外観の小料理屋があった。『夕月《ゆうづき》』という文字が書かれた小さなアクリル電飾看板は、アイボリー色の壁に貼り付けられており、暖色系の明かりが灯っている。

店の中に入ると、カウンターに六席しかない小さな空間が目に入った。客の姿はなく、カウンター越しに、枯葉《かれは》色の和服に身を包んだ中倉綾子《なかくらあやこ》が立っていた。

「いらっしゃいませ」

包丁を持つ手を止め、有馬を見ながら柔らかい声を出す。美しい顔立ちをした綾子は、三十代半ばをすぎているはずだが、いくぶん若く見えた。

「ビールを」

有馬は店の一番奥の席に座りながら、ぼそりと呟く。

綾子はほっそりとした顎を引き、背を向けてテーブル型冷蔵庫の扉を開けた。

「どうぞ」コップを有馬に手渡し、瓶《びん》ビールを傾ける。

「いつも、ありがとうございます」

澄《す》んだ綾子の声が、心地よい音色となって耳に届く。

「お仕事は終わりですか」

「今日も、早く終わったんだ」

返事をしつつ、コップのビールを飲み干す。そして、すぐに手酌で注ぎ足した。

「なにか召し上がりますか」

流しの水を出しながら、綾子はちらりと有馬を見た。

「……すぐ出せそうなもので」

顔を強張《こわば》らせた有馬は、唾《つば》を一度飲み込んだあと、呟くような小さな声で注文する。綾子は口元を綻《ほころ》ばせ、料理に取りかかった。

二杯目のビールに口をつけながら、動揺を抑えることに集中する。拭《ぬぐ》い去ることのできない罪悪感が、心臓を締めつけているようで息苦しい。

真実を話し、土下座《どげざ》でもすれば楽になれるのか。

この店に通って二年弱。何度もそういった考えが胸をよぎったが、結局、実行に移すことはなかった。どう言ったところで、許されるはずがないのだ。

どうしてこの店に通い続けるのかと自問する。答えは明白だった。贖罪《しょくざい》の方法を探すためだ。しかし、謝罪をするどころか、まともに話もできないありさまの自分が情けなかった。

店を一人で切り盛りする綾子とは、個人的な話をせず、当たり障《さわ》りのない会話ですませるようにしていた。それでも、何度も通っているうちに、綾子は有馬のことについて聞きたそうな様子を見せた。しかし、それを拒否していると察してからは、無難な会話を心がけているのが伝わってきた。有馬は自分の素性をひた隠しにしていたので、中小企業のサラリーマンかなにかだと思われているだろう。ただ、一度だけ、スーツの内側に名前の刺繍《ししゅう》を入れているものを着てきてしまい、それを見られていたので、苗字《みょうじ》だけは知られていた。

「パチンコの調子は、どうですか」

ホタテの照り焼きが入った小鉢を出しながら、綾子が問う。

「あ……ええ、まぁ、ぼちぼちかな」

有馬は咄嗟《とっさ》に右手の親指を左手で隠しながら、曖昧《あいまい》な返事をした。

「最近は、なかなか出ないから」

素っ気なさ過ぎたかと思い、言葉を足すが、声を発したあとで、たいした差はないなと自嘲《じちょう》する。

ここに通い始めて間もなく、綾子は有馬がパチンコ好きだと見抜いた。親指のタコを見て気づいたらしい。

――死んだ夫はパチンコが好きで、同じようにタコをつくっていたんです。

その言葉は、今も鮮明に覚えていた。それを聞いた有馬は、喉元に鋭いナイフを突きつけられたような緊張に襲われ、全身から発汗し、そそくさと店を後にした記憶があった。

「あまり無駄遣いはよくないですよ」

背を向けた綾子の言葉によって、過去の記憶から引き戻された有馬は、立ちくらみに似た眩暈《めまい》を感じる。気を紛《まぎ》らわせようと箸《はし》でホタテを挟《はさ》もうとするが、うまく取れなかった。

「パチンコくらいしか、楽しみがないから」

結局、箸を刺してホタテを口に放り込み、嚙みながら言った。

「それはもったいないですよ。人生は一度きりなんですから」鯵《あじ》の刺身をテーブルに置きつつ、綾子が戒《いまし》めるような声を出す。

「私も趣味がなかったんですけど、最近はジムに行ったり……この前は、登山にも挑戦してみました」

「……へぇ」弾《はず》むような声を聞きながら、低い声で相槌《あいづち》を打つ。

「こっちはもう、歳をとりすぎて、新しい挑戦なんて無理だな」

「なに言っているんですか」綾子は目を細める。

「なにかを始めるのに、早いも遅いもありませんよ。有馬さんだって、まだまだ大丈夫ですよ」

「……そうかなぁ」

有馬は苦笑しつつ、ホタテを平らげてから、片肘をついて顔を伏せ気味にした。この体勢になれば、綾子は気を利《き》かせ、それ以上言葉を投げかけてこなくなるのが常だった。

遠くから、パトカーが発するサイレンが聞こえてきた。音はだんだんと大きくなったが、やがて通りすぎたのか、遠くへ離れていく。

「あ、そういえば」綾子はなにかを思い出したように、掌《てのひら》を合わせる。

「ちょっと前のことなんですけど、変なお客さんが来られたんですよ」

有馬が会話を拒否する状態にあるのに、話しかけてくるのは珍しいことだった。

「……どんな客ですか」

無視をするのも悪いと思い、おざなりに問う。

綾子は視線をやや上方に向けて、十一月十日に店内で繰り広げられた状況を、思い出しつつといった覚束《おぼつか》なさで説明する。

最初こそ聞き流していた有馬だったが、話が進むにつれて、身体が前のめりになっていく。

贖罪。

頭に浮かんだ言葉に、有馬の手はわずかに震えた。

罪滅ぼしになるかどうかは分からなかったが、綾子の口からこの話を聞いたことは、運命だという確信があった。


翌日。有馬はいつもよりも二時間ほど早く目を覚まし、始業時間の一時間前には、誤判対策室に到着していた。

扉を開けると、すでに春名と世良の姿があった。二人はそれぞれの席に座り、机の上にファイルをうずたかく積み重ね、受験生を思わせるような熱心さで資料に目を通していた。

「あれ、今日は早いですね。どうしたんですか」

顔を上げた世良が、目を瞬《しばた》かせながら言う。充血した瞳《ひとみ》が寝不足を物語っていた。

「ちょっとな」

有馬は鞄を机に置くと、書庫に向かう。部屋の北側の壁一面に置かれたスチール書棚には資料が隙間なく入っており、すべてが現在執行を待つ死刑囚のデータだった。

年代順に並ぶファイルを指差しながら目で追う。

二〇一一年は、このあたりか。

「なにか、探しているんですか」

春名の訝《いぶか》しがるような声が背後から聞こえてくる。

「ちょっとな」

有馬は再度同じ言葉を繰り返しながらファイルを前後一年の二〇一二年と二〇一〇年のものと合わせて三つ取り、四人掛け用の机に置いた。指を舐《な》め、ページを繰る。

五十音順に並んだ死刑囚のデータは、検察庁で保管している資料をコピーしたものだった。その作業は、春名が一人でやったと聞いた。

死刑囚の一覧が目次としてまとめられているページを確認する。二〇一〇年に死刑が確定したのは八人。二〇一一年が二十五人、二〇一二年が十人。

その中で、三人を殺しているのは——。

「手伝いますよ」

間近で声がしたので、有馬は見上げるようにして、立っている世良を見た。

「いや……」

断ろうとするも、世良は隣の椅子に座り、二〇一二年のファイルを手元に寄せていた。

「この三年間に、なにかあるんですか」

声色《こわいろ》は柔らかだったが、有無を言わさぬ調子だった。有馬は無言を貫こうとも考えたが、力強い瞳に根負けし、口を開いた。

「……二〇一一年頃に、三人を殺害して死刑判決を受けた人間がいないかを調べている」

「わかりました。該当する人間は、それほど多くは……」

「それなら」世良の言葉を遮《さえぎ》ったのは、春名だった。

「ちょうど二〇一一年に一人、該当者がいますよ。三人を殺害して死刑判決を受けた人間は、それほど多くはないですから」

腰に手を置いて有馬を見下ろしている春名は、淀《よど》みのない口調で言った。

「死刑囚の殺害人数、覚えているんですか」

世良が感嘆したように訊ねると、春名は少しだけ頬を赤らめた。

「……いえ、検察庁の資料をコピーしている時に、たまたま頭に入っただけです」

春名は褒められることに慣れていないのか、顔が奇妙なくらい強張り、ぎこちない声で返答する。

有馬は、二〇一一年のファイルを寄せて、ページをめくった。そして、真ん中あたりで、該当する人物を発見する。

古内博文《ふるうちひろふみ》。現在五十六歳。二〇一一年六月十日未明。東京都府中《ふちゅう》市で、当時三十二歳の長谷川由美《はせがわゆみ》と、二人の子供を殺害。犯行現場は長谷川由美の自宅だった。殺害後、現場である家に火を放つ。近所の住人の通報で駆けつけた消防隊員が、古内の姿を発見し、不審に思って声をかけたところ、泣きながら犯行を自供したという。

「この男が、どうかしたんですか」立ったままの春名が訊ねる。

「隠しても無駄ですよ。言うまで、追及しますから」

まるで被疑者に対する言葉だなと思いながら、有馬は逡巡《しゅんじゅん》した。自分の都合で、この二人を巻き込んでいいのか。

しかし、調査をするにあたって、人数は多いほうがいい。

「実は、この古内という男が、冤罪かもしれないんだ」

その言葉を発した有馬は、心拍数が過剰に上がるのを意識した。

「どこからの情報ですか」

怪訝《けげん》そうな面持ちの春名が訊ねた。当然の疑問だろうと思う。しかし、情報源を明らかにするつもりはなかった。

「……それは、言えない」

「どうしてですか」

強い口調で詰問《きつもん》した春名を、有馬は睨《にら》み返す。

「言えない」

静かな声で発した一言に、春名は歯嚙みするような表情になった。

「そ、それじゃあ納得でき……」

「まぁまぁ、落ち着いてください」いつものように間に割って入ってきた世良が、宥《なだ》めるような声を出す。

「どういった経緯《いきさつ》かは分かりませんが、有馬さんは古内博文という死刑囚が冤罪である可能性を知った。そして、僕たちに話してくれて、協力を要請している。そうですよね？」

目を合わせて訊ねてきた世良に対し、有馬は相槌を打つ。

春名は納得していない様子だったが、ここで争っても無駄だと判断したのか、張った肩の力を抜いた。

「……分かりました。それで、有馬さんは、どう考えているんですか」

「どうって、なにがだ」

「もちろん、この件を、誤判対策室として再調査するかどうかについてです」

「そんなの、勝手に決めてくれ。納得がいかないなら俺一人で……」

「そういう意味で言ったんじゃないです」春名は口を歪め、頭を横に振る。ショートカットの髪が少し乱れた。

「つまり、誤判対策室として調査していいんですねと確認したんです」

「なんだそのまどろっこしい聞き方は」

「まぁまぁ」険悪なムードを覚ったらしい世良は、明るい声を出した。

「僕は賛成ですよ。この件、調査してみましょう。可能性が〝ゼロ〟だと思えても、その中から〝イチ〟を探すのが、誤判対策室設立のコンセプトだと思うんです」
屈託のない笑顔で発せられた一言により、誤判対策室は、古内博文の事件を再調査することになった。

◆◆◆

【二〇一一年九月五日（月曜日）　九時三十分（第一回公判）】

起訴状

平成二十三年七月一日
東京地方裁判所　殿
東京地方検察庁
検察官　検事　西島慎太郎《にしじましんたろう》

下記被告事件につき公訴を提起する。

記

本籍　東京都東《ひがしやまと》大和市向原《むこうはら》六丁目
住居　東京都東大和市向原六丁目
職業　無職
勾留《こうりゅう》中　古内博文
昭和三十四年六月七日生

公訴事実

被告人は、
第一　平成二十三年六月十日午前一時過ぎ頃、東京都府中市住吉町《すみよしちょう》二丁目所在の長谷川由美（当時三十二歳）方において、金品を物色中、同女に発見されたことから、同女から金品を強取《ごうしゅ》しようと企《くわだ》て、同女に対し、手拳《しゅけん》でその左頬を殴打する暴行を加え、同女の両手首及び両足首をそれぞれポリプロピレン製ロープで縛って反抗を抑圧した上、「金目のものはどこだ。」などと申し向けて脅迫し、なお金品の場所を話すことを渋る同女の左大腿部《ひだりだいたいぶ》を前記長谷川方台所から持ち出した文化包丁（刃体の長さ約十五センチメートル）で突き刺して金品の場所を聞き出し、さらに、犯行の発覚を恐れ、同女を殺害しようと企て、その頸部《けいぶ》を前記包丁で突き刺し、よって、同女を頸部刺創《しそう》に基づく失血により即死させて殺害した上、同女所有の現金四万円を強奪した
第二　同日午前一時三十分頃、前記長谷川方二階において、長谷川愛菜《あいな》（当時七歳）に対し、殺意をもって、その頸部を両手で強く絞めたが、一時失神状態に陥らせる傷害を負わせたにとどまり、同女を殺害するに至らなかった
第三　同日午前一時四十分頃、前記長谷川方二階において、長谷川百合亜《ゆりあ》（当時五歳）に対し、殺意をもって、その頸部を両手で強く絞めつけ、よって、即時同所において、同女を窒息《ちっそく》死させて殺害した
第四　前記殺害の犯跡を隠蔽するため、前記長谷川由美が所有する同所所在の、現に人が住居に使用せず、かつ、現に人がいない木造亜鉛メッキ鋼板葺《ぶき》二階建て家屋（床面積約百平方メートル）を焼損《しょうそん》しようと企て、前記犯行の直後ころ、前記長谷川方のカーテンにサラダ油を染み込ませ、同カーテンに所携《しょけい》のライターで点火し火を放ち、この火を同所の柱等に燃え移らせ、よって、同家屋を全焼させてこれを焼損したもの

である。

罪名及び罰条

第一　強盗殺人　刑法第二四〇条後段

第二　殺人未遂　刑法第二〇三条、第一九九条

第三　殺人　刑法第一九九条

第四　非現住建造物等放火　刑法第一〇九条一項

「では、検察官、冒頭陳述《ぼうとうちんじゅつ》を」

東京地裁五〇三号法廷で、裁判長の声が響き渡る。やや濁声《だみごえ》だったが、異様なほど静まり返った廷内では、やけにはっきりと聞こえた。

検察官である西島慎太郎は立ち上がり、傍聴席、裁判員、そして被告人という順番に視線を向け、うやうやしく一礼し、口を開く。

「起訴状で示した通り、本件で被告人は長谷川由美さんと、その二人の娘さんを殺し、そのことを認めております。したがって、争点は人を殺害したか否かではなく、このような事件を起こした経緯を洗い出し、量刑を決めていただくことにあります。そこで、これから被告人の身上、経歴、犯行にいたる経緯、犯行の状況、犯行後の態度その他情状等に分けて説明させていただきます」

裁判所の壁に設置された大型モニターに、要点が映し出される。裁判員となって裁判に参加する市民に対し、内容を分かりやすく伝えるための配慮だった。

「被告人は昭和三十四年六月七日、東京都墨田《すみだ》区に住んでいた会社員の古内聡志《さとし》の一人息子として生まれました。そして、高校を卒業後、自動車工場の期間工などの非正規雇用で生計を立てておりました。その後、同僚の紹介で出会った三好真理子《みよしまりこ》と昭和五十九年に結婚します。被告人が二十五歳の時です」

西島は、一呼吸入れつつ、裁判員に視線を向ける。喋《しゃべ》るペースが問題ないかを確認しているようだった。

大型モニターにも、話した内容が簡潔な文章となって表示されている。しかも、ご丁寧にも強調したい部分には文字を太くしたり、赤字にしたりと、さまざまな工夫が凝《こ》らされていた。

「結婚を機に、東京都東大和市に引っ越し、印刷会社に就職します。そして、二年後に娘の琴乃《ことの》さんが生まれましたが、それから一年後に、妻の真理子さんが病死してしまいます。それ以降、男手ひとつで琴乃さんを育てることになりました」

これから話すことを効果的にするためか、たっぷりと間を置く。

「しかし、琴乃さんが五歳の時、夜間救急で病院に運ばれます。顔や腕や足に打撲の痕《あと》があり、傷の理由を医師が問うと、被告人は自分が虐待《ぎゃくたい》したことを認めました。その後、医師は警察に連絡し、琴乃さんは一時的に死んだ妻の両親に預けられます。この傷により、琴乃さんは右眼を失明してしまいました」

被告人席に座っている古内の顔が歪んだ。

「被告人は警察に、泣き止まない娘に対して怒りを覚えて、酔っていたこともあり、殴《なぐ》ってしまったと語っています。また、こうも言っています。育児と仕事の毎日で休む時間がなく、神経をすり減らしていた、と」

後半部分を強調するように、声をやや張り上げた。

「虐待は日常的に行われていたわけではなく、傷からも、一度しか暴力を振るった形跡がないことが分かったので、一年ほどで琴乃さんは被告人の下《もと》に戻ります。以降、虐待があったという記録はありません。この時、被告人は、一生をかけて償っていくと警察に話しています。その後、被告人は印刷会社で働きながら、琴乃さんを育てあげ、琴乃さんは二十三歳の時、矢野高虎《やのたかとら》と婚約して被告人の下を離れ、荒川区《あらかわ》に住むことになります」西島は軽く咳払《せきばら》いをする。

「被告人は、ようやく子育てから解き放たれましたが、勤めていた印刷会社が、平成二十二年に倒産してしまいます。それ以降、契約社員として警備員の仕事に就《つ》きますが、生活は苦しかったようです。そして、平成二十三年六月十日当日は仕事が休みで、前日の午後十一時五十分頃に車で外出します。この時、すでに空き巣を決行しようと心に決めていたと被告人は証言しています。その後の午前一時頃に、偶然目に留まった長谷川由美さん宅に空き巣目的で入ります。しかし、図らずも居住者と鉢合わせてしまい、凶行に及んだということです。凶器は、長谷川由美さん宅にあった包丁で、金品の場所を聞き出すために頬を殴り、手足を縛ってから脅し、それでも答えないので太股《ふともも》を刺して口を割らせ、最終的には首を刺して殺害しています。それから、被告人は部屋の中を物色するのですが、長谷川由美さんの娘である愛菜ちゃんと百合亜ちゃんに顔を見られ、犯行の発覚を恐れた被告人は、それぞれの首を絞め、その結果、百合亜ちゃんは扼殺《やくさつ》され、愛菜ちゃんは一時失神状態になったと考えられます。その後、被告人は長谷川由美さん宅に火をつけ、逃走しました。当時七歳の愛菜ちゃんと、五歳の百合亜ちゃんは二階にいたため、被告人により放たれた火によって、皮膚の八〇パーセント近くが焼けており、愛菜ちゃんの気道内に煤《すす》が微量に残っていたことから、火に焼かれる時には、まだ生きていたと考えられています。やや専門的な説明になりますが、被告人が家に火をつけた理由は、証拠隠滅のためであり、殺意を持って火をつけたわけではないため、愛菜ちゃんの焼死に関しては殺人を適用せず、首を絞めたことによる殺人未遂とし、また現住建造物等放火の故意がないと判断し、非現住建造物等放火としました」

実に痛ましい、と言いたげな表情を作っていた西島は、次の瞬間には、厳しい顔つきになっていた。

「被告人は、現金四万円を盗んだあと、証拠隠滅のために家に火を放ち、走って逃げましたが、途中、車で来ていたことを思い出して引き返します。そして、通報で駆けつけた消防隊員に身柄を確保され、警察に引き渡されました。取調べに対し、被告人は娘の結婚資金を貯《た》めたかったことに加え、遊ぶ金が欲しくて家に侵入したと供述しています。そのような身勝手な理由で、三人の尊い命が奪われました。被告人は過去にも、子育てによるストレスが我慢の限界を迎えて、実の子供を虐待し、片目を失明させています。そして、今回も、被告人は余裕のない生活に耐えきれず、人を殺害するに至りました。本件では、凶器がまだ発見されていません。被告人が走って逃げている際に、多摩《たま》川に投げたと主張しています。しかしながら、犯行の自白に加え、犯人しか知り得ない秘密の暴露をしています。それは、殺害方法です。手足を縛り、太股を刺し、致命傷となった首にも包丁を突き立てたと言っています。当初警察は、首の致命傷を把握していませんでした。この件については、後ほどご説明させていただきます。また、二人の子供の殺害方法についても、自白しているのです。これも後でお見せいたしますが、被告人が着ていたワイシャツとジーンズには、被害者である長谷川由美さんの血液がべっとりとついていました。被告人は犯行を自白しており、取調べでは反省の色が見られます。しかし、残忍な犯行で三人の命を奪ったことに変わりはありません。被害者にとって、この無念さは、筆舌《ひつぜつ》に尽くしがたいでしょう。どうか、厳正かつ公正なご判断をお願いしたい」

まくし立てるように一気に喋った西島は、ゆっくりと息を吐《つ》いた。そして、口を閉じて椅子に座ると、手元に視線を落としていた裁判長が顔を上げた。

「それでは、弁護人、冒頭陳述を」

裁判長の言葉に、国選弁護人である阿川順平《あがわじゅんぺい》は立ち上がり、淡々とした声で公訴事実を認め、古内博文の生い立ちを語ったあと、情状酌量を求めた。その口調は形式的で仕方なくといった様子で、検察側の意見に反論するような場面はなかった。

阿川の陳述が終わると、裁判長は法廷内の様子を一瞥《いちべつ》し、手元を見た。

「では、公判前整理《こうはんぜんせいり》手続《てつづき》の結果を顕出《けんしゅつ》します。被告人が公訴事実の犯罪をおこなったことについて争いはなく、争点は情状すなわち被告人に酌《く》むべき事情があるかどうかです。検察官は証拠等関係カード記載の証拠の取調べと鑑定受託者太田《おおた》堅一《けんいち》、目撃者の飯島涼太《いいじまりょうた》および、被告人を取調べた警察官の坂口克之《さかぐちかつゆき》の証人尋問を請求しています。太田堅一、飯島涼太および坂口克之の証人尋問をおこなった上で、弁護人が不同意にした飯島涼太の供述調書および被告人の供述調書の採否を決めます。その他の検察官請求証拠は採用します」

一呼吸入れた裁判長は、続きを喋る。

「弁護人ですが、証拠等関係カード記載の証拠の取調べと船井哉《ふないはじめ》の証人尋問を請求しています。証拠はすべて採用し、船井哉の証人尋問もおこないます。甲号証《こうごうしょう》、弁号証《べんごう》証《しょう》を取調べたあと、まず太田堅一の証人尋問、飯島涼太の証人尋問、次に坂口克之の証人尋問、最後に船井哉の証人尋問をおこないます。主尋問十五分、反対尋問十五分ずつでよろしいですね。本日は甲号証と弁号証の証拠調べ及び太田堅一の証人尋問、明日、飯島涼太、坂口克之、船井哉の証人尋問、明後日に被告人質問、明々後日に判決の予定です。それでは、検察官、立証をお願いします」

裁判長の言葉の後、西島はネクタイの結び目に手を置き、ゆっくりと席を立った。

「甲1号証は実況見分調書であり、犯罪現場及び焼損の状況等を明らかにするものです。現場見取り図と現場の写真をモニターに映します」

法廷内のモニターに画像が表示される。その後、被害者である長谷川由美の、血痕がべったりと付着した衣服が映し出された。

◆◆◆

2

暖かい日差しと、適度に冷たい空気。風はほとんど吹いておらず、まさに外出するにはもってこいの天気だった。ただ、抜けるような青空とは裏腹に、心は仄暗《ほのぐら》い虚無感に襲われていた。いや、ただの徒労感か。

春名は、世良と共に三鷹駅で電車を降り、道を歩き続けていた。

ここ数日間、二人は似顔絵と、十一月十日に似顔絵に似た人物がいたという曖昧すぎる手がかりのみを引っ提げて、足が棒になるまで聞き込みをしていた。

薄手のコートのポケットから、折りたたまれたＡ４サイズの紙を取り出して開く。そこには、鉛筆で二人の人物が描かれていた。

一人は、作業着のような服装で、髪は短く、吊り目。肌は浅黒く、どこか陰険な印象を受ける。もう一人の男は、肥満気味の体型に、大きめのスーツを着ており、ジュラルミンケースを持っていた。愛想笑いが似合いそうな、悪代官《あくだいかん》の手下といった感じだ。

それぞれの人物の全身図に加え、顔のアップまで添えられている。やけに上手く、漫画かなにかの設定集を彷彿《ほうふつ》とさせた。

この絵は、有馬の情報を基に世良が描き、有馬がそれをどこかに持ち帰って修正指示をするというやりとりを何度かした末に完成したものだった。

世良は高校生の頃、密かに漫画家を目指していたらしい。それを聞いた春名は意外に思った。眉目秀麗《びもくしゅうれい》で頭脳明晰《ずのうめいせき》。それだけではなく、人当たりもいい人間が、漫画家を目指すなんて似合わない気がした。漫画家は、もっとこう――。

「前を見ないと危ないですよ」

その声が聞こえてすぐに腕を引っ張られ、右に身体が寄る。前を見ると、危うく立て看板に衝突するところだった。

「……ありがとう」

呼吸を乱した春名は、世良に礼を述べる。

世良は、いえ、と呟いてから、再び歩き出した。

ポケットに似顔絵をしまった春名は、足早に後を追った。

「今日は、三番の地区を当たってみましょう」

縮小した地図を手に持った世良が言う。三鷹周辺を十六分割した地図には、これまでの聞き込み地点がすべてチェックされている。春名はそれを横眼で見ながら、頷《うなず》いた。

聞き込みと言っても、個人経営の店で暇そうにしている店主や、家の庭の手入れをしている主婦に声をかけるのが中心だった。検察官である春名や弁護士の世良が名乗っても、市民はあまり協力的ではなかった。事件の聞き込み調査は刑事、という考えがあるのだろうか。話を聞くたびに、相手の怪訝そうな目線が春名たちに向けられた。

ただ、自分でも不思議な組み合わせだと思っていた。

検察官と弁護士。被告人を断罪しようとする者と、守ろうとする者。両者は、裁判で戦うべき敵であり、同じ立場になることは基本的にはない。それがこうして、同じ方向を向いている。

春名は下唇を軽く噛む。

弁護士である世良はまだしも、本来ならば断罪する役目を負っている自分がこのようなことをするのは、裏切り行為だ。

自嘲《じちょう》気味の薄い笑みを浮かべた春名は、気分を変えるために深呼吸をしてから、世良の横顔を見る。

「この件を調査して、本当に、意味があるんでしょうか」

その問いに、世良は得心のいかないような顔をする。

「……どうして今さら、そんなことを聞くんですか」

「だって、古内博文は公判で、犯行を全面的に認めているんですよ」

春名は、心の内にあった蟠《わだかま》りを吐露《とろ》する。

裁判記録に目を通したが、不審な点は見当たらず、公判も、公判前整理手続で決めた予定通り、四回で終わっているのだ。裁判員制度が導入されて以降、選ばれた裁判員の負担軽減の観点から、短期間で終わるよう連日裁判がおこなわれることも珍しくない。古内博文の公判もそれに該当し、第一回公判から三日後に、判決が下っている。

「控訴《こうそ》もしていない珍しいケースですし……そもそも、有馬さんがこの件を調査したいっていう理由を教えてくれないのがいけないんです」

「言えない理由が、きっとあるんですよ」

物わかりのいい言い方をする世良に、春名は不満を覚える。

「でも、遊びでやっているわけじゃないんですから、情報源くらいはしっかりと教えてほしいです」

困った顔になった世良は、少し黙ったあと、宥《なだ》めるような声で「いつか聞けますよ」と言って頭を掻いた。そして、いつもの甘くて柔和な表情を浮かべた。

目を逸《そ》らした春名は、歩調を速める。

——あなただって、本当のことを教えていないじゃない。

口から出かかった疑問を、喉元でぐっと堪《こら》える。

春名と有馬は、それぞれ検察庁と警視庁という組織の命令によって誤判対策室に配属された。しかし、弁護士である世良が、どうやって今回の取り組みに採用されたのかは不明瞭だった。一度、世良の経歴を調べてみたが、冤罪事件に関わったこともなければ、実績も輝かしいものとは言いがたい。大手法律事務所に所属しているだけの、ごく一般的な弁護士だった。

それが、どうして。

湧いてくる疑問を頭に浮かべていると、世良が玄関周りを掃除《そうじ》している中年女性に声をかけ、自作の似顔絵を見せ始める。女性は、似顔絵というよりも、世良の笑顔に見とれている様子だった。

それを離れた場所で見ていた春名は、今日も一日徒労に終わりそうだなと思った。


十時から開始した聞き込み調査は、十六時に終了することになった。聞き込みができたのは、三十人ほどだったが、有力な情報は得られなかった。

「ちょっと、疲れましたね」

気遣うような声をかけられた春名は、疲れを感じさせない表情の世良を見る。

「……なにか、スポーツをやっているんですか」

「週末にテニスを少しだけ」

「へぇ」

春名は大学を卒業してから十年の間、活動的なことをしていなかった。スポーツジムの会員にはなっているものの、月に一度行けばいい方だ。日頃の不摂生《ふせっせい》に加え、もう三十路《みそじ》を過ぎてしまった身体は、半日の聞き込みにすら息が上がり、酷《ひど》い疲労感が全身を鉛《なまり》のように重くしていた。

「今日はもう事務所に帰らずに、どこかで少し飲んで帰りましょうか」

世良の提案に、春名は目を輝かせる。お酒は好きだったし、なにより、すぐにでも座りたかった。

「賛成です。どこにします？」

「そうですね……あの『夕月』って店はどうでしょう？」

指差した先には、質素な外観の小料理屋があった。

ちょっとイメージと違うと思ったが、お酒が飲めるならどこでも構わない。

「大丈夫ですよ」

そう返事をした時、後ろから肩を叩かれたので、驚いて身体を硬くする。

「どうも、調子はどうですか」

女性のように柔らかな喋り方をする男は、東明《とうめい》新聞社の山岡周二《やまおかしゅうじ》だった。中肉中背だが、おかめのお面を彷彿とさせるような下膨《しもぶく》れの顔。眼光は鋭い反面、八の字眉によって全体的にユーモアのある容貌《ようぼう》だった。

「なんか、面白い冤罪事件でもあったんですか」

「……面白いって」

春名は露骨に迷惑そうな表情をする。その顔を見て、山岡は口角を上げた。

「そんな顔をしていると、せっかくの可愛い印象が台無しですねぇ。未婚なんですから、女は愛嬌《あいきょう》ですよ」

「なっ……」

「それで、なにを探っているんですか？」

春名が文句を言う隙を与えず、山岡は世良に向かって訊ねた。

「特に、これといってはありませんよ」

さらりと答えた世良に、疑り深い視線を向けた山岡は、自分の右眉を指でなぞった。

「そんなこと言っても、知っているんですよ。ここ数日、熱心に聞き込みしていたじゃないですか。ちょっと後をつけさせていただきましたから、しらばっくれても無駄ですよ」

その言葉を聞いても、世良は表情を一切崩さなかった。

「そうですか。今も誤判対策室に注目してくださっているのは、東明新聞社さんくらいですから、ありがたいことです」

そう言った世良は、相変わらず冤罪事件を調査していると説明する。しかし、山岡は納得していない様子だった。

「私は内容を聞いているんですよ。どういった冤罪事件なんですか」

山岡が目を輝かせながら訊ねる。

「それは言えません」

「死刑確定囚が無実を訴えているってことですか」

「それも言えません」

「なにか証拠を摑《つか》んだんですか」

「それも言えません」きっぱりと拒否をした世良は、目を細めた。

「うっかり情報を喋って記事にされたら、我々も困るんです」

「そんなつれないことを言わないでくださいよ。私もネタに飢《う》えているんですから」

懇願《こんがん》するように両手を合わせる山岡に対して、世良はただ首を横に振るだけだった。

春名は山岡の、のっぺりとした横顔を見つつ、極力この男には関わりたくないと思う。東京地検特捜部の人間から聞いたことがあるが、山岡は特ダネのためならルールを逸脱することも厭《いと》わない人間ということだった。特捜部では、新聞記者がヒラ検事に取材することを禁じている。しかし、山岡はその禁を破って平然と取材を続けていたため、担当を外され、一時期東明新聞社は特捜部長室への出入りを禁止されていた。現在、山岡は社会部に所属しているものの、戦力として扱われてはおらず、東明新聞社のリストラ要員として、次の早期退職者募集時には会社に残れないという噂を耳にしたことがある。

「まだ確証があるわけではないですから、言えません」

すがりつくように距離を縮める山岡に、世良がやんわりと説き伏せるような声を出す。

「大丈夫ですよ。世良さんが責任取ってくださるなら、私の腕でデスクを説得しますから」

調子のいいことを言い、黄ばんだ歯を覗《のぞ》かせる。

「まぁ、今日のところは引き下がりますが、後日しっかりと取材させていただきますので」

山岡は春名に目くばせをしてから、世良を見た。

「お父様にも、よろしくお伝えください」

「……ええ」

他意を感じさせぬ調子で言った山岡は、頭を下げ、身体を反転させてからヒョコヒヨコと飛び跳《は》ねるような歩き方で去っていく。

その後ろ姿を見送った春名は、世良の横顔に視線を向けた途端に、異変に気づく。世良は人形のように無機質な表情をしていた。

話しかけられるような雰囲気ではなかったので、春名は口をつぐむ。すると、そのことに気づいたのか、世良は瞬《まばた》きをしてから両頰を手で軽く叩く。

そこには、いつもの世良が立っていた。

「すみません。ちょっと用事を思い出してしまいました。お酒を飲むのは、また後日にしましょう」

申しわけなさそうに言った世良は、余裕のない表情を一瞬見せたあと、まるで逃げるように駅の方角に去っていった。

追おうと考えて一歩足を踏み出し、すぐに止める。世良の態度の変化について、山岡が言った、お父様、という言葉が関係しているのは明らかだったが、個人的なことには深入りするべきではないと思った。

ゆっくりと駅の方角に歩き始める。靴擦《ず》れを起こした踵《かかと》が痛かったので、一度足を休めたかった。一人で居酒屋に入る勇気はなかったので、紅茶でも飲んで帰ることに決める。

入りやすそうな喫茶店を探していると、有馬工務店という看板を見つけ、急に腹立たしくなった。

いったい、有馬はなにをしているのだろうか。今回の件は、自分で持ってきた案件だ。普通ならば先陣を切るべきなのに、どうして別行動なのか。

明日は文句の一つでも言ってやろう。そう思いつつ、目の前に見慣れたチェーンの喫茶店の看板を発見し、足を向けた。

3

有馬は、誤判対策室にある会議室にこもり、テレビ画面を凝視していた。検察官の背後にカメラを設置し、検察官の後ろ姿を挟んで、古内博文の顔が映っている。

検察官による裁判員裁判の対象となる凶悪事件の取調べの一部を録画するという試行が始まったのが二〇〇六年。それ以降の録画データは、すべて検察庁に保管してあり、今見ている古内博文のデータも、春名が取り寄せてくれたものだった。

〈もう一度聞きます〉検察官である西島慎太郎の、クリアな声が耳に届く。

〈あなたは、平成二十三年六月十日午前一時ごろ、長谷川由美さんの自宅に空き巣目

的で侵入し、結果として長谷川由美さんに見つかり、彼女と、その娘二人を殺害したことに間違いはありませんね〉

画面の奥で縮こまって座っている古内博文の瞳が微《かす》かに揺れる。頬が削げ落ちたようにこけ、眼窩《がんか》がくぼんでいた。年齢は五十二歳となっているが、少し若い印象を受けるのは、髪の毛が豊かなせいだろう。

〈間違い、ありません〉

絞り出すような声は弱々しかったが、落ち着いた印象だった。

〈侵入経路は玄関ということですが、鍵が開いていたんですか〉

〈はい〉

〈それなのに、どうして家が留守だと思ったんですか〉

〈……人の気配もなくて、静かだったので、てっきり……〉

〈空き巣目的で、人を殺そうと侵入したのではないですね〉

〈はい〉

〈では、どうして、長谷川由美さんを殺したんですか〉

〈……人がいたことに驚いて気が動転してしまったのと、顔を見られたからです〉

〈口封じのため、ということですね。では、殺害方法を教えてください〉

西島の質問に、古内は苦しそうに喉仏を動かす。

〈はい。まず、長谷川由美さんを一度殴ったあと、手足を縛り……〉

〈どういったもので縛ったんですか〉

すかさず、西島の鋭い声が飛び、古内は怯えたように身体を震わせた。

〈……えっと、リビングに置いてあった、ロープを……よく荷造りに使う白っぽいものです〉

〈ポリプロピレン製ロープですね〉

その補足説明に、古内は頷く。

〈そうです。そのロープで縛りました。そして、金品が置いてある場所を聞きだそうとしました。ただ、なかなか喋ろうとしないので、台所にあった包丁で左太股を刺しました〉

〈ただ刺したわけじゃありませんよね〉

その質問に、古内は目を強く閉じる。

〈……はい。刺して、えぐるように包丁を回しました〉

〈どうして、そんなことをしたんですか〉

〈より、痛みを与えて、喋らせようとしたんです〉そう説明した古内は、すぐに言葉を継ぐ。

〈そうしたら、金品がある場所を口にしたので、首を刺して殺しました〉

〈どうして、殺したのですか〉

〈顔を、見られたからです〉

淡々とした声は、やや震えていた。

質問されるたびに、古内は探るような視線を西島に送っていた。自分の言葉が正しいかどうかが心配であるかのようにも見えるが、自分の罪を告白する人間は多かれ少なかれ臆《おく》したような態度を取るので、考えすぎかもしれない。

〈それから、あなたはどうしたんですか〉

〈家の中を物色していたところ、二階にいた二人の子供の存在に気づき、顔を見られてしまったので、首を絞めました〉

まるで機械の合成音声のような感情のこもっていない調子で答えていたが、表情は苦痛に歪み、今にも泣き出しそうだった。後悔の念、と取れなくもない。

〈どうしたんですか。続けてください〉

西島の声に、古内は青くなった唇を引き締め、顎を引くようにして頷いた。

〈……子供の首を絞めたあと、現金四万円を取って、各部屋を回りました〉

〈どうして各部屋へ？〉

〈ほかにも金目のものがないかを探すためです……〉

〈そうですか〉

西島の声には、怒りというよりも、呆《あき》れが混じっていた。

〈それで、三人を殺害して、金品を探したんですか〉

〈ええ……〉青白い古内の顔が、小刻みに震える。

〈でも、なかなか見つからず、諦《あきら》めて家に火を放ちました〉

〈火を放った理由はなんですか〉

〈証拠隠滅をするためです。持っていたライターで水玉模様のカーテンに、台所にあったサラダ油を染み込ませてから火をつけました。ほかにも、いろいろな場所に火をつけてまわりました〉

〈具体的に、どことどこに火をつけましたか〉

〈あっ……えっと〉西島の問いに、古内は胸の辺りに手を置く。

〈一階の寝室に敷きっぱなしだったピンク色の布団《ふとん》と、そこにあった毛布や、壁に貼られていたポスターなんかにも……それで、火が十分に回ったところで、玄関から出ました〉

〈あなたは先ほど、途中で二階にいる子供に気づいたと言っていましたが、玄関に子供用の靴があったんじゃないですか〉

その指摘に、古内は口元を手で押さえ、目を瞑《つぶ》った。

〈無我夢中で……家に入った時には気づきませんでした。もし気づいていれば……〉

そこで言葉が途切れる。

〈気づいていれば、どうだったんですか〉

〈……いえ、なんでもありません〉

〈そうですか〉西島は素っ気ない声を出す。

〈それであなたは、消火に来た消防隊員に声をかけられたあと、警察の任意同行に応じていますね。どうして、立ち去ろうとはしなかったんですか〉

〈最初は逃げようとして、多摩川の方角に向かって走りました。凶器も捨てたかったので。でも、自分が車で来ていたことを思いだして、引き返したんです〉

〈どのくらいで、車のところに戻ったんですか〉

〈十五分か二十分くらいだったと思います〉視線をやや上に向けた古内は、ぼそりと呟く。

〈車を停めている場所まで戻ったら、炎が視界の端に入ったんです。それで、実際に

燃えている家を外から見て、とんでもないことをしてしまったと思って、その場から動けなくなってしまったんです〉

　古内は目を瞑り、口のあたりを手の甲で拭った。西島は、手元にある書類を数枚めくる。

〈分かりました。警察の取調べで言っていたように、あなたは金が目的で、人を殺すつもりはなかったと言っていますが、結果的には、三人の命を奪っています。その自覚はありますね〉

〈……はい〉古内は力なく頷く。

〈あの時は、どうかしていました……空き巣目的で家に入ったら、人がいたのでビックリしてしまって……まるで自我を失ったかのように……〉

〈それは、自分が殺したという感覚がないということですか〉

〈あ、いえ……〉

　西島の鋭い声に、狼狽《ろうばい》している様子を見せた古内は、右手で頬のあたりを忙《せわ》しなく搔《か》く。

〈自分でやったことに間違いはありません。ただ、なんとなく現実味がないというか……〉

言葉を濁《にご》した古内は、その後、顔を伏せてしまった。

〈分かりました〉少し時間を空けて声を出した西島は、首を軽く回した。そして、大きなため息をつき、手元の調書を数枚繰る。

〈では、質問します〉

その言葉に、古内は身構えるように脇を締めた。

〈凶器である包丁は、どこに捨てたんですか。肝心の凶器が、まだ見つかっていないんです〉

〈…………〉苦悩に満ちた表情を浮かべた古内は首を横に振る。

〈……走って逃げている時に、川に捨てました〉

〈分かりました。あなたは、取調べの時、犯行を認めていたものの、事件の経緯を話しませんでしたね〉

〈はい〉

古内は力なく頷く。

〈ですが、途中から、殺害に関する自白を始めた。その変化のきっかけは？〉

西島の質問に、しきりに瞬きをした古内は、震える唇を、二度三度閉じたり開いたりした。そして、意を決したように強く目を瞑り、肩を怒らせる。

〈三人もの人を殺《あや》めたことを、後悔したからです〉

〈悔悟《かいご》の情、というやつですね〉

落ち着き払った声で、西島はぽつりと呟いた。

その後も、古内は終始罪を認める発言をし続け、やがて映像が終わった。

身じろぎもせずにテレビ画面を凝視していた有馬は、椅子に浅く腰かけ直し、目頭を指で軽く揉《も》む。そして、目を閉じたまま、取調べの映像を頭の中で順を追って思い返した。

検察官である西島の質問に答える古内に、特に不審な点はない。今見た映像は、警察の取調べを終えたあとの、検察官による取調べである。理路整然としているように感じるのは、警察で語った内容をそのまま口にしているからだろう。

疑問点が一つと、確信に近いものが一つ、頭の中に浮かんでいた。

疑問は、まだ発見されていない凶器だ。古内は川に捨てたと言っていた。確かに、犯行現場である東京都府中市住吉町二丁目の近くには、多摩川がある。ただ、川に包丁を投げ込んだら、基本的には沈むので、探せば見つかるはずだった。水に浮くタイプの包丁もあるが、一般家庭で使うとは考えにくい。

古内博文は、犯行を自供し、罪を認めている。ただ、どうして凶器の存在がすっぽりと抜け落ちているのか。警察は、凶器が川に流されたのだと主張しており、実際に水に浮く包丁をリストアップしていたが、被害者につけられた傷口は、えぐるように動かされているため、照合は不可能だ。

そして、起訴状を読んで覚えた違和感が、今回の映像で確信に変わった。

古内博文は、冤罪だ。

一見すると、犯行の流れを矛盾なく語っていて、不審な点はない。

犯行の発覚を恐れて、長谷川由美を殺した。これは理解できる。しかし、二人の子供を殺した動機に、取ってつけたような印象があった。

古内博文は、顔を見られたから二人の子供を殺したと自供していた。たしかに筋は通っている。空き巣目的で入った人間が、居直り強盗になって殺人に発展してしまうケースはあるが、今回の状況で、三人の命を奪う凶行に至るとは考えにくい。古内博文は、あくまで金品目的で家に侵入している。殺害が目的ならばまだしも、家人に発見されるという想定外の状況に置かれただけで、二人の子供まで手にかけるなんて考えられないし、無理筋だ。

長年刑事をやっていると、普通の人間の感覚では推《お》し量れない価値観の人間に出会うこともあるが、古内博文に、その特殊性は感じられなかった。

古内博文の犯行ではない。

そこまで考えた有馬は、目を開けて立ち上がると、時計を確認して部屋を出た。

ＪＲ有楽町駅から京王《けいおう》線中河原《なかがわら》駅までは、電車を二回乗り換えなければならなかった。約一時間電車に揺られながら、有馬は、府中東警察署の記憶を呼び起こす。五年前に一度、捜査本部が立ち上がり、捜査一課の課員として駆り出されたことがある。あの時はＯＬ殺しの事件だったが、運よく犯人を確保できたのだ。

中河原駅に降りると、目の前に中河原交番が見え、その右手にスーパーマーケットがあるほかには、特筆すべき点はない。簡素な街並みで、田舎《いなか》特有の長閑《のどか》な雰囲気だ。

路線と交差するように通る鎌倉街道を南に進む。地図を頼りに十五分ほど直進したあと、左の小道に曲がった。左右に戸建《こだ》てが建ち並ぶ道は狭く、ようやく車が一台通れるほどの幅だった。

被害者である長谷川由美が住んでいた一戸建ては、両親から譲り受けたものだった。娘の結婚を機に、両親は群馬《ぐんま》県に引っ越していた。群馬には長谷川由美の祖母が遺《のこ》した土地と家があり、そこで両親は隠居生活をしていたようだ。しかし、長谷川由美が殺された事件から半年の間に、二人とも後を追うようにして亡くなっていた。

番地プレートを確認すると、目的地に到着していた。

長谷川由美の家は焼けていたので当然残っておらず、更地《さらち》のままだった。見たところ、土地面積が三十坪《つぼ》ほどで、起訴状には二階建てと書かれてあった。夫と離婚し、娘二人と三人暮らし。住むには十分な広さだ。

周辺をゆっくりと歩きつつ、連なる家々を見る。マンションは少なく、アパートと戸建てが大半の印象だった。当然、大きく立派な家もあれば、古ぼけた家もあった。

再び、長谷川由美が住んでいた場所に戻る。

やはり、妙な印象を受けた。有馬は疑問を抱えつつ、中河原駅に戻るため、先ほど来た道を辿《たど》っていく。

駅に到着したころには、汗で背中が湿っていた。肌寒い気温だったが、一時間ほど歩くと上着が不要になるほどだった。足に疲労を感じたので、太股のあたりを叩《たた》く。昔は捜査のために一日中歩き回っても平気だったのが、今はこのありさまだ。自分も老いたものだと苦笑した。

中河原駅で電車に乗る。府中駅までは二駅だった。

休憩したいという思いを呑み込んで、真っ直ぐに目的地に向かう。多摩地区の中でも府中駅周辺は発展しており、活気があった。コンタクトレンズのチラシを配る男を無視して、黙々と歩く。

五分ほどで、府中東警察署に到着した。正面玄関から中に入り、カウンターへと進む。

「刑事課の小糸明《こいとあきら》を呼んでほしいんだが」

三十代くらいの署員が、その声に反応して近づいてくる。

「どうされましたか」

「捜一の有馬だ。ちょっと聞きたいことがあるんだ」

捜査一課と名乗るのは気が引けたが、誤判対策室と言っても簡単に理解してもらえないことは分かっていたので、古巣の所属を言うことにした。

捜一、という有馬の言葉を聞いた男は、弾かれたように背筋を伸ばし、すぐに確認しますと伝えてデスクに戻っていった。その姿を見ながら、事前に連絡を入れるべきだったかと思ったが、事情を説明するのが面倒だったので、結局、直接出向くことにしたのだった。もし不在ならば、改めて出直せばいいと考えていた。

「お待たせしております。すぐに参りますので」

電話をかけていた男が近づいてきてから言った。

どうやら杞憂《きゆう》だったと思いつつ、ロビーの方向を見ていると、やがて小糸が小走りで近づいてきた。

「お、お久しぶりです」

名前に違《たが》わず、小柄な体軀をした小糸は、年齢は三十五歳を超えたくらいだったが、どこか幼く見える。目鼻立ちがくっきりとしており、妙に愛嬌があった。

「すみません、お待たせしました。どうされたんですか」

大きな目を真っ直ぐに向ける。その瞳には、困惑の色が見て取れた。

「ちょっと聞きたいことがあって来た。急にすまんな」

「いえ、そんなことは」

体育会系特有の、はきはきとした喋り方をする小糸は、有馬を二階の応接室に案内した。

「その節は、大変お世話になりました」

有馬がソファーに座ると、小糸は立ったまま頭を下げる。

「いや」手を軽く上げた有馬は、早速本題に入るために口を開いた。

「実は、四年前に府中で起きた事件について調べている」

「……どんなことでしょうか」

向かい側のソファーに座った小糸は、手を組み、真剣な眼差しを送ってくる。

「犯人として捕まった古内博文という男を覚えているか」

「もちろんです」小糸は即答する。

「女性一人と、その子供二人を殺した男ですよね。あの時、自分も捜査に加わっていたんですが、犯人が自白していたんで、スピード解決して……たしか、死刑判決で確定しているはずですよね」

言いながら、顔に疑問の色が浮かぶ。どうしていまさら、その事件のことを聞きに来たのかと問いたそうな顔だった。

「まだ詳しいことは言えないが、この件を再調査している」

「え……捜一が調査しているんですか？　こっちにはなにも連絡はありませんでしたけど……」

首を傾げた小糸は、にわかには信じがたいといった調子で眉間に皺を作った。

「いや、捜一というわけではないんだが……」言いよどみつつ、言葉を続ける。

「供述調書を見せてほしいんだ。あと、古内を取調べた人間にも話を聞きたい」

「えっと……少々お待ちいただけますか」

「忙しいのに、悪いな」

「いえ、大丈夫です」

自分の一存では判断できないと思ったのか、立ち上がった小糸は、そそくさと部屋を出ていった。

天井を見上げた有馬の頭の中では、さまざまな憶測が浮かんでいた。これらを上手く篩《ふるい》にかけ、整理する作業をしなければ、偏見に呑《の》まれてしまう。

十分ほど応接室で待っていると、小糸が再び姿を現した。後ろには、見覚えのある男。

「お久しぶりです。坂口です」

蔑《さげす》んだような視線を向けてくる坂口克之は、小糸の二倍の体積はあるだろう身体を強調するように胸を張り、有馬を凝視した。

「小糸から話は聞きました」

屈強という言葉が似合う坂口は、階級は警部で、小糸の上司にあたる人間だった。

「供述調書は、これです」

小脇に抱えていた冊子を手渡した坂口は、小馬鹿にしたように鼻を鳴らす。

「どうしていまさら、この事件を調べるんですか」

「古内博文の取調べをしたのは、君か」

質問を無視した有馬に、坂口は目を怒らせる。

「……そうですが、なにか気になるようなことでもあったんですかね」

敵意を剝《む》き出しにした坂口を一瞥する。やはり、五年前のことを今も根に持っているようだった。

それも当然かと思う。有馬は坂口の心情を理解できないわけではなかった。

五年前。

府中東警察署管内で、殺人事件が発生した。殺害されたのは、当時二十三歳のOLで、目撃証言もない状況だった。

そこで、有馬たちの班が派遣され、府中東警察署刑事課のメンバーと共に捜査に当ることになったが、手がかりがないため、捜査は困難を極めた。遺体発見から一週間が経ち、捜査員に焦《あせ》りの色が見え始めた頃、周辺を巡視している警邏《けいら》隊から連絡が入った。不審な男に職務質問をしたところ、急に逃げ出したので確保したとのことだった。その時は殺人事件に関係しているかどうかは不明だったが、一縷《いちる》の望みをかけて、任意同行を求めた。

最初に取調べにあたったのは、府中東警察署刑事課の坂口。その様子をマジックミラー越しに見た有馬は、この男が犯人である確率が高いと直感した。男のリュックサックを確認すると、中から口紅が出てきた。それは、殺されたＯＬが唇に塗《ぬ》っていたものと同じものだった。坂口はなんとか男の口を割らせようと必死になったが、自白を引き出すことができなかった。そこで、白羽《しらは》の矢が立ったのが、有馬だった。有馬は捜査一課の中でも、取調べの能力が高いと評されていた。有馬の取調べは、感情的な相手には同調するような印象を抱かせ、反対に、論理的な相手には、言い逃れはできないと強く言い、屈服させるというものだった。ＯＬ殺しの容疑者のタイプは後者で、この時の取調べは凄《すさ》まじいものとなった。あらゆる手段で人格を否定し、生きていることすら後悔させるような罵詈雑言《ばりぞうごん》を浴びせた。

犯人に人権などない。

そういう価値観が有馬にはあったため、罪悪感など一切なかった。あるのは純然たる正義感だけだった。

結果、男は泣きながら殺害したことを吐《は》いた。

殺人事件の犯人は捕まったが、面白くないという思いを抱いていたのは坂口だった。他の署員から、坂口は本庁の捜査一課へ行きたいようだと聞いた。男の取調べに率先して手を挙げたのも、アピールのつもりだったらしい。しかし、結果は芳《かんば》しくなく、結局は、有馬の手柄のお膳立てをしただけだった。

その一件が原因かどうかは分からないが、いまだに坂口は、捜査一課に呼ばれてはいなかった。

過ぎ去った出来事を頭に浮かべながら、有馬は首を横に振った。

「別に、君たちの捜査にいちゃもんをつけに来たわけじゃない。ちょっと、調べたいことがあるんだ」

そう言うと、坂口が意地の悪そうな表情を浮かべた。

「それはそうと、有馬さんって、今は一課じゃないんですよね」

突然の切り返しに、隣にいる小糸が慌てた様子で坂口を見た。

「なんだったっけなぁ……誤判……なんとかっていう」

「誤判対策室だ」

明らかに馬鹿にしている言い方に対しても、有馬は平静を保ちつつ答える。

「そうそう、それです」坂口は薄笑いを浮かべた。

「たしか、死刑確定囚の再調査をするとかなんとか。そういや、この古内博文も、死刑が確定していますよね」

「ああ」

「それって、つまり……」

そこで言葉を止めた坂口は、有馬の顔を覗き込むように見る。その表情は、殺気立っていた。巨大な体躯《たいく》と相まって、威嚇《いかく》するには十分すぎる迫力だった。

「……この事件が、冤罪とでも思っているんですか」

言い方は丁寧だったが、怒気を含んだ声。それに対し、有馬はあくまで悠然《ゆうぜん》と構えていた。

「その可能性があるから、ここに来ているんだ。まぁ、座れ」

有馬は、坂口を見上げる。

「……いえ、立ったままでいいです」

なにか言いたそうな表情をした坂口だったが、歯を食いしばり、ぐっとこらえたようだ。

警察官が作成した供述調書に目を通しても、やはり検察官との取調べの様子を撮った映像や、検察官が作成した供述調書以上の情報は得られなかった。捜査資料にも目を通したい気持ちもあったが、今の坂口の態度を見ると、見せてくれる可能性は低いだろう。

「一つ……いや、二つ聞きたいことがある」

その言葉に対して、坂口は返事をしなかったが、有馬は構わず続ける。

「まず一点目。どうして古内博文は、長谷川由美の家に入ったのか」

「……それは、どういうことでしょうか」

坂口の疑問に、先ほど長谷川由美が住んでいた場所を見てきたことを伝える。

「近辺を歩いて回ったが、高級住宅街というわけではなく、いわゆる中流の家庭が暮らしているような印象を受けた。それなのに、どうして古内博文は、あの地域に的を絞り、しかも長谷川由美の家を選んだのか」

「そんなことですか」坂口はまず安堵の表情をしてから、見下すような視線を送ってきた。

「ちゃんと、理由は聞き出していますよ。金が必要だったが、大きな家だと警備会社のセキュリティーがあると思ったからだと言っていますよ。それに、玄関の鍵も開いてたから入りやすかったんです」

「一般家庭にある現金なんて、十万円あればいいほうだろう」

「何軒か盗みに入ろうとしたんですよ。でも、一軒目で家人に見つかって、それでテンパって、銀行のカードの場所と暗証番号も聞き出そうとしたって言ってますが、途中で、それは危険だと思ったみたいです。ほら、ニュースとかでＡＴＭから現金を引き出している姿が映ったりするじゃないですか。それを思い出したらしく、財布の中にある四万円だけを盗んだということです」

「盗んだ金で、古内はいったい、なにをしようと思ったんだ」

「古内は警備員をして生活していて、内証《ないしょう》は苦しく、娯楽もなかったようです。でも、一人娘が結婚するってことで、お金を貯めるため、副業で倉庫内の仕分け作業をしていたようですが、その時に腰を悪くして仕事が続けられない状態になり、空き巣に入ろうと決めたと言っています。まぁ、結果として家人と出くわして、強盗殺人になったという流れです……これ、全部供述調書に書いてありますよね」

坂口は苛立《いらだ》たしげに言う。たしかに書いてあった。しかし、妙な主張だと思う。金に困って空き巣に入るならまだしも、思うように貯められなくなったからという理由は動機として弱い気がする。

「もちろん、そのほかにも、遊ぶ金が欲しかったと吐いています」

有馬の疑問点に気づいたのか、坂口は補足説明をする。納得のいく回答ではなかったが、言及することは避けた。

「もう一点の質問は、凶器の所在だが、これはまだ発見されてないんだよな。警察は、川に投げ捨てられて流されていったという見解だが」

「…………」

痛いところを衝《つ》かれたと言わんばかりに苦い表情になった坂口は、大きく息を吐いた。

「それがなんだって言うんですか。古内は自白しているんですよ。しかも、秘密の暴露だってあるんです」

「……秘密の暴露か」

有馬は呟く。取調べの際に、犯人しか知り得ない情報を自白し、その事実を裏づける証拠が見つかれば、たとえ物的証拠がないとしても、その自白はかなり有力な根拠となるというものだった。

「そうです。誰も知り得なかった殺害方法を自白したんです」坂口は上体を仰《の》け反《ぞ》らせた。

「長谷川由美の、刃物での殺害については、刺した箇所を正確に説明しています」

「そうか」立ち上がった有馬は、坂口に対して軽く頭を下げる。

「いろいろと助かったよ」

小糸にも礼を言う。小糸は浮かない顔をしながら、「いえ」と短く応じただけだった。

「またなにかあったら、聞きに来るよ」

そう言葉を残し、応接室から出て行こうと扉を開けた。

「奴は、犯人ですよ」

背後から、坂口の濁った太い声が聞こえてくる。有馬は振り返らずに、扉を抜けていった。

府中東警察署を出て、足早に歩きつつ、先ほどの会話を頭の中で反芻《はんすう》する。引っかかる部分はあった。しかし、確証がない状態で、下手《へた》に坂口たちを刺激したくはなかった。

ともかく、今、自分がしなければならないことを、一つずつ潰《つぶ》していけばいい。

4

状況が進展した。

そう知らせてきた世良の笑顔は眩《まぶ》しく、春名は少しどきりとさせられる。

「なにか分かったんですか」

視線を逸らしながら春名が問うと、視界の端で世良は大きく頷いた。

有馬から与えられた乏しい手がかりをもとに、三鷹周辺で一週間ほど聞き込みをしたが、結果は伴わず、これからどうするかを話し合おうとした矢先のことだった。

事務所の窓際のソファーに座る有馬は、熱心に資料を見ており、こちらに関心はなさそうだ。

「実は、似顔絵を弁護士仲間に回して、なにか情報がないか聞いていたんです。そうしたら、神奈川《かながわ》県川崎《かわさき》市中原《なかはら》区周辺で、判子《はんこ》の押し売り詐欺《さぎ》が発生したらしくて、被害者によるとですね」世良はジャケットの内ポケットから、折りたたんでいた自作の似顔絵を春名に差し出す。

「この絵の特徴に似た人物だったらしいんですよ」

自らを誇るような表情になった世良の所作は、どこか子供っぽい。

有馬は、資料に落としていた視線を上げ、目を細める。

「……その男は、捕まったのか」

「いえ、まだです。判子を買わされた主婦が数人、弁護士仲間のところに相談に来ただけです」

「相談？」

春名の問いに、世良は頷く。

「僕が所属している法律事務所は、規模だけは大きいので、アッパー層の顧客から、そうではない方たちまで網羅《もうら》しているんです。それで、最近は無料相談もしていて、押し売りとかの民事案件も情報が入ってくるんですよ」

確か、世良は日本で最大規模の法律事務所に勤めていたはずだと春名は思い出す。

「もう一人、男がいただろ」資料を見ていた有馬が、唐突《とうとつ》に声を上げた。「吊《つ》り目の奴だ。そいつはいたのか」

「ああ、えっと……」世良は手に持っている似顔絵の、短髪で作業着姿の男を指さす。

「この男はいなかったみたいです。判子を売りつけていたのは、小太りの男一人だったようですよ」

その言葉に、有馬は唸《うな》る。

「小太りが捕まったっていう情報はないんだな」

「はい。でも、被害者数人から依頼を受けたみたいですから、警察に捕まれば情報が入ってきますよ。民事訴訟しなければならないので」

有馬は探るような視線を世良に向けた。

「分かった。捕まったらすぐに教えてくれ」

再び資料に視線を落とした有馬に、春名は痺《しび》れを切らす。大きく息を吐いてから腰を上げ、有馬の目の前に立った。

「お忙しいところすみませんが、ちょっといいですか」

春名の棘《とげ》のある声色に反応し、有馬は迷惑そうな顔を向ける。

「……なんだ」

「今回の案件を、どこで仕入れたのかを教えてくれませんか。いえ、教えてもらわないと困ります」

回りくどい言い方をやめ、要求をストレートに伝えると、有馬は眉間に皺を寄せた。

「……どうして教える必要がある」

「そんなの決まってるじゃないですか」思わず声を張り上げた春名は、そのままの調子で続ける。

「有馬さんが持ってきたものは情報源が曖昧で心底疑わしいですが、それでも一応、私たちも動いているんです。この件を本気でやるならば、情報共有はしていただかないと困ります」

「その理由は」

「理由なんて一つしかありませんよ。私たちの時間を無駄にしないためです。ただでさえ、ここに来て実績を出していないのに、このままじゃ私は……」

語尾を萎《しぼ》ませた春名は、悔しそうに唇を曲げたまま沈黙する。

——このままじゃ私は負け犬だ。

心の中で増大する劣等感に、春名は歯を食いしばった。

見定めるような視線を向けてきていた有馬が、迷惑そうに顔を歪める。

「そんなの、お前らの勝手だろう。降りたければ降りればいい。そもそも、俺から乗ってほしいと言った覚えはない。お前らが申し出てきたことだろ」

たしかにそうだ。そう頭では分かっていても、感情は抑えられない。

「そこまで言うなら私は……」

啖呵《たんか》を切ろうとした時、長身の世良が割って入る。

「まぁまぁ、落ち着いてください」世良は、優雅と表現するに相応《ふさわ》しい笑みを浮かべた。

「どちらにも言い分はあると思います……ちょっと、整理していいですか」

会話の流れを断ち切った世良は、ゆったりとした動作で二歩後ろに下がり、距離を保つ。そして、有馬と春名の顔を交互に見た。

「有馬さんは、今回の件の情報源を知られたくない。そして春名さんは、情報源を知りたい。当然ですが、僕も春名さんと同意見です。誤判対策室の案件となった以上、我々は知る権利があると思います」

「それなら……」

有馬が発した声を、世良はすかさず手で制止する。

「個人的な考えですが、有馬さんが持ってきた今回の件に、必ずしも協力しなくてもいいのではないかと思っています。ですが、我々がここに集まった目的は、死刑囚の冤罪の可能性を探ることです。そこを忘れてもらっては困ります」

世良の確言に対し、有馬は気色ばんだ様子になって口を開くが、声が出ることはなかった。

「そこで、妥協案を探りたいと思います」世良は、微笑を湛《たた》えたまま有馬を見る。

「有馬さんが教えたくないのは、情報源そのものなのでしょうか。つまり、情報源を知られることで、今回の案件が失敗に終わってしまうのでしょうか」

「……そういうわけじゃない」

「分かりました」

柔らかい声だったが、どこか事務的な世良の口調は、やはり弁護士だなと春名は思った。

「では、情報源を僕と春名さんに伝えた上でも、やりようによっては、有馬さんが危《き》惧《ぐ》する部分に抵触することを避けられる可能性があるんですね」

小難しい言い回しに、有馬は目を瞑り、口をへの字に曲げて腕を組んだ。世良は一歩、有馬に歩み寄る。

「職業柄、口は堅いですから安心してください。それに、有馬さんは、どうしてもこの事件を解決したいんですよね。我々の力だって、十分に役に立つと思いますし、古内博文は死刑囚なんです。冤罪であることを証明する前に、刑が執行されてしまう可能性だって十分に考えられます。うかうかしている暇はないですし、人手は多いに越したことはありませんよ」

「だから、情報源を教えてくれってか」有馬は冷笑を浮かべる。

「そんなんで交渉したつもりで……」

「交渉ではなく、提案だと思ってください。古内博文の冤罪を証明するために、一番都合のいい方向に進むべきです」

なにかを言いたそうな顔をした有馬だったが、反論することはなかった。

「使えるものは使いましょうよ」

世良のその言葉が最後のひと押しになったのか、目を開いた有馬は、しぶしぶといった様子で情報源を語り始めた。

実利と感情を天秤《てんびん》にかけた末に、妥協したかのような口ぶりだった。


翌日の十七時三十分。

春名は世良と共に三鷹駅で降りて、小料理屋の『夕月』に向かった。

店の前で世良と目配せしたあと、暖簾《のれん》をくぐる。カウンターの向こう側では、和服を着た女性がまな板に視線を落としていた。

「いらっしゃいませ」

よく通る声が、春名たちに届く。控えめな色香の中にも、快活さがある。女性が羨《うらや》むような雰囲気を持っていた。おそらくこの女性が、有馬の言う綾子だろう。店内にほかの客の姿がなかったので好都合だった。

「二人、大丈夫ですか」

「ええ。どうぞ」

春名の言葉に綾子は頷くが、微かに、不審そうな視線を向けてきた。普通の客として来たのではないと感じ取ったのだろうか。そのほうが手っ取り早いと思った春名は、カウンターの奥に座ってビールを二つ注文してから、ここへ来た理由を告げる。

「綾子さんのことは伺っています。有馬さんってご存知ですか。えーっと、白髪《しらが》交じりで……痩《や》せ気味で……」

頭を捻《ひね》りつつ、有馬の容姿を伝えようとするが、上手く特徴を言い表せない。

「こんな感じです」

中腰になった世良は、ジャケットの内ポケットから手帳を取り出し、挟んでいた紙を見せた。そこには、有馬をかなり美化した似顔絵が描かれていた。

突然のことに動揺するような様子を見せていた綾子は、一瞬目が点になったあと、思い出したように頷く。

「あぁ、あの方ですね。ええ、贔屓《ひいき》にしていただいています」

そう言った綾子は、ちょっとハンサムに描きすぎですね、と付け足す。すると、世良は気分を害したような表情になったが、それも一瞬のことだった。

「今日は、有馬先生の紹介で来ました。少しお話を伺ってもよろしいでしょうか」

「……ええ」そう返事をしたあと、迷ったように眉間に皺を寄せた綾子は、遠慮がちに口を開く。

「あの……有馬さんとは、どのようなご関係でしょうか」

その質問で、ようやく春名は、自分が名乗っていないことに気づく。

「すみません。春名と申します。検事をしております」

「僕は、弁護士をしている世良章一と言います」そう言った世良は、丁寧に頭を下げた。

「僕らは、有馬先生の教え子なんです。高校のときの」

さらりと発せられた嘘に、綾子はきょとんとする。その表情を見て、春名は冷や汗をかいた。

昨日、有馬から絶対に守ってほしいことがあると約束させられた上で、情報源を聞き出すことに成功した。それが、目の前にいる中倉綾子だ。有馬の説明によると、十一月十日に綾子が店を開けたところ、二人の男がすぐに店に入ってきたらしい。一見《いちげん》の客だったが、その容姿を綾子ははっきりと覚えているという。その理由は、店内で語られた会話が、とても印象的だったからということだった。

「教え子？」小首を傾げる。

「有馬さんって、先生だったんですか」

世良の説明を鵜呑みにした綾子は、感心したような顔になった。

「有馬先生、今は早期退職をして、ときどき部活のコーチとかをやっているんですよ」平気な顔をして嘘を塗り重ねた世良は、言葉を続ける。

「それで、本題なんですけど、綾子さんが不穏な話を聞いたということについて、有馬先生が心配していたんです。人をヤッたという男の話です」

その言葉に、綾子は納得するように頷く。

「あぁ、その件でしたか」

「そうです。有馬先生は心配性なので、弁護士と検察官になっている僕と春名に相談をしてきたんです。恩師の頼みを断れませんから、こうして伺った次第です」

春名はピクリと頬を震わせる。便宜《べんぎ》上、同級生という設定にしたが、年下の世良に呼び捨てにされるのは癇《かん》に障った。

「へぇ、弁護士と検事なんて、優秀な教え子さんですねぇ」

感嘆するような声を発した綾子は、春名と世良の顔を見て、一瞬、困ったような表情を浮かべる。春名は、自分の鼓動が速くなるのを意識し、それを覚られまいと、出てきたビールに口をつけた。二歳年下の世良と同級生というのは、少し無理があったか。

隣に座る世良は特に気にしていないようだったが、女同士というのは、年齢には敏感だし、最近は肌の衰えを感じる。食生活も乱れがちの上、風呂上がりのビールも日課に――。

頭の中にもやもやとした考えが去来したが、当の綾子は、特別なにかを指摘するでもなく、世良が勝手に注文した料理の支度《したく》を始めた。

春名は気を取り直し、綾子の姿を観察する。

清潔感のある容姿に、明るい雰囲気。年齢は三十五歳前後だろう。器量がいいと一言で片づけてしまうと言葉足らずな気もするが、もし男ならば、綾子目あてで常連になっているかもしれないと思わせるものがあった。

綺麗な顔立ちの横顔を見ながら、有馬との約束を頭に浮かべる。

有馬は、自分の素性を絶対に綾子に喋るなと、きつい調子で念を押した。それを聞いた時、綾子に気があるのかと内心思った。しかし、刑事であることは絶対に秘匿《ひとく》したいということだったので、理由はほかにあると考えられる。綾子と有馬の間には、なにかがあるのだ。だからこそ、有馬は自らの正体を語りたがらない。

刑事であることが露見して困ること。それがなんなのかは分からなかったが、興味をそそられた。

結局、身元を隠すために、有馬を教師と偽り、自分たちは教え子だと名乗ることにしたのだった。

「へんな話をしてしまって、有馬さんには申しわけないことをしたかしら」

小鉢に盛られた青物のおひたしを出しながら、綾子は困惑の表情を浮かべた。

「いえいえ、ご心配なく」世良が、長い指で箸を持ちながら、気さくな調子で言う。

「有馬先生から話を聞いて、興味を持ったのは僕たちですから」

おひたしを口に入れた世良は、瓶ビールをすぐに空にして、日本酒を注文する。草食動物じみた見た目のわりに、かなりの酒豪《しゅごう》なのだ。

「それで、二人の男が話していた会話を、私たちにも教えていただけませんか。有馬さんから概要は聞いているんですけど、やはり直接聞いたほうがイメージしやすいので」

春名は、尋問のような口調にならないように意識し、柔らかな声を出す。職業柄、詮索《せんさく》する時はどうしても言葉が刺々しくなってしまうので、気をつけなければならない。

「思い出せる範囲で結構ですよ。たしか、十一月十日のことですよね」

世良の言葉に、綾子はほっそりとした顎を引く。

「そうです。とても印象的だったので、はっきりと覚えています。あの日、店を開けてすぐに、二人の男性が来られたんです」

「こんな感じの男ですよね」

世良は、自作の似顔絵を取り出した。それを見た綾子は、前に有馬からこの絵を見せてもらったことがあると前置きした上で、そっくりに描けていると褒めたので、世良は嬉しそうに顔をほころばせる。

「実は僕、漫画家を目指していたことがありまして」

「そうなんですか。私も、漫画はよく読みますよ」

「へぇ、たとえばどんな……」

話が横道に逸れようとしたので、春名は、カウンターの下で世良の足を小突く。

「続きをお願いします」

少し強い調子で春名が言うと、綾子は目を瞬かせてから頷いた。

「……そうですね。あの日は、他にお客さんが来なかったので、二人でずいぶんと呑まれていました。最初はとりとめのない話をしていましたよ」

「どういった話ですか」

春名の質問に、綾子は目を細める。

「競馬のこととか、奥様の愚痴とか。その話しぶりから、小太りの男性よりも、吊り目の男性のほうが立場は上だと思いました」

「それは、どうしてですか」

「言葉遣いが乱暴でしたから」綾子は肩をすくめた。

「しかも、小太りの男性はずいぶんと畏縮《いしゅく》していました。上司と入社したばかりの部下という雰囲気もあったんですけど……なんて言ったらいいのか……役職とかではなくて、もっと根本的な上下関係というか……」

「そうしているうちに、例の話になったんですね」

言葉を選んでいるうちに無言になった綾子に対し、春名は訊ねる。

「ええ」当時のことを思い出したのか、その声は微かに震えていた。

「聞こえてきた時は、身の毛がよだつ思いでした」

「どんな感じで言っていたんですか。覚えている範囲で結構ですので教えてください」

世良が、丸みのある声で訊ねると、綾子は一瞬黒目を横に逸らして口を閉じたが、やがて桜色の唇が躊躇しながら動く。

「俺は人をヤッたことがある。しかもそれで、無実の人間が警察に逮捕されて、死刑囚になっている。だから、俺は捕まらない。人なんて簡単に……といった感じだったでしょうか。その後も、四年前にとか、三人ヤッたって、自慢するように言っていました。話を聞いていた人は、顔を真っ青にしていましたよ」

「ヤッたっていうのは、それはつまり、人を殺したってことでしょうか」

春名が問うと、綾子は視線を下げる。

「殺したとは言っていませんでしたが、なんとなく、そんなように聞こえました」

綾子は、怯《おび》えたように身体を震わせた。その表情に、嘘偽りはなさそうだった。

「そうですか……」

春名は呟く。

綾子が話した内容には、有馬から聞いた以上のことは含まれていなかった。

ただ、綾子の話を聞いた春名は、やはり引っ掛かりを覚えた。

この話を初めて有馬から聞いた時や、いま綾子の口から直接聞いて、感じたもの。

初めて入った店で、人を殺したと聞こえるような声で言うだろうか。

男は二人とも、相当酔っていたという。それで、つい口を滑らせたのかもしれない。ただ、酒が入っているとはいえ、第三者のいる空間で、己の犯した罪をベラベラと喋るようなことをするだろうか。

いや、普通に考えたら、喋るはずがない。

目の前にいる綾子の冗談か、それとも、なにか別の——。

世良が、顔をこちらに向けた。視線が交わる。その瞳には、春名と同様に疑問の色が浮かんでいた。

「……こんな情報ですけど、なにかお役に立ちますか」

様子を窺《うかが》うような表情をした綾子は、声の調子を落として訊ねてきた。

「もちろんですよ」春名よりも先に、笑みを浮かべた世良が答える。

「有馬さんから話を聞いてから、ちょっと調べてみたんです。そしたら、該当しそうな人物が数人浮上しました」

古内博文の名前はあえて出さなかった。これは、事前に春名と世良で決めたことだった。綾子の言葉を全面的に信じているわけではないので、情報を与えることは避けたかったのだ。

「そうですか」綾子は嬉しそうな顔をして、左手を胸の辺りに当てる。

「無実の方が死刑囚になっているとしたら、大変ですから、なんとかしたいと思ったんです。でも、警察に言っても取り合ってもらえないでしょうし……それで、一人で考えているのが不安で、有馬さんにお伝えしてしまったんです」

「そうだったんですね」

春名は複雑な心境を抱きながら同調する。

検察官は、事件を起こした容疑者を起訴したあと、罪を立証して、裁判所に法の正当な適用を請求することが仕事だ。起訴すると決断して裁判になれば、有罪率は九九・九パーセントと、事実上世界一の精度を誇る。これは、千件に一件しか無罪とならない計算だ。それほど、検察官は、起訴の前に容疑者が罪を犯したかどうかを調べつくし、絶対の自信を持って裁判所で有罪を証明しようとする。

しかし、誤判対策室は、九九・九パーセントの有罪の中から、誤って下された判決を探るために組織された。しかも、死刑という、決して間違ってはならない判決に限定して。

検察官である春名にとって、昔のことを掘り返すことは、先輩たちが築いた実績に傷をつける行為にほかならず、誤判対策室への異動が決まった時は、頭の中が真っ白になった。

明らかな左遷人事だったが、その原因は明白だった。

誤判対策室に異動させられる一年前から、春名が起訴した被告人に対し、裁判所は連続で三件の無罪判決を下した。これは、申しわけが立たない状況だ。

別段、自分の能力が劣っているわけではないと思っていた。たまたま、不運したのだ。証人に裏切られたり、捜査の不備が発見されたりと、想定外の出来なったのだ。

――すべてを見通せないお前が馬鹿なんだ。

上司からの叱責《しっせき》を思い出し、春名は歯を食いしばる。

たしかに、その通りだ。起訴したならば、絶対に有罪にするのが検察という組織なのだ。その不文律を守れなかったのが悪いと言われれば、返す言葉がない。

誤判対策室行きを命じられた直後は、検察官を辞めようと考えた。しかし、かろうじて踏《ふ》み止《とど》まったのは、検察という組織を見返してやろうという気持ちがあったのと、誤判対策室という新しい試みに少なからず魅力を感じたからだ。

ただ、現実はそう甘くはなかった。法務省の後押しによって組織が発足したものの、四方八方から敵視されて身動きが取りづらく、現在では誤判対策室の存在意義すら疑わしくなっている。

「大丈夫ですか」

隣にいる世良が、心配そうに訊ねる。綾子もまた、気にかけるような視線をこちらに向けていた。

「すみません……ちょっと、酔っ払ってしまって……」

思い悩んだ顔をしていたことを自覚した春名は、垂れた髪を耳にかけつつ、取り繕《つくろ》うように言った。

「具合が悪いのでしたら、上で休みますか」

綾子は店の奥にある階段を見ながら言う。どうやら、二階には休憩できる空間があるらしい。

「いえ、もう大丈夫です」意識して声を張った春名は、話題を変えようと口を開く。

「このお店、いい雰囲気ですね」

その言葉に、綾子は少し頬を赤らめた。

「いえいえ、そんな……」

「僕も思います。ここにいると、妙に落ち着きますね。和風ですけど、ジャズを流しても似合いそうです」

謙遜《けんそん》するように手を振って否定する綾子に対し、世良も同調するような声を発する。

店の内装はシンプルだったが、調度品にこだわりが感じられる。そして、欅《けやき》のカウンターのせいか、バーのようにも見えた。

「私がここに店を開く前は、ジャズバーだったんですよ。前の店主の方が身体を悪くして、店を閉めようとしていたんです。そんな時、私が店を開きたいと思っていることを偶然耳にして、安く譲ってくれたんです」

「へぇ、どうりで」

世良は感心したように頷きつつ、店内を見渡していた。

「このお店、一人でやっているんですか」

何気なく春名が訊ねると、綾子は表情を曇らせる。

「……そうですね」

取ってつけたような笑みを浮かべた綾子は、一度口をつぐむ。話題を変えようとも思ったが、綾子は続きを喋り始めた。

「本当は、夫に手伝ってほしかったんですけど、先立たれてしまって」綾子は返答しつつ、場の空気を和《なご》ませるように目尻に笑い皺を作る。

「まぁ、一人で生きていくために一念発起《いちねんほっき》して開いた店なので、夫が生きていたら、ここには立っていなかったかもしれません」

物憂《ものう》げな視線を手元に落とす。綾子の薬指には、プラチナの結婚指輪が光っており、それを愛《いと》おしむかのように口角を上げた。

「辛気《しんき》臭い話をしてしまって、ごめんなさい」

「い、いいえ……こちらこそ、すみませんでした」

春名は自分を情けなく思う。こういう時、どう言葉をかけるのが適切なのかが分からなかった。

店内に気まずい空気が流れる。

それを察知したのか、世良がやや前のめりになって、綾子を見つめた。

「綾子さんは美人ですから、お客さんに言い寄られたりするんじゃないですか」能天気に顔を緩ませた世良は、再度日本酒を注文しつつ、春名を指さす。

「こいつ、男勝《まさ》りなんで、女らしさを教えてあげてくださいよ」

「なっ……」

春名は世良を睨みつける。しかし、世良は相変わらずへらへらとした表情をしていた。

「綾子さんから見て、どう思います？」

困ったような顔をした綾子は、顎のあたりに手を当てた。

「……私は、春名さんみたいに、芯《しん》の通った人に憧れます」心の内を見透かすような澄んだ瞳で見られたので、春名は顔に火照《ほて》りを感じる。

「それに、私よりもよっぽど女性らしいと思いますけど」

「そうですかねぇ。まぁ、たしかに、磨けば光るタイプかもしれませんね」

世良が疑わしそうな視線を向けてきたので、春名は殺意を込めて見返す。

「……世良君、あとで覚えておいてね」

その言葉に、世良はようやく立場をわきまえたのか、顔を引き攣《つ》らせ、アルコールで上気した顔から赤みが引いていく。いくら酒が入ったとはいえ、許す気はさらさらなかった。

その様子を見ていた綾子の顔が綻《ほころ》ぶ。

「喧嘩《けんか》するほどなんとかって、よく言いますからね」

「そ、そんなんじゃないですよ」

強い声で否定する春名に、世良も相槌を打つ。

「そうです。我々は仕事でタッグを組んでいるだけですから」

きっぱりと世良が言ったことに春名は少し傷つき、その感情を抱いてしまったことに腹が立った。

「そのとおりですよ。私たちは、あくまで検事と弁護士という関係ですから」

「でも、同級生なんでしょ？」

綾子は首を傾げる。

「それは、そうですけど……」その設定を失念していた自分に内心呆れつつ、話の穂を継ぐ。

「ともかく、我々の力で、綾子さんから伺った話の真相を探ってみせます」

言い切った春名に、世良は同調するように頷いた。

「僕たちが、必ず真相を暴《あば》いて、無実の死刑囚がいたら救い出しますよ」

まるで、そうすることが容易であるかのように、世良は涼しい笑みを浮かべた。

5

有馬はソファーに座り、ガムを噛みながら天井を見ていた。春名や世良の姿はなく、事務所の中は静まり返っていた。

今後の行動について思いを巡らせる。どこかのタイミングで、東京都葛飾《かつしか》区小菅《こすげ》に行き、東京拘置所に収監されている古内博文に会わなければならない。ただ、今の時点で会ったとしても、実りのある話が聞けるかどうかは疑問だった。まずは、情報収集が不可欠だろう。

ワイシャツの胸ポケットから携帯電話を取り出し、府中東警察署の小糸に連絡をしようと思った途端、慌てたように廊下を走ってくる足音が耳に入り、出入り口の扉の方に視線を向ける。

やがて扉が開き、世良が姿を現した。薄紫のワイシャツに、紺色のセーター。ファッションショーの帰りではないかと思ってしまうような出で立ちだった。

「あ、有馬さん。ちょうどいいところに」世良はそう言いつつ、事務所内を見渡す。

「あれ、春名さんはどこに？」

「さぁな」

先ほど、検察庁に行くと言っていたが、答えるのが面倒だったので黙っていることにした。

「それで、どうしたんだ」

世良の様子を窺いつつ、有馬はテーブルの上に置いていたマグカップを手に取った。冷めきったコーヒーが、まだ半分ほど残っている。

「実はですね」世良は気を取り直したように、前髪を掻き上げた。

「小太りの男が捕まったんですよ」

その言葉に、マグカップを持つ手が震える。

「……その小太りってのは、二人組の内の一人か」

その質問に、世良は頷く。

「そうです。『夕月』の綾子さんが言っていた奴です。特徴は似ていますし、三鷹に最近行ったかどうかや、もう一人の吊り目の男について聞こうと考えています」

「今、どこにいる」

「世田谷《せたがや》警察署の留置場です」

「三軒茶屋《さんげんぢやや》駅か」

頭の中で電車の乗継ぎを考える。

「あ、車で来ているんで、それでいきましょう」

立ち上がった有馬に対して世良が提案してきたので、それに従うことにした。

事務所から一分ほど歩いた場所にあるコインパーキングには、国産車が停めてあった。世良のイメージから、てっきり外車だと思っていたので意外だった。そのことを伝えると、以前はアウディに乗っていたが、機能性とコストを考えて買い替えたという答えが返ってきた。

首都高速道路を使い、二十分ほどで世田谷警察署に到着することができた。

署内に入り、用件を伝える。誤判対策室は名目上、調査に必要だと判断すれば、勾留中の容疑者に警察官の立ち会いなく面会することが可能だった。

「誤判対策室？」対応した警察官は、疑わしげな視線を有馬と世良に向ける。

「そうですか。えーっと、ちょっと待っててくださいねぇ」

そう言うと、警察官は面倒そうに頭を掻きつつ、奥に引っ込んでしまう。おそらく、誤判対策室の権限について確認をしにいったのだろう。

「……知名度、低いですね」

世良が残念そうな声でぼやく。

「仕方ないだろ。まだ実績がゼロの組織なんだ。税金泥棒と罵《ののし》られても文句は言えない」

有馬の言葉に、世良は悲しそうな表情になった。

誤判対策室の設置が決まった半年前には、いい意味でも悪い意味でも騒がれ、警察組織や検察組織で議論が巻き起こった。

政府の強い後押しにより法案が可決して作られた誤判対策室は、衆参両院の国会議員から構成される裁判官訴追委員会の下部組織という位置づけだったが、当初予定されていた権限は、検察庁や警察組織が保有する証拠をすべて見ることができ、必要であれば勾留中の人間にも滞《とどこお》りなく会えるというものだった。これは、一種の聖域をなくす行為でもあった。そのため、土足で踏み込まれることを危惧していた検察庁や警察組織の反発は激しく、政治による法の支配の侵食だという声まで出た。その猛烈な攻勢にさらされ、さまざまな調整を経た結果、全証拠を無条件で閲覧できる権限は骨抜きにされ、優位性は失われることとなった。

「お待たせしました」頬を擦《さす》りながら、先ほどの警察官が戻ってくる。

「面会室に呼びますので、あちらのエレベーターからどうぞ」

「ありがとうございます」

すぐに背を向けて離れていく警察官に、世良は頭を下げ、丁寧な口調で言った。

「おい、行くぞ」

歩き出した有馬は、もたもたしている世良に声をかける。

「あ、すみません。今行きます」

弾むような声で返事をした世良が、小走りで追ってきた。


面会室は手狭で、小さな穴がいくつも空いたアクリル板で隔てられた二つの空間の一方に有馬と世良、もう一方に、小太りの男が対面する格好で椅子に座った。

一般の面会者ならば、警察官の同席が必須だが、誤判対策室には秘密交通権が認められているので、立ち会いの必要はなかった。

有馬は男の容姿を見て驚く。世良が描いた似顔絵に、あまりにも酷似《こくじ》してい膨れの頬に、豆粒のような小さな目。眉は太く、眉間が狭い。年齢は六十代中盤のようだったが、太っているためか、皺が少ない。特徴はしっかりと押さえている。しかし、それ以上に、その人間が持つ雰囲気すら似顔絵で表現できるのは、かなりの才能だと感心する。

「大窪日出喜《おおくぼひでき》さん、ですね」

世良の問いかけに対して大窪は頷きつつ、アクリル板越しに不安そうな眼差しを送ってくる。その目からは、敵愾心《てきがいしん》も読み取れた。

「あなたは、訪問販売によって、不当な金額で判子を売りつけたことによる詐欺罪に問われています」

「はぁ……」

大窪は、まるで他人事であるかのように心のこもっていない声を発する。

自分は悪くない。悪いのは社会であり、犯罪に手を染めたのは、自分が被害者だからだ。

そう、心の底から思っているのだろう。

有馬は、問い詰めて大窪の罪を洗いざらい自白させたいという欲求が一瞬湧《わ》いたが、すぐに息苦しくなってしまい、心が萎《な》えていく。そして、自分が欠陥品であるような惨《みじ》めな気持ちに歯を食いしばった。

世良は、鞄から取り出した資料をめくり、こめかみを指で押さえた。

「過去の経歴を調べさせていただきましたが、複数人から、民事訴訟を起こされていますね」

「……はぁ」

うんざりしたように大窪は頷く。

「健康食品から、浄水器、化粧水……そして、今回は開運グッズである判子ですか」

「はぁ、そうなんですよ。判子ってのは古典的ですが、いつの時代も運が良くなりたい人で溢《あふ》れていますからねぇ」その口調からは、まったく反省の色が見られず、それどころか、誇っているような表情さえ浮かべていた。

「それで、あんたたちは、いったい誰なんだ？」

その質問に、世良は自らを弁護士、有馬を刑事と説明する。

「……妙な組み合わせだな。で、なんの用だ」

「僕たちは、詐欺の件で来たわけではありません」

「じゃあ、なんだよ」

「最近、あなたは、三鷹で仕事をしたことがありますか。具体的には、十一月十日です」

「……三鷹だって？」大窪は、額に皺を作って腕を組む。

「どうしてそんなことを聞く」

回答を避けた大窪は、こちらの出方を窺うように質問する。見かけ相応に、狸らしい反応だった。

世良は資料に視線を落とす。

「実は、三鷹市でも、判子を不当な金額で買わされたと訴えている方が何人かいるんですよ。しかも、訪問してきた男は、あなたに似ているそうです」

「あまり記憶にないねぇ」

「覚えているはずです。十一月十日ですよ」

「うーん、どうかなぁ」

にやにやと笑いながら、世良の質問をはぐらかす。

「おい」痺れを切らした有馬は、アクリル板を掌で一度叩いた。思っていたよりも大きな音がし、大窪はビクリと身体を震わせる。

「素直に言った方がいいぞ。お前のためだ」

ドスの利いた声を出しつつ凝視する。大窪の顔からは、だんだんと生気が失われていった。その表情を見て、有馬は我に返った。

一人の男の姿が脳裏をよぎる。胸が締めつけられたように苦しくなり、歪めた顔を覚られぬよう下を向いた。

「……えーっと、たしかに、三鷹に行ったことはありますよ」

大窪は助けを求めるような目を世良に向けつつ、ぼそぼそと答える。

世良は、有馬の変化に驚いた様子だったが、気を取り直すように居住まいを正す。

「……では、その時に一緒だった男は、誰ですか」

そう質問をした途端に、大窪は血相を変える。それは、怯えている人間が示す反応だったが、先ほど有馬に詰問された時とは比べものにならないほどだった。

「し、知りませんよ！　三鷹には一人で行ったんです！」

強い口調で否定した大窪は、ぶるぶると頬を震わせた。

「でも、二人いたという証言があるんです」

「だ、誰が言ったんですか！　私は一人で行動していましたよ！　なにかの間違いです！」

あまりの豹変《ひょうへん》ぶりに困惑気味の世良は口を開きかけ、思い直したように有馬の様子を窺った。

有馬は首を横に振る。おそらく世良は、『夕月』で起きたことを話そうとして、目で確認してきたのだろうが、それを言ってしまえば、綾子に迷惑をかける可能性があるので、絶対に漏らさないことを事前に約束させていた。

「……そういった目撃証言があるんです」

仕切り直すように咳払いをした世良は、ポケットに手を入れ、折りたたまれた紙を取り出す。そこには、大窪と、もう一人の吊り目の男の似顔絵が描かれていた。

「この吊り目の男です。思い出しましたか」

その言葉に促されるように、大窪は示された似顔絵を見て、短い悲鳴を上げる。

「し、知りませんよ私は！」

腰を浮かせた大窪は、もう面会を終わらせてくれと声を張って言い、背後のドアを叩いた。すると、制服を着た警察官が部屋の中に入ってくる。

「まだ面会は終わっていません！」

立ち上がった世良が言うが、大窪は何度も首を横に振った。

「いや、終わりだ！　もう来ないでくれ！　私は無関係だ！」

喚《わめ》くように言いつつ、警察官を押しのけて部屋を出ていってしまった。

アクリル板に顔を近づけていた世良は、力なく椅子に腰を掛ける。

「……すみません」

「いや、大丈夫だ」うな垂《だ》れる世良に対して、有馬は声をかける。

「大窪が吊り目の男を恐れていると分かっただけでもいい」

「でも、こいつの居場所は分かりませんよ」

世良は、絵に描かれた吊り目の男を指差した。

「確かにな」有馬は背伸びをしながら頷く。

「でも、判子があるだろ」

「判子？」

世良が不審そうな表情になる。

「大窪が売っていた判子の製造元をたどれば、吊り目を見つけられるかもしれん」

その言葉を聞いた世良は目を輝かせ、さっそく大窪が持っていた判子を請求すると言って立ち上がった。

◆◆◆

【二〇一一年九月五日（月曜日）　十三時三十分（第一回公判）】

「それでは」裁判長の声が、法廷内に反響する。

「証拠申請したものについて、要旨《ようし》を説明してください」

その言葉に、検察官の西島は立ち上がり、軽く一礼してから喋り始めた。

「まず、こちらをご覧ください」

西島がモニターに視線を向けたのを見計らったかのように、画面に白いワイシャツとジーンズが映し出される。ワイシャツには血痕がべっとりと付着し、ジーンズには黒ずんだ染みが太股から膝《ひざ》にかけて付いていた。

「これは、事件当日に被告人が着用していた衣服です。ワイシャツを見れば明らかですが、大量の血液がついており、DNA鑑定の結果、この血痕は被害者である長谷川由美さんのものと判明しています」

西島は、周囲の反応を窺うように廷内を見渡したあと、再び口を開いた。

「また、被告人は、犯行日である今年の六月十日に逮捕された後に、犯行告白をしています。その決定的なものが、被害者である長谷川由美さんの殺害方法です。警察は、殺害方法を刃物で刺したと公表したのみで、具体的な傷の箇所は一切漏らしていません。その中で、被告人は、長谷川由美さんの左側の太股に加え、生きているうちに首を刺したと自供しました。これは捜査関係者も知らず、まさに真犯人にしか知り得ない情報です。この秘密の暴露は、非常に有力な証拠となります」

西島は一度言葉を止め、モニターに視線を向ける。そこには、スキャンした書類が映し出されていた。

「これは、明協医科大学《めいきょういか》の太田堅一教授に死因の再検討を求めた際に作成していただいたものです。内容については、太田教授ご本人に説明を依頼しています」

西島の言葉が終わったところで、裁判長が傍聴人席の左端を見ながら、証人を呼ぶ。すると、肌の白い六十歳くらいの男が立ち上がった。痩せた身体は針金のように細く、目が異様に大きい。

証言台に立った太田は、運動前のウォーミングアップをするかのように肩を回した。

「これからあなたのことを証人と呼びます。私が質問するので、真っ直ぐに前を向いてお答えください。まず、証人の職業と鑑定歴をお答えください」

西島の声に、太田は頷く。

「私は明協医科大学の教授で、法医学の研究をしています。鑑定歴は三十三年です」

「鑑定書の内容について、お聞かせください」

西島の言葉に、首を前に倒した。

「えーっと、当初警察はですね、長谷川由美さんの死因を、左大腿部を刺されたことによる出血性ショック死と判断していたんですよ。火事によって、皮膚のいたるところが爛《ただ》れていましたが……」

「火事によって、損傷が激しかったにもかかわらず、正確に鑑定できるんでしょうか」

鋭い西島の言葉に、太田は少し目を見開く。

「できます。遺体の場所が火から離れていたことから、状態は比較的いいほうでしたので、鑑定は可能でした。ですが、被告人の供述が得られたという連絡が入り、確認のために、ホルマリン漬けにしていた右総頸動脈《そうけいどうみやく》を切り開いたんです。そうしたら、そこに長辺七ミリほどの楔《くさび》形をした血管の破れを発見した次第です」

その言葉のあと、西島は裁判長を見る。

「証言内容を明確にするため、鑑定書に添付してある写真をモニターに示しながら尋問してよろしいですか」

「どうぞ」

西島は軽く頷くような仕草をし、モニターに視線を向ける。すると、画面が切り替わり、生々しい傷口が映し出された。

「この写真によって、なんの傷口かが分かるんですか」

「当然ですよ」太田は自信を持って頷く。

「これは、血管が破れている画像です。この血管の破れを、〝離開《りかい》〟と呼ぶのですが、この離開が直線状であることから、刺創であると判定しました。さらに顕微鏡検査をした結果、離開に生体反応があることから、左大腿部からの出血によるショック死ではなく、右総頸動脈刺創による出血性ショック死と分かったんです。ここで……」

「生体反応によって、死亡時期が分かるんですか」

西島の質問に、太田は一度口を閉じ、裁判員たちに視線を向けた。

「分かります。ここで、生体反応について、少し説明します。人間が生きているときに血管が破れた場合、血漿《けつしょう》中のフィブリノーゲンという成分が、フィブリンというものに変化するんです。フィブリンは網目状の繊維であり、その網の目に血球などがからまって血餅《けつぺい》……つまり血の塊《かたまり》となります。これを、血液凝固《ぎょうこ》と言います。また、白血球のひとつである好中球が、血管の破れたところに集まってきます」

モニターには、網目状のフィブリンや、それが血の塊になる一連の流れが3D画像で示され、スライドショーで流れている。

「被害者である長谷川由美さんの、右総頸動脈の離開付近の血の塊には、フィブリンと好中球が多く確認できました。これは、刺されたときには生きていたことを示しているんです。つまり、長谷川由美さんは太股を刺された時には生きており、直接の死因は、首を刺されたことだと分かりました。それで私は、そのことを反映させた鑑定書を書きました」

太田の話が終わると、西島がすかさず口を開いた。

「太田教授の鑑定書は、非常に重要な事実を明白にしました。つまり、被告人の首を刺したという犯行の告白により、本当の死因が判明し、科学がそれを裏づけたのです。殺害方法は、犯人しか知り得ないものであり、先ほども申しましたように、秘密の暴露に当たります。念を押させていただきますが」西島は、厚い胸板を誇示するように張る。

「秘密の暴露とは、あらかじめ捜査官が知り得なかった事項で、捜査の結果、客観的事実として確認されたことを言います。誰も知らなかった殺害方法を知る人間は、実際に手を下した真犯人以外におりませんし、その事実を告白したのが、ここにいる被告人なのです」

凛々《りり》しい西島の声は、廷内を圧倒していた。

その後、裁判長が弁護人に対して反対尋問を促したが、弁護人は鑑定時間など、一般的な質問をするに留まった。

東京地裁五〇三号法廷で開かれた古内博文に対する第一回公判は、まるでセリフや展開を予行演習していたかのように淀みなく進み、ただの一度も波乱なく、閉廷した。裁判員に選ばれた六人にも、判断に迷う必要がないという点で、安堵《あんど》の表情が窺えた。

◆◆◆

第二章　六十の壁

1

大窪日出喜と面会してから四日後、判子の出所が判明した。

「やっぱり、捜査一課の刑事は違いますね」

世良が尊敬するような眼差しを向けてきたので、有馬は、俺が特定したんじゃないと訂正を入れた。

捜査二課の知り合いで、偽造した印章を用いた私文書偽造の捜査を経験した人間がいたので、その伝《つて》を使っただけだ。大窪が所持していた判子には、特徴的な龍の細工が施してあり、それが特定の鍵となった。

同行したいと申し出た世良とともに、事務所の外に出る。それほど寒くはなく、本格的な冬の訪れはまだまだ先のように感じられた。

「あれ？　電車に乗らないんですか」

隣を歩く世良が訊ねる。

「場所は神田《かんだ》だ」有馬は手に持っている手帳に目を落とした。

「しかも、神田駅から離れた場所にある。直接歩いたほうが早い」

「たしかに、そうかもしれません」

背後から感心したような声が聞こえてくるが、無視して歩き続ける。

「そういえば、大窪の詐欺について調べたんですが、ずる賢い奴ですよ。そう思いません？」

世良が、隣に並んで同意を求めてきた。

「……なにがだ」

有馬は歩調を速めるが、世良は悠々と歩いている。足の長さの違いをこれほど意識させられたのは、人生で初めてのことだった。

「あいつ、訪問販売で法外な金額の判子を売る時に、頭金という名目で金を貰《もら》ってから、書類のみを渡していたようですよ」

「それがどうした」

苛立ちを反映させた声に、世良は憤慨するような表情になった。

「書類を渡してから二週間後に判子を届けて、クーリングオフを故意にさせないようにしていたんですよ」

「詐欺師なんだ。そのくらいのことはするだろう」

有馬の返答に、肩透かしを食らったような間抜け面《づら》になった。

「いや、でも……」声を萎《しぼ》ませた世良は、気を取り直すように首を横に振る。

「まぁ、それはいいとしてですね。やっぱり警察ってすごいですね。いとも簡単に大窪を捕まえるんですから」

また始まった。そう思った有馬は露骨に嫌な顔をする。

「大窪はジュラルミンケースを持って住宅街を歩いていただけなのに、パトロールをしていた警察官が職務質問をして、判子を見咎《みとが》めたんですから。しかも、言い逃れしようとする大窪を署まで引っ張り、自白させてしまうなんて。やっぱりすごいですよ」

嬉々《きき》として喋る世良に、有馬はため息を吐いた。

刑事裁判において、弁護士というのは、起訴された人間を弁護する職業であり、犯罪を暴こうとする警察官や、起訴をする検察官とは対極の立場だ。それにもかかわらず、世良は警察に対して異常なほどの憧憬《しょうけい》を抱いているように感じられた。

「日本の警察って優秀ですよね」

「……弁護士の敵に賛辞を送ってどうするんだ」

つい口を滑らせると、世良は不思議そうに首を傾《かし》げた。

「敵？　いえいえ、弁護士も警察も、それに検察だって、正義を追求したいという点では同じ方向を向いていますよ」

恥じもせず言ってのけた世良の顔を、まじまじと見てしまう。その視線に気づいたのか、世良は少し恥ずかしそうに頬を掻いた。

「でも、やっぱり、警察は特別にかっこいいと思います」

「……本気で言っているのか」

馬鹿にされているように感じた有馬が訊ねると、世良は真顔で頷いた。

「漫画家になりたいと一時期思っていたんですけど、いつの頃からか、犯人を追う刑事という職業に憧れていたんです」

「そんなに言うなら、弁護士じゃなくて警察官になればよかったんじゃないか。そっちのほうが簡単だろ」

その言葉を発した途端、世良は虚を衝かれたような顔をして、悲しそうに目を細める。

「そうしたかったんですが、親の方針で、警察官になることを反対されたんです。どうしてもなりたいなら、国家Ⅰ種のキャリア組以外は許さないと」

「なら、キャリア組になればよかったじゃないか」

なろうと思ってなれるものではないのは分かっていたが、気軽に訊ねる。すると世良は、重苦しそうな表情になった。

「僕の憧れは、刑事だったんです。叩き上げの……たとえば、有馬さんみたいな」

「勝手に人のことを叩き上げ呼ばわりするな」

世良の視線に羨望《せんぼう》の色が含まれていることに気づき、居心地が悪くなった。顔立ちや、着ている服のセンスを見れば、家柄の良いお坊ちゃんだということは分かる。親は高学歴で厳格。しかも、かなりの教育熱心。

世良は肩を落とした。

「それで、警察が駄目だったらと弁護士になろうと考えたんです。検察官や裁判官からの引きもあって迷ったんですが、なんとなく、弁護士のほうが性に合っているかなと。でも、やっぱり刑事になりたかったなぁ」

無垢《むく》な表情で世良は呟いた。

有馬は大きなため息をつく。あくまで推測だったが、親の厳格さから、世良は少しズレた男になったのだろう。

二十分ほど歩くと、目的の場所に到着することができた。

「やっぱり、歩いたほうが早かったですね」

世良の言葉を無視した有馬は、『骨頂堂《こっちょうどう》』という文字が彫られた木彫《もくちょう》看板を見上げ、店の外観を観察する。建物は古く、築五十年は経っているように思える。一番近い神田駅からでも、十五分以上歩くような立地である。そんな判子屋に採算が取れるとは思えない。おそらく土地持ちの身分で、判子屋は暇つぶし程度にやっているのだろう。

「ここですか」

「そうだ」

有馬は頷き、アルミサッシの引き戸を開けて、店の中に入った。

店内は薄暗く、店の奥に設置してあるレジ台の向こう側に座っている初老の男が、丸眼鏡《めがね》越しに不愛想な眼差しを向けて、小さな声で「いらっしゃい」と告げた。そして、すぐに興味を失ったかのように視線を落としてしまう。

店の壁に設置されたガラスケースには、さまざまな種類の判子が展示してあり、整然としていた。

「すみません。ちょっとお話をお聞きしたいんですが」

有馬は男に近づきつつ、警察手帳を上着の内ポケットから取り出す。

「あ？」およそ客を客と思っていないような威嚇めいた声を出して顔を上げた男は、有馬の顔と警察手帳を交互に見る。そして、次の瞬間、素早い身のこなしで警察手帳を奪い取った。

「なっ……」

一瞬のことに呆気にとられた有馬は、取り返そうと手を伸ばす。しかし、男は身をかわし、レジ台という地の利を活《い》かして、巧みに逃れる。

「……ふむ。本物の刑事だな」

中身を確認した男は、自らを店主だと名乗り、手帳を返して黄色い歯を見せて笑う。七十歳を超えているように見えるが、無邪気な表情だった。

「それで、なにが聞きたい。ここは質屋じゃないから、盗品は置いてないぞ」

緑色のニット帽を手で直しながら言う。

「この男に見覚えは？」

胸ポケットから写真を取り出し、レジ台の上に置く。写真には、大窪の顔がバストアップで写っている。

「あー、この男か」眼鏡の位置を調整した店主は、納得したように頷く。

「知らんな」

想像と違う回答に、有馬はポカンと口を開く。

「この判子を持っていたんですよ」

世良が後ろから、漆塗《うるしぬ》りの判子ケースを取り出して渡した。金箔《きんぱく》で加賀《かが》蒔絵《まきえ》を施したケースは、朱肉入りなのでやや大きな作りだった。大窪の話によると、訪問販売でこの判子を見せて、購入を迫っていたらしい。

「ふむ」判子ケースを持った店主が粗雑な手つきで中身を確認する。

「こりゃ、ワシが作ったものだな。すぐに分かる。判子といっても、いろいろと奥が深くてな。ワシが若いころに師事した……」

「ここで売られたもので、間違いないんですね」

話が長くなりそうだったので、有馬は強い声で遮ってから訊ねた。

「……ああ。そうだよ」店主はつまらなそうに唇を尖《とが》らせたが、素直に応じる。

「この安っぽい箱は知らないが、中に入っているこの判子はワシが作った」

判子を抓《つま》んで取り出した店主は、彫ってある部分を見る。そこには、篆書体《てんしょたい》で『徳《とく》川家康《がわいえやす》』と彫られてあった。

「店に来たのは、この男ですか？」

世良は自作の似顔絵を取り出し、吊り目の男を指さす。

「いや、違うな。でも、これを作ったのは覚えているぞ。なんせ、徳川家康と彫ってくれなんて客は、そういないからな」

「いつごろ作られたんですか」

「ちょっと待て」

そう言った店主は、レジ台の下から、色褪《いろあ》せたノートを取り出す。ノートの綴《と》じられている側の上部にはパンチで穴が開けられ、黒い紐《ひも》が結んであった。

指を舐め、ページを繰りながら眼鏡の奥の眼球を動かしつつ、寄って見たり、遠くから眺めたりしていた。ノートには、名前と住所、そして、彫った文字が書かれてあるようだった。

「お、これだな」

ノートを反転させた店主が示す箇所を見ると、そこには、楠木恵美《くすのきえみ》という名前が達筆な字で書かれていた。

「……女性、ですよね」

世良の言葉に、店主は頷く。

「そうだ。でも、顔まではよく覚えていないよ」

そう言いながら、楠木恵美という名前の箇所をいくつか指さす。五ヵ月前の七月から始まり、少ない時は月に一度、多い時は三度と、足繁く通って判子を注文していた。

「こんなに来ていて、顔を覚えていないんですか」

世良の質問に、店主は首を横に振る。

「ワシは老眼だから、客の顔がよく見えないんだ。この眼鏡も、度数が合っていなくてな。まぁ、雰囲気だけで判別する感じだ」

「そうですか……」

気落ちした声を出した世良は、気を取り直すように、ジャケットの襟《えり》のあたりを手でなぞる。

「この女性ですが、結構、大量に判子を注文していますね」

「あぁ、プレゼントに判子を贈るのが好きらしくてな、いい客だよ」その話の真偽はどうでもいいと言いたげに、にやりと笑った。

「この女が、刑事さんの目的の人物かい？」

言葉を投げかけられた有馬は、やや間を置いてから頷いた。

「おそらく、そうです。住所を写してもいいですか」

「あぁ、構わないよ。本物の刑事さんに協力しないわけにはいかないしな」

店主の快諾《かいだく》に対して一礼をした有馬は、手帳を取り出す。隣では世良が、スマートフォンを指でタップしていた。ボールペンを取り出し、一文字目の〝北〟を書いた時、世良が声を上げた。

「これ、嘘の住所ですよ」

そう言いつつ、携帯電話を見せてくる。画面には、書かれている北区《きた》の住所と地図が表示されていた。

「この住所、図書館ですね」再び携帯を操作する。

「図書館はまだあるみたいですから、おそらく虚偽の住所です」

「……それなら、偽名の可能性が高いな」有馬は、店主の顔を見た。

「他に、この女性を特定できるような情報はありませんか」

腕を組んだ店主は、天井の蛍光灯あたりに視線を向けた。

「いやぁ……ちょっと分からないなぁ」

「そうですか」

有馬はノートを見る。女が最後にここを訪れたのが二週間前。来店のペースを考えると、そろそろ来てもおかしくはない。張り込みをすることも考えたが、実際に判子を売り歩いていた大窪が捕まった今、購入の必要性はなくなったかもしれないし、警戒して店を替えることも考えられる。

ただ、ノートに彫った名前が残っていたのは収穫だ。楠木恵美が依頼した名前は、すべて被害者の可能性がある。一つずつ当たっていくしかないだろう。

「ありがとうございます」

書き写し終えた有馬は礼を言い、世良に目配せをしてから、外に向かって歩き始めた。その時、背後から店主の声が追ってくる。

「お、そういえば、前に火事の話をしていたなぁ」

「火事？」

振り向くと、店主は天井を見上げていた。

「えーっと……あれは、いつだったっけなぁ。二ヵ月か三ヵ月ほど前だと思うが、近所で火事があって、家が燃えたって話をしていたよ。それで、火元には気をつけようって世間話をしたと思うぞ」

「他には、なにか言っていましたか」

「その火事で、住んでいた人が亡くなったって言っていたよ」店主が得意顔になって有馬を見る。

「これ、使える情報か」

「ええ」

有馬は口の端を曲げて頷き、再度お礼を言ってから外に出た。

外は少しだけ風が強くなっており、肌寒さを感じる。

「いい情報でしたね」後を追ってきた世良が言った。

「火事ですが、どのくらいの範囲を調べましょうか」

物わかりがいい奴だと思いつつ、有馬は口を開く。

「東京と神奈川、千葉《ちば》と埼玉《さいたま》の一都三県に茨城《いばらき》も加える。ここ三ヵ月で火事による死者が出たところをピックアップし、該当がなければ、範囲を拡大していくぞ」

年間を通して、もっとも火事の発生頻度の高い冬が到来していない時期だったのが幸いだった。死者を出した火事となれば、おおよそ絞りこむことができるかもしれない。

「店主が顔を覚えていればよかったんですけど」

残念そうな声を出す世良を置いて、有馬は歩き出す。まだ模索状態ではあるが、着実に目的に近づいているという感覚があった。

2

——二〇一五年十二月十五日。

目の前のファイルを閉じた春名は、机の上にうずたかく積んでいるファイルに重ねて置く。一つ読み終わるごとに、その山は高くなっていった。確認しているファイルの中身は、裁判記録から、古内博文の経歴をまとめたもの、関係者の証言などだ。

家族構成の項目に目を通しつつ、マーカーペンのノック部分で額をコツコツと叩く。

古内博文は、娘である琴乃を一人で育てあげた。妻の真理子は、琴乃を出産した一年後、急性心不全で亡くなっている。一九八七年のことだ。そして二〇一一年に作成された裁判記録には、一九九一年に古内博文が琴乃に暴力を振るい、右眼を失明させたという情報が残っていた。古内博文の暴力は日常的なものではなく、一度きりだったと説明されていたが、琴乃が証言台に立つことを拒否したため、真相は分からない。ただ、琴乃は一度も裁判を傍聴していないことを考えると、関係は良好とは考えにくい。

二〇〇九年に琴乃は矢野高虎と婚約し、古内博文とは別々に暮らしていた。そして、二〇一一年六月に、古内博文は事件を起こす。現在、琴乃の息子は四歳になり、事件当時に妊娠していたことになる。

春名はページをめくり、琴乃の写真を見た。外見からは、失明しているかどうか分からない。やや右眼の色が違うような気もするが、美しい顔の造形を損なうほどのものではない。セミロングの髪は軽くパーマがかかり、茶色に染めてあった。どこにでもいる、一般的な女性。ただ、どこか引っかかりを覚えた。

暗い影が、面長の顔に落ちているような気がした。考えすぎだろうか。

裁判記録に目を移す。

この事件は、二〇〇九年五月二十一日以降に発生しているので、裁判員制度が適用された。裁判員裁判では、六人の民間人が評議するということのほかに、もう一つ特色があった。

それが、公判前整理手続だ。これは、裁判官と検察官と弁護人の三者が、公判が始まる前に十分に事件について検討し、争点を明確にしたうえで、どんな証人が何人必要で、証拠品は何点提出するかなどを事前に洗い出しておく作業のことだ。そして、裁判に何日間必要で、判決の言い渡しが何日になるのかまでをもスケジュール化するのだ。

古内博文は犯行を自白し、全面的に罪を認めていたので、四日間で裁判は終結するとし、実際に予定通りに終えている。

顔を上げ、冷めきったコーヒーを口に運ぶ。それにタイミングを合わせたかのように、事務所の扉が開いた。

「ただいま戻りました」

冷気に頬を赤くした世良が、張りのある声を発する。ようやく冬らしい気温になってきたので、世良は厚手の黄色いコートを羽織っていた。この色が似合う人はそういないと思いつつ、背凭れに腰をつける。

「今日も収穫なしですか」

「そうですね。一日中歩き回っただけでした」

質問に答えた世良は、言葉とは裏腹に、生き生きとした表情をしていた。その隣を、後から入って来た有馬がすり抜ける。世良と同じく、顔が赤い。現在の時刻が十八時。ここを出たのが九時過ぎだから、九時間近く外を歩き回っていた計算になる。

「コーヒー、淹れますね」

世良の言葉に頷いた有馬は、唸り声を上げながらソファーに座った。

「……くたびれた」

「成果はないみたいですね」

『夕月』の綾子が言っていた二人組の一人である大窪が捕まったことや、判子の製造元を特定し、店に通っていた女を探すために火災現場周辺を当たっているということは世良の口から聞いていた。

「ああ」有馬は素直に頷く。

「まさか、こうも火事の死者が多いとはな。東京都の住宅火事だけでも、ここ三ヵ月で四百件ほど起きていて、十件以上で死者が出ているんだ。その火災現場の周辺を聞き込みしているんだから、すぐに結果が出ないのは当然だ」

伸びをした有馬は、首の骨を鳴らす。

「刑事の聞き込みっていうのは、地道な作業なんですよ」

給湯室から、世良の声が聞こえてきた。

「……あいつ、なんとかしてくれないか」ため息交じりに有馬が言う。

「聞き込みをすることになってから、くっついて離れないんだ。あいつに尻尾《しっぽ》がついてたら、確実に振っているぞ」

春名はその様子を想像し、無性に可笑《おか》しくなった。

「好かれているんじゃないですか」

意地悪い言葉を投げかけると、有馬は顔を歪める。

「気持ち悪いことを言うな」

「なにが気持ち悪いんですか」

コーヒーの匂いと共に、世良が姿を現す。両手にマグカップを持ち、笑みを浮かべていた。

「いや、なんでもない」

辟易《へきえき》したような顔の有馬に、世良はマグカップを手渡す。

「なかなか、吊り目の男にたどりつけませんね」

事務所の中を歩きながら、コーヒーを一口啜《すす》った世良が言った。

「だから、そう簡単に成果が出るわけがないだろ」掌を温めるようにマグカップを持った有馬は、視線をコーヒーに落とす。

「情報が少ないから、足で稼ぐしかないんだよ」

「分かってますって」世良は嬉しそうな声を出す。

「これが、刑事の醍醐味《だいごみ》ってやつですよね」

その言葉を聞いた有馬は、額に手を当てて、長嘆息《ちょうたんそく》する。

世良が嬉々としているのは別として、春名は、有馬の変貌《へんぼう》ぶりに今さらながらに驚いていた。

誤判対策室での初対面から半年ほど経ったが、これほど熱心に仕事をしている有馬が意外でならなかった。警視庁捜査一課の刑事ということを聞いていたので、どれほどの人物かと期待はしていたのだが、実際には、やる気の感じられない腑《ふ》抜《ぬ》けで、定年までの時間を無難に過ごしたいだけのように感じた。

しかし、古内博文の話を持ってきてからは、まるで人が変わったように働いている。

何かが、あるのだ。

ただ、それが何なのかは、まったく見当がつかなかった。

「あれ、これって、古内博文の娘さんですよね」

世良が机の上に置かれているファイルを見ながら言った。

「手がかりがないかと読み返していたんです」

春名は素っ気ない調子で答える。

内心では、この案件を再調査する必要があるのかという思いがあった。

古内博文は、三人を殺害したことについての犯行を認めている。それだけでなく、犯人しか知り得なかった殺害方法を暴露し、それを鑑定医が確認して、裏付けも取れているのだ。

誤判対策室としては、本来ならば、まず死刑囚に直接会って話すのが常套《じょうとう》手段だ。しかし、今回のように、死刑囚が無実を主張していないケースは初めてで、古内博文に会ったとして、どう話を切り出せばいいのか分からなかった。

誤判対策室が設立された趣旨は、冤罪を訴える死刑囚に対して、検察や弁護士、そして警察という垣根を越えた人間が結束し、多面的な視野から再調査することだ。その設立方針には、罪を認めている死刑囚を再調査するという項目はない。

ある程度調べ、それで結果が出ないようなら、古内博文の件から手を引くことを提案しようと考えていた。

無駄なことに時間を割《さ》いている余裕はない。そもそも、『夕月』の綾子の情報も曖昧で疑わしく、『骨頂堂』に判子を取りに来ていた女を探すことが、意味のあることなのかも分からないのだ。

「やっぱり、父親と娘は似るんですね」世良が感慨深そうに言い、ファイルを持ってこちらに向ける。

「ほら、目元が垂れているところなんて、そっくりですよ」

有馬は写真に興味のなさそうな視線を向けていたが、突然、表情を強張らせて立ち上がった。

「ちょっと見せろ」

有馬は、世良に近づいて行ってファイルを奪い取った。

「どうしたんですか」

目を丸くして驚いた世良が問うが、有馬は胸ポケットから手帳を取り出して、ファイルと交互に見比べた。

「……明日、もう一度、神田の『骨頂堂』に行くぞ」

有馬は、感情の昂《たかぶ》りを抑えきれないように声を震わせる。

「……なにがあったんですか」

話が見えてこないのに苛立ちを覚えた春名が訊ねると、有馬は、持っている手帳を見せる。そこには、いくつもの住所が書かれてあった。

「これは、ここ三ヵ月以内に死者を出した火事の住所だ。そして……」有馬は鋭い眼光を向けてくる。

「俺たちが探している女は、この古内博文の娘かもしれない」

「ど、どうしてそうなるんですか」

突拍子もない言葉に、春名は呆れ声を出す。すると有馬は、挑戦的な笑みを浮かべた。

「そのファイルに書かれている娘の住所の近くで、火事が発生しているんだ。死者も出ている」有馬は、手帳に書かれた住所の一つを指差した。

「捜査っていうのはな、地道に事実を積み上げることばかりじゃ駄目なんだ。想像力も必要なんだよ。この偶然は、無視していい偶然じゃない」

春名は息を呑む。培《つちか》ってきたであろう有馬の経験と自信に、圧倒されそうになった。

「……かっこいい」

隣にいる世良は小さな声を発し、身体を震わせていた。

◆◆◆

【二〇一一年九月六日（火曜日）　九時三十分（第二回公判）】

「検察官請求の目撃証人の証人尋問を始めます。証人はこちらへ」

裁判長の声に反応した男が、証言台に向かう。青いポロシャツに、茶色いスラックスという恰好の男は、四十代半ばで、髭を蓄えている。人定《じんてい》尋問に対して、証人は飯島涼太と名乗り、五店舗のラーメン店を経営していると誇らしそうに付け加えた。

裁判長の言葉に従い、飯島は宣誓書を朗読後、次の指示を待つ。

「尋問に先立ち、もう一度確認します。朗読していただいた宣誓書は、嘘偽りを述べないことを誓うものです。証人が故意に嘘の証言をしますと、それが嘘と判明した際には罰せられることがありますので注意してください。それでは、どうぞ座ってください」

偽証の罪の説明に対し、飯島は唇を結んで頷く。

「では、検察官からどうぞ」

裁判長の言葉に、西島は立ち上がり、飯島に近づいた。

「お住まいは、どちらですか」

「東京都府中市矢崎町《やざきちょう》四丁目です」

「ラーメン屋を経営しているとのことですが、通勤手段は？」

「天気がいいときはバイクを使いますが、悪いときは車です」

「六月十日は、どちらを使用しましたか」

「バイクです。天気が悪かったのですが、雨は降っていませんでしたし、ちょうど車を車検に出していたもので」

「飯島さんは、東京都府中市住吉町で発生した事件がメディアによって報道されてから、すぐに警察に連絡をしましたね」

「はい」飯島は自信をもって頷く。

「あの日に不審な男を見かけたので、情報をお伝えしなければと思ったのです」

「六月十日の帰宅は、何時頃でしたか」

「午前二時の少し前でした」

「それは確かですか」

「はい。家に到着してから腕時計で確認しましたし、見たい深夜番組に間に合っているか心配だったので、時間は確かです」

「その日は、どちらから帰宅されたのですか」

「東京都新宿《しんじゅく》区にある事務所で作業をしてから、立川《たちかわ》駅の前にある店舗に行き、そして、自宅に帰りました」

その言葉が終わると、西島は裁判長を見る。

「証人の証言をより明確にするため、モニターに地図を示します」

「どうぞ」

裁判長の了承を得た後、モニターに地図が映し出される。

「事前にお聞きした帰宅ルートは、こちらで間違いありませんか」

西島はモニターを指さす。画面の地図には、赤い線で帰宅コースがなぞられていた。

「間違いありません。立川にある店に寄った時には、多摩川に沿うように帰りますので」

「つまり、この赤いマーカーで示したように、西から東に向かって帰宅中、被告人を発見したのですね」

西島の言葉に、弁護士である阿川順平が異議を申し立てる。その内容は、検察の質問は誘導尋問だとのことだったが、西島はすぐに「被告人の姿に似た誰か」と訂正したので、異議は却下された。

「では改めて、不審な人物を目撃したのは、どこでしょうか」

「関戸《せきど》橋北《ばしきた》の交差点を過ぎたあたりです」

「ここですね」

西島の声で、画面の地図に赤い丸が描かれる。

「ここは、犯行現場の南にあり、走れば十分もかかりません。そして、もう少し南に進めば、多摩川に突き当ります」説明を加え、再び飯島に向き直る。

「どうして、その男を不審に思ったのですか」

「歩道を走っている男の背中が見えたんです。それで、この付近で、こんな夜中に人を見るのは珍しいなと思いつつ、追い抜こうとしたら、急に男が振り返ったんです。その胸元あたりに、血のような黒い染みが付いていたので、ぎょっとしました」

「なるほど、飯島さんはバイクを運転していたので、当然お酒は入っていませんね」

「もちろんです」

「では、しっかりとした意識で、不審な男の胸元に血のようなものが付着していたのを見たことに、間違いありませんね」

その念押しに、飯島は力強く頷いて同意した。西島は満足そうに目を細める。

「次に、目撃した男についてお伺いします。だいたい、いくつぐらいの年齢だったでしょうか」

「五十歳は超えていました」

「服装は？」

「覚えている限りでは……上が白いワイシャツ。下がジーパンでした」

「服装までしっかり見えたのですね」

「はい、バイクのヘッドライトを点けていましたので」

「その姿を見て、どう感じましたか」

「こんな夜中に、こんな場所で走っているなんて妙だなと思いました」

「夜中のジョギングとは考えられませんでしたか」

「はい。ジャージでもありませんでしたし、なんかすごい勢いでしたので」

「顔は？」

「はっきりとは見えませんでしたが、彫りの深い顔でした」

「もし、その人物に会えば、すぐに同一人物だと分かりますか」

「はい」

「それは、この法廷内にいますか」

「はい」

「では、その人物を指さしてください」

その言葉に、飯島は一瞬躊躇するように身体を震わせてから、意を決したように右腕を素早く前に伸ばす。その指先は、古内博文に向けられていた。

「以上です」

西島は、勝ち誇ったような顔をして言うと、自分の席に戻っていった。

「それでは、弁護人、反対尋問を」

裁判長の言葉で立ち上がった弁護士の阿川は、飯島に対し、夜間にバイクを運転している状態で、しかも併走するような方向に走る人間の人相まで分かるのかという質問をして、尋問を終えた。

◆◆◆

3

――二〇一五年十二月十六日。

有馬と世良は、神田の『骨頂堂』に再び赴いた。日差しはあったが、風が強く、空に浮かぶ薄い雲の流れも速い。

車から降りた有馬は、やや前傾姿勢になりつつ、歩調を速める。

店に到着したのが、午前十一時。店主に琴乃の写真を見せると、曖昧なものの、似ているかもしれないということだった。

「これで、半歩前進ですね」

世良が言うと、有馬は頷く。

「まったく見当違いの方向に進んだかもしれんがな。ともかく、直接会って確認を取る」

有馬は、世良の運転する車で江戸川《えどがわ》区に向かい、柴又《しばまた》街道と千葉街道が交差する付近にある目的地に向かった。古内博文が逮捕される前は、荒川区に住んでいたようだが、事件後間もなく、この地に引っ越している。おそらく、周囲からの好奇の目を避けるためだろう。

車をコインパーキングに停め、地図を頼りに歩く。小さな神社を抜け、道を真っ直ぐに進むと、『矢野リサイクルショップ』という看板が目に入った。

「ここだな」有馬は世良と目を合わせる。

「聞き込みの時は俺が喋る。お前は黙って聞いていろ。分かったか」

「えっ?」

「分かったかと聞いているんだ」

その問いに、世良は狐につままれたような顔をしながら、二度頷いた。

有馬は周囲を警戒しつつ、敷地内に入っていく。

四台の車を停められる駐車場を抜け、黄色く塗られた建物の入り口にたどり着いた。二階建ての建物は古く、塗装も剥《は》がれている箇所が目立つ。

店内に入ると、意外と広い空間だった。展示されている商品は、カメラやスマートフォンといった電子機器から、腕時計や家具なども置いてあった。ただ、どこか垢抜けない店内からは、繁盛している雰囲気は感じられない。

「いらっしゃいませ」

ガラスのショーケースの前にいる女性が振り向きながら言う。有馬は唾を飲み込む。琴乃に間違いない。二〇一一年の終わりに、矢野高虎という男と結婚しているので、旧姓の古内ではなく、矢野琴乃になっているはずだ。

古内博文に関係する資料の中にあった写真と、今目の前にいる琴乃は、年月が経っているにもかかわらず、大きな変化はなかった。ただ、少しやつれているような気はした。

そして、隣には、小さな男の子がいる。資料通りならば、四歳だろう。

男の子は有馬の顔を見ると、狼狽するように視線を外し、琴乃のシャツの袖《そで》を掴んで太股あたりに顔を埋める。内気な子供のようだった。

「なにか、お探しですか」

琴乃は、有馬と世良を見て、すぐに普通の客じゃないと思ったのか、警戒するような声を出した。

「少し、お話を伺ってもいいでしょうか」有馬は胸ポケットから警察手帳を取り出してから、一歩詰め寄る。

「大窪日出喜さんをご存知ですか」

相手に考える余地を与えずに発した質問に対し、琴乃は明らかに取り乱したようだった。

「どうしたぁ」

さらに質問を投げかけようとした時、店の奥から野太い声が聞こえて、男が姿を見せた。

「あっ……」

隣にいる世良が声を漏らし、慌てた様子で口を噤《つぐ》む。

有馬は、男を凝視する。世良が描いた、吊り目の男と容姿がそっくりだった。

「どなたですか」

琴乃の表情に異常を察知したのか、男が有馬と世良を睨みつける。なかなか迫力のある顔だったが、捜査一課で場数を踏んだ有馬にとっては、むしろ見慣れた顔つきだ。

「こういうものです」

警察手帳を再び示すと、男は一瞬怯えを見せたが、すぐに好戦的な眼差しになった。

「……警察が、なんの用ですか」

「失礼ですが、琴乃さんの旦那さんですか」

「そうですが」

「矢野高虎さんで合ってます？」

琴乃を庇《かば》うように前に出た男は、視線を外さずに頷く。身長はそれほど高くはなかったが、目に鋭さがある。

「大窪日出喜さんの件で、ちょっとお話を伺いたいのですが」

「……大窪？　誰ですかね」

微動だにせず否定する。有馬は、相手の目の動きを注視しながら口を開いた。

「実は、大窪日出喜という男が、判子の押し売り詐欺で捕まりまして。開運商法の一種ですね。それで、彼が所持していた判子が、神田にある『骨頂堂』という判子屋で作られていたものだと分かったので、行ってみたところ、よく買いに来る客に矢野琴乃さんがいらっしゃったということだったんです」

目を見開いた高虎は、琴乃を見る。

「わ、私は……」

「名簿には、別の方の名前と住所が書かれてあったんですよ。間違えたんですかね。その住所、東京都北区にある図書館の住所でした」

「人違いでしょ」

「ですが、いろいろと調べたら、その人物が琴乃さんだと判明したんですよ」

理由を聞いてくるかと思ったが、高虎は問いただしてはこなかった。

「証拠はあるんですかね」

「証拠？」

「琴乃が、その判子屋に行ったという証拠です」

高虎は苛立った様子で身体を揺する。有馬はすぐには返答せず、たっぷりと時間を置いた。

「確固たる証拠はありません。だから、こうして訪ねてきたんです」

「知らないだろ？」

高虎は、背後に隠れるようにして立っている琴乃に問う。

「え、ええ……」

「ほら、知らないって言ってるでしょ。仕事の邪魔だから、帰ってください」

高虎は、琴乃の腰に手を当てるようにして、一緒に店の奥へと向かう。

「また、お話を伺いに来ますから」

有馬の言葉にも立ち止まろうとはせず、やがて、有馬と世良は店内に取り残された。消えていった方向をしばらく見ていた有馬は、店内を一周見渡してから、踵《きびす》を返す。

「行くぞ」

「えっ？」

意外そうな顔をした世良を置いて、有馬は足早に店の外に出た。

外は相変わらず風が強く、砂利敷きの駐車場から砂が舞い上がっていた。

「なんで、もっと判子のことを追及しなかったんですか」

すぐに追いついてきた世良が咎めるような声で訊ねてくる。しかめっ面で、納得がいっていない様子だった。

敷地の外に出た有馬は、振り向いて店の外観を眺めたあと、来た道を戻る。

「目的は判子詐欺じゃなく、あくまで殺人だからだ。今の反応、『骨頂堂』に行ったのは、琴乃で間違いない。それだけでも収穫だ」

その言葉を聞き、世良は不思議そうに首を傾げた。

「それなら、どうして古内博文の件を問わなかったんですか。矢野高虎って男が、大窪日出喜と一緒に『夕月』に来て、殺しをやったようなことを言った奴ですよね」

有馬は返事をせず、頭の中を整理した。

世良が描いた似顔絵の一人である吊り目の男は、高虎で間違いないだろう。見立てどおりならば、高虎は人を殺害しているが、別の人間が捕まり、死刑囚となっている。その死刑囚が、古内博文の可能性が高く、その娘である琴乃は、高虎の妻である。

まだ推測の域を出ないが、点と点が繋がったような気がした。しかし、まだ宙に浮いている残りの点が厄介だ。

まず、古内博文が全面的に犯行を認めていること。そして、それを裏づけるように、犯人しか知り得ない殺害方法という秘密の暴露があり、目撃者もいる。身代わりの線も否定できないが、古内博文が、高虎の起こした殺人の罪を被る可能性は低いだろう。娘である琴乃の身代わりなら考えられるが——。

考えることをやめる。現状では、まだまだ情報が少なすぎる。

捜査資料を読んでも、矢野高虎に対する事情聴取はされていなかった。古内博文が犯行を認めているので、捜査の不備とは思わないが、時が経ち過ぎているので、いまさらアリバイの有無を確認できるはずがない。これは大きなマイナス要素だった。

道を歩いていると、塗装店の看板を掲げた建物から、中年の女性がエプロン姿で出てきた。

「すみません」

有馬が声をかける。すると女性は立ち止まり、驚いたような顔になった。

「あそこの矢野リサイクルショップの、矢野さんのことについて聞きたいのですが、よろしいでしょうか」

その言葉に、女性は警戒するような視線を向けてきたので、有馬は警察手帳を見せる。すると、目を丸くした女性は、急に協力姿勢を見せた。顔には、好奇心が見え隠れしていた。

「いいですよ。なにかあったんですか」

「矢野さんご夫婦は、仲がよろしいでしょうか」

「夫婦の仲？」

当惑した様子の女性に、有馬は一歩近づいて声を落とす。

「実は、昨日、ここらへんで言い争っている男女がいるという通報があったんですが、特定できなくてですね。場所としては、矢野リサイクルショップの周辺だと聞いたんですよ」

「昨日？　そんな声聞かなかったけどねぇ」

頬に手を当てた女性は、首を傾げる。

「そうですか。深夜二時ごろに通報がありまして……それで、矢野さんご夫婦が喧嘩をしていた可能性を考えて、こうしてお訊ねしようと思ったんです」

「そういうことかぁ」安心したような顔になった女性は、言葉遣いも途端に砕《くだ》けた。

「あそこのご夫婦はねぇ、そりゃあすごく仲がいいのよぉ。だから、そんな大声を出すような喧嘩はしないと思うわ」

「そうですか。先ほどお会いしたのですが、愛妻家のようでしたね」

「なに言ってんの。逆よ、逆」

女性は周囲を確認した後に、笑みを浮かべつつ言った。見た目どおり、世間話が好きらしい。

「奥さんのほうが、旦那さんにべったりでねぇ。道を歩くにも腕を組んで、夏でもそんな調子だから、暑くないのかねぇと主人と話しているの。まぁでも、最近は子供が第一って感じよ」

「お子さんを大事にしているってことでしょうか」

「そりゃあもう、溺愛《できあい》。前は旦那さんにゾッコンって感じだったけど、最近は、旦那さんよりも、お子さん一筋って感じ。私からしたら、そっちのほうが健全な気がするね。旦那なんて金だけ持ってくりゃいいと思ってるから」女性は豪快に笑い、話したくてうずうずしている様子だった。

「実は前にねぇ、子供同士の喧嘩で、矢野さんのお子さんが怪我したの。それで、謝罪もないってんで、奥さん自ら相手方の家に乗り込んで謝らせたことがあるのよ。その家の人はヤンキーっていうの？　ともかく近所からの評判がとても悪かったからねぇ、その話を聞いたときは、驚いたけどスッキリしたわ。矢野さんの奥さん、か弱い雰囲気だけど、意外にやるもんだなぁって思ったのよ」

「つまり、昔は旦那さん、今はお子さん第一だということですね。しかも、奥さんはなかなかの武闘派」

「傍《はた》から見たらね。他人様《ひとさま》のお宅のことですから、内情までは知りませんけど」

意外な意見だなと思いつつ、礼を言ってその場を離れる。

歩きつつ、今の聞き込みの内容を頭の中で整理した。一人の意見なので、鵜呑《うの》みにするのは危険だったが、参考にはなった。

また、矢野琴乃の父親が死刑囚ということを知らない様子だった。加害者の家族という事実は、この地域には広まっていないらしい。

「約束まで時間がありますけど、どうしますか？」

車を停めているコインパーキングに到着したところで、世良が訊ねてきたので、どこかで昼食を取ろうと提案する。昼食を済ませた後は、古内博文の一審を担当した弁護士の阿川順平に会う予定になっていた。

車を走らせている途中にあった蕎麦《そば》屋で天ぷら蕎麦を食べた有馬と世良は、千葉県船橋《ふなばし》市にある法律事務所に向かった。

約束の時間である十五時には少し早かったが、時間を潰すのも面倒だったため、事務所に向かう。事務所には駐車場がなかったので、近くのコインパーキングに停めることにした。

「ここですね」

世良は言いながら、視線を上にあげる。雑居ビルの四階の窓ガラスに『阿川総合法律事務所』とカッティングシートが貼られていた。

六階建てのビルは新しくて綺麗だった。一階には小児科の医院が入っており、自転車で駐輪場が埋め尽くされている。向かい側にある薬局も、同様に混雑していた。泣き叫んでいる子供をあやす母親の横を通り、雑居ビルのエレベーターで四階に上がった。

「ワンフロアに、いくつか会社が入っていますね」

エレベーターの案内板には、複数の社名が書かれてあった。『阿川総合法律事務所』の横には、税理士事務所があるようだ。

四階に到着し、エレベーターから降りると、廊下は左右に分かれており、『阿川総合法律事務所』のプレートの矢印は右を指していた。

「けっこう、流行《はや》っていそうですね」

世良が周囲を見回しながら呟いた。掃除が行き届き、過剰なまでの照明が廊下を明るくしている。突き当りが、事務所の入り口だった。ガラス張りの扉を引き、事務所の中に入った。

「こんにちは」

目の前にあるカウンターの奥に座る女性が、微笑《ほほえ》みながら会釈《えしやく》する。セミロングの茶色い髪が、光を帯びているように輝いていた。

「ご予約の方でしょうか」

世良は氏名と面会予約時間を伝える。女性はテーブルの上に置かれた置時計と手元の予約表を交互に見た。

「世良様ですね。申しわけありませんが、あちらにお掛けになって少々お待ちくださ い」

笑みを絶やさぬ女性は立ち上がり、ソファーの方向を手で示す。

「ちょっと早かったですかね」

世良は腕時計を見ながら頭を掻く。時計の針は、約束の時刻よりも三十分以上早かった。

「いえいえ、大丈夫です」

慌てたように女性は言うと、来客者に与える愛想以上の視線を世良に送っていた。なおも世良は女性と話そうとしていたので、有馬は先にソファーに座って待つことにする。

待合室にあるソファーは革張りで、一目で高級と分かるものだった。花瓶にはふんだんに赤いバラの花が飾られ、微かに香っている。適温に保たれた室内にはクラシックが流れていて、やけに寛《くつろ》げる空間だなと思った。

「お待たせしました」

ようやく受付から離れた世良は、有馬の隣に座った。すでにコートを脱いでおり、それをソファーの空いている場所に置いた。

「ここ、かなり繁盛しているようですね。しかも、阿川さん、刑事事件とはすっぱり縁を切ったらしいですよ」

「そうか」

素っ気ない返答に、世良は様子を窺うような視線を送ってきた。

「どうしたんですか」

「どうもしていない」

有馬は前方を見たまま答える。

「僕、なにか悪いことしました？」

不安げな声になった世良に対して、先ほどと同じ返答をする。

「……そうですか。分かりました」

しばらく無言だった世良はそう呟くと、それ以上追及してはこなかった。有馬は、覚られぬ程度のため息を漏らす。世良と女性が話しているのを見て、胸が疼《うず》いたのだ。

嫉妬ではない。これは、後悔の念だ。

有馬は、刑事になりたいと思って警視庁に入った。どうしてそう考えたのかは分からない。きっかけのようなものもなかったはずだが、無事に警察官になることができた。初めに配属された交番では、右も左も分からなかったが、ともかく熱心に仕事に打ち込み、気づけば高い検挙率で注目を集め、瞬く間に推薦を貰って捜査専科講習を受ける資格を得て、一発で合格した。そして、晴れて刑事になってからは、ただがむしゃらに悪人をしょっ引くことを目的に生きた。

警察官になってから約四十年。その間に、結婚を決めた女性とも巡り合ったが、結局、それが叶うことはなく、こうして独り身のまま、気づけば六十歳になって、刑事人生を終えようとしていた。

——いや、まだ終われない。なんとしてでも、やり遂げなければ。

歯を食いしばると、ちょうど奥の扉が開き、痩せぎすの血色の悪い男が現れた。小脇に抱えたファイルなどの資料を途中で落とし、慌てて拾い上げる。

「お待たせしました」薄くなった前髪を掻き分けた男は、自らを阿川と名乗る。年齢は、世良よりも一回りは上だろう。

「どうぞ、こちらへ」

阿川の言葉に促され、有馬と世良は、来客用と思われる部屋に通された。

備えつけられたインテリアは、待合室同様に洗練されており、見栄《みえ》と金の匂いがした。

「あなたが、ＢＦ総合法律事務所の方ですね」

世良から名刺を受け取った阿川が、世良に熱のこもった言葉をかける。

「はい。そして、こちらが有馬刑事です」

紹介された有馬は、軽く会釈をする。阿川は有馬に対しては特に興味を示さず、

「はぁ」と気の抜けた相槌を打つのみだった。

気に食わない奴だと思って睨みつけるが、阿川は気づかず、世良の名刺と顔を見比べることに忙しそうだった。

「ＢＦのお噂は、かねがね聞いております。それで、世良さんの担当はなんでしょうか」

「刑事事件を専門にやっています」

その返答に対して、阿川の顔から一瞬にして輝きが失われ、軽い失望を抱いたようだった。

「ＢＦは渉外事務所という認識でしたので、てっきり私は……」

語尾を濁した阿川は、下唇を突き出した。

ＢＦ総合法律事務所は、日本で有数の法律事務所であると同時に、渉外事務所として知られていた。渉外事務所とは、主に国際性のあるビジネス法務を扱い、金融取引や仲裁、訴訟といったことから、外国企業や外資系国内企業による日本企業の買収業務なども取り扱うところを指していた。これらは金がうごめく分野であり、刑事事件とは比べものにならない報酬が入ってくる。

「阿川さんは、主に企業を相手にしていらっしゃるんですね」

「そうですね」阿川は声のトーンを落として答える。

「民事もときどきやっていますが、もう刑事事件はやっていませんよ。国選弁護人の名簿登録もしていません」

阿川は足を組み、偉そうに顎を出して見下すような視線を向けてくる。まるで、渉外弁護士が刑事弁護人よりも偉いと思っているかのようだった。

「この事務所を構えたのは、三年前ですよね」

世良も阿川の態度に気づいているはずだったが、別段調子を変えずに話す。

「ええ。ホームページでもご覧になりました？」

「いえ、受付の女性にいろいろと聞きました」

予想外の言葉だったのか、阿川はぽかんと口を開く。

「阿川さんが最後に国選弁護人として対応された古内博文の件で、お訊ねしたいことがあります」

「あぁ、電話で言っていたやつですね」

テーブルに置いていた資料を差し出す。

「これだけですか？」

世良が手に取って眺めつつ訊ねる。二冊のファイルはどちらも薄く、一冊は裁判資料、もう一冊は古内博文の情報や供述内容がまとめられているようだった。

「自白事件だったので、ほとんど調べるものがなかったんですよ。調書は、赤い方のファイルにまとめてありますので」阿川は親指のささくれを剝いてから、顔を上げて有馬を見る。

「一つ伺いたいのですが、どうしてこんな、すでに終わった事件を調査しているんですか」

「その必要があるからです」

有馬は凝視しながら答えるが、阿川の顔は冷淡なままだ。

「なにか、新証拠でも見つかったんですか。たとえば、凶器の包丁とか」

「いや、まだです」

「じゃあ、どんな理由があるんですか」

「それは答えられません」

「……はぁ」

有馬が拒否したのに対して、阿川もそれほど興味がないのか、追及してはこなかった。

「証拠開示の請求はしていないんですか」

ファイルに目を落としたまま世良が訊ねる。

証拠開示請求とは、検察官が持つ証拠を、弁護側が入手することを可能とするもので、裁判員裁判が始まってからは、公判前整理手続の中で証拠開示が行われることになっていた。

「していませんよ」

「どうしてですか」

「そんなの、決まっているじゃないですか」阿川は小馬鹿にするような笑みを浮かべる。

「まず、本人が自白していますし、衣服からは被害者の血痕が出て、犯人しか知り得なかった殺害方法という秘密の暴露もあったんです。本人が罪を認めている以上、無罪を主張するなんてできませんし、情状酌量を訴えるくらいしか私の仕事はありませんでしたから」

「もしかしたら、犯人ではないと立証できる証拠があるかもしれないじゃないですか」

その言葉に、阿川は目を大きくして世良をまじまじと見て、本当に弁護活動をやったことがあるのかと言いたげな表情をする。

「弁護士になって、何年ですか」

「五年になります」

「その間、ずっと刑事事件を？」

「そうですね」

「なら、分かるはずですがね」阿川は呆れ声を出す。

「いくら我々弁護士に、証拠開示を請求できる権限があっても、検察官がどんな証拠をどれほど持っているのかは分かりませんよね」

「ええ……」

世良は口惜しそうな顔になり、それを見た阿川は、不遜《ふそん》な態度を露《あら》わにした。

「弁護士は、容疑者が包丁で刺したと供述していたら、包丁が使われたことを知ることができて、実際に使われた包丁という証拠を開示させることは可能です。ですが、被害者が実際には毒によって殺され、検察が故意にそれを隠蔽し、その毒が入っている瓶《びん》を押収していた場合は、我々がその存在を知る手段は事実上ありません。もし、その毒薬の瓶に、ほかの人間の指紋がついていて、その指紋が真犯人のものでも、弁護士はそこにたどり着けません。まぁ、検察も馬鹿じゃないので、ちゃんと精査したうえで、包丁で刺したという容疑者を起訴していますから、たとえ話ですよ」

「……それでも、被告人の話をしっかり聞けば、糸口が見えてくるかもしれませんよ」

弱々しい声に、阿川は短い笑い声をあげる。

「そんな綺麗事は、司法修習生の時に捨てておいてくださいよ。君みたいな人が、どうしてBFに在籍できているのか不思議です」

そう言った阿川は、世良の名刺に視線を落とし、「あぁ、そうでしたか」と納得するように頷いた。

「世良さんって、誤判対策室に所属している世良さんですね。どうして気づかなかったのかなぁ。あれでしょ、誤判対策室って、死刑囚の冤罪を証明するという名目で設立されたやつですよね。弁護士会でも一時期話題になっていましたよ。でも、何の権限もなく、税金泥棒の組織だって……」

その言葉に、世良は目を剝いて口を開こうとしたが、先に声を発したのは有馬だった。

「情状酌量を求める際、なんて言ったんですかね」

突然の横やりに、狼狽したような様子を見せた阿川は、空咳《からぜき》をしてから背筋を伸ばす。

「情状酌量ですか。古内博文は、幼少期に実の親から虐待を受けていたようだったので、その点と、妻に先立たれ、一人で子育てしたという精神的ストレスを……」

「そんなこと、素人《しろうと》だって言えるぞ」

威嚇するような鋭い有馬の声に、阿川は身体をビクリと震わせる。

「あんた、弁護士だろ」

「……そうですが」

阿川は尊大な態度を維持しているが、顔には怯えの色が浮かんでいた。有馬は目を据《す》えた。

「弁護士ってのは、依頼人の利益を最優先するもんだろ。たとえ自白していても、情状酌量を裁判で訴えて、死刑を回避するのが仕事だ。それなのに、虐待とか子育てのストレスか。そんなんじゃ死刑になるわけだ」

「なっ……」青白い顔を真っ赤にした阿川は、唇をわななと動かす。

「ふ、古内博文は、三人も殺しているんだぞ。死刑という判断は妥当だ」

「お前、本気で言っているのか」

前のめりになった有馬は、阿川を睨みつける。

「三人殺した人間の、全員が全員死刑になっていないのは、弁護士なら知っているだろ」

「それは、個々の状況が違うからで、古内博文の件は……」

「古内博文は、自白しているんだぞ」有馬の張りのある声が、阿川の困惑を助長する。

「しかも、後悔して懺悔《ざんげ》しているんだ」

「……悔悛《かいしゅん》ってやつですか」阿川はせせら笑う。

「そんなことで死刑が回避できるとでも思っているんですか」

「ああ、思っているよ」

「悔悛の情があるだけで死刑を免《まぬが》れる方法があるのなら、ぜひ、ご教示願いたいですね」

その言葉に、有馬は笑う。

「古内博文の事件は、裁判員裁判だった。それなら、裁判員を味方につけるくらいの話術や、更生できると思わせることで、死刑を回避して無期懲役にできたかもしれない。でも、こんな薄っぺらな資料だけじゃ、お涙を頂戴することなんてできないよな。あんたは刑事事件から足を洗って、渉外弁護士になった。この事務所を見ると、ずいぶんと羽振りがよさそうだが、お前は、刑事裁判で負けて逃げだした負け犬なんだよ。それをよく心に刻んでおけ」

「でっ……」勢いよく立ち上がった阿川は、出口を指さす。

「出て行けっ！」

「言われなくても」立ち上がった有馬は、これは貰っていくぞ、と言い、資料を手に取って歩き出す。

茫然《ぼうぜん》としていた世良は、慌てた様子で後に続く。

「最後に一つ」扉を開けた有馬が、振り返って阿川を睨みつけた。

「古内博文の犯行動機は？」

「……空き巣目的で家に入って、そのまま強盗殺人になっただけだ。疑いの余地はない」

怒りに顔を震わせつつも、しっかりとした声で答える。

悪い奴ではないのだろう。ただ、刑事事件に合わなかっただけだ。そう思った有馬は、阿川に背を向ける。

「あんたは優秀かもしれないが、なにも見ようとはしなかったんだな。その点では、古内博文を不憫《ふびん》に思うよ」

「……この事件で冤罪なんて、ありえないぞ」

背後から追ってきた言葉を、有馬は無視した。

4

——二〇一五年十二月十六日。

春名は緊張のためか、軽い頭痛がしていた。

二十一時を回っても、検察合同庁舎の磨かれた窓からは、煌々《こうこう》と明かりが漏れていた。周辺の省庁ビルの明かりが徐々に消えていく中で、それは一種奇妙な光景だった。特に、東京地検の検事室が集中している十四階と十五階は、夜と昼の区別なく活動を続けている。

約百名の検事たちの下には、毎日、東京都内のすべての警察署から容疑者が送り込まれてきていた。検事たちは二十四時間以内に勾留《こうりゅう》請求をして、その容疑者を少ない時間で取調べ、補充捜査をして起訴するか否かの判断をしなければならない。勾留延長が認められない限りは、制限時間は十日間。期日を破ることは許されない。東京区内の全犯罪者の半分を検事が、もう半分を副検事が担当しているという状況は、明らかに異常だった。

検事室の椅子に座った春名は、日比谷《ひびや》公園方向の空を見た。半年前は、ここで過労死寸前になるまで働いていた。しかし、誤判対策室に飛ばされてからというもの、定刻に帰宅し、常に降りかかってくる仕事を捌《さば》く必要もない。身体は楽になったが、その代わりに、劣等感に苛《さいな》まれ続けている。

「読ませてもらったよ」

椅子に座る西島は右眼を細め、目の前の両袖机に資料を放った。ストレスからか、目元がときどき痙攣《けいれん》しているが、厚い胸板と、筋肉で盛りあがった上半身は強靭《きょうじん》そのもので、表情も自信に満ち溢《あふ》れていた。

「皮肉にも、上司である俺に楯突くようなことをするとはな」

「……申しわけありません」

春名はうな垂れ、畏縮《いしゆく》する。

一ヵ月に一度、春名は誤判対策室での活動を、所属する東京地検の上司に報告する義務があった。そして、春名の上司は目の前にいる西島慎太郎で、この西島こそが、二〇一一年に古内博文が起こした事件を起訴し、死刑判決を勝ち取った人物なのだ。東京地検は捜査担当部と公判担当部に分かれているが、西島は臨時の異動があり、両方担当したのである。

「分からないことが二点ある」西島は背凭れに寄りかかり、目をつむった。

「一点目は、どうして自白している男を冤罪と疑い、再調査に乗り出したのか」

「そ、それは、報告書に書きましたように……」

「小料理屋の女将《おかみ》が、酔っ払いの戯言《ざれごと》を聞いたのが契機と書かれているが、信じるに値するのか。女将が嘘をついていたり、聞き違いの可能性だってあるんだ。まさか、そこまで頭が回らなかったんじゃないだろうな」

威圧するような西島の言葉に対して、春名は有効な返答を持ち合わせておらず、むしろ、同感だと思ってしまう。

「二点目の疑問はそこだ」目を開いた西島は、肘掛《ひじ》に左肘を置いて、こめかみを揉む。

「その女将の言い分を真に受けたのは、どうしてなんだ」

西島の射抜くような視線に、春名は身震いした。

正直なところ、『夕月』の綾子を信用してはいなかった。はたして、殺人を犯した人間が、酔った勢いで口を滑らせるだろうか。しかも、身代わりとなって死刑判決を受けている人物がいるのだ。普通ならば、どんなことがあっても口外せず、墓場まで持っていくはずだ。

それにもかかわらず、あえて調査に乗り出した理由を挙げるとすれば、有馬の変化を見たからだろう。それまで怠惰《たいだ》の権化《ごんげ》のような存在だった有馬が、古内博文の一件があってから人が変わったように活動的になった。理由を聞いても答えてはくれず、いまだに動機は謎のままだったが、あれでも、有馬は警視庁捜査一課の人間だ。なにかがある。それを知るために話に乗ったと言われても否定はできない。

「どうした。答えろ」

「……勘です」

語気が鋭くなった西島に対して、春名は震える声で苦しまぎれの回答をする。

「勘だと？」西島は、額のあたりに青筋を立てる。

「お前、検事を辞めたいみたいだな」

「いえ、そういうわけではありません」春名は反感の意を込めて言う。

「時には、勘も重要だと司法修習生の時に聞かされていました」

「誰がそんなことを言った」

その問いに、春名は検事長の名前を告げる。それを聞いた西島は、苦虫を噛み潰《つぶ》したような表情になった。

「……勘は、経験を積んだ者のみが頼っていい能力の一つだ。三度も連続で、逆転無罪をくらった人間が使うものではない。そもそも、三度連続で起訴した容疑者を無罪にされるなど、前代未聞のことで、本来なら検事でいる資格はないんだぞ」

一番触れられたくないところを衝かれた春名は、悔しさに両手を強く握った。

「ここにのうのうと座っていられる度胸は認めるし、司法試験での成績も優秀だった。だが、検事として使えるかどうかは別だ。女というのは、どうしても感情で動く。それをコントロールできる人間もいるが、お前は違うようだ」

矢継早に発せられる言葉に、春名は惨めな気持ちになった。力を抜いてしまえば、涙が出そうだった。

「そもそも、勉強ができるだけのお前が検事を選んだのが問題なんだ。今からでも医学部に入り直して、医者にでもなったらどうだ。お前にはそっちのほうがお似合いだよ。まぁ、遅かれ早かれ……」そこで言葉を止めた西島は、口を歪める。そして、目を潤《うる》ませる春名から視線を逸らし、大きく息を吐いて立ち上がると、机の左に備えつけてあるキャビネットを開けた。中には赤いファイルがびっしりと並んでいた。それぞれのファイルにはラベルがつけられ、年代順に並んでいるようだった。

西島は、その中から一冊のファイルを取り出し、パラパラと繰り、やがて止まる。そして、指でなぞりつつ、微《かす》かに唸《うな》った。

背を向けていたので、春名の座る場所からファイルの中身が少しだけ見えた。察するに、証拠品の一覧表だろう。

「もういい……ただ、お前の正直な意見を聞かせてくれ。古内博文が、冤罪である可能性はどれくらいある」

真剣な表情を向けられた春名は視線を落とし、心に問いかける。本当に、古内博文のことを冤罪だと思っているのか。

再考するまでもないことだった。

「……冤罪の可能性は、低いと思います」

その答えを聞いた西島は満足そうに頷く。

「分かった。この件については勝手にしろ。どうせ無意味だが、害にはならないだろう」

「……害、ですか」

春名の言葉に、うんざりしたような顔をした西島は、指の骨を鳴らす。

「永田町《ながたちょう》の奴らが、誤判対策室を設立した目的はなんだ」

「無実の死刑囚がいるかどうかを、再調査するためです」

「それは表向きのものだ」小言を言いたそうな顔になった西島は、一度喉仏を動かしてから、再度口を開く。

「それによって、我々はなにをしようとしている。忘れたわけではないだろ」

「……死刑囚の、再審請求を潰すことです」

言葉にするのも屈辱的だったが、これが事実なのだ。

判決の不当性や、裁判官を弾劾《だんがい》する目的で一九四八年に作られた裁判官訴追委員会は、衆参両院からそれぞれ十人が選出され、彼らが構成メンバーとなっている。その下部組織として、誤判対策室は設立された。過去五年の間に、いくつかの冤罪事件が発覚し、彼らが死刑囚だったことから、法務省の中で死刑慎重論の声が大きくなっていた。もし、無実の人間を死刑にしてしまった場合、死刑制度自体が停止してしまうという懸念《けねん》があった。

日本の裁判は、三審制によって成り立っている。これは、裁判において、確定までに上訴できる裁判所が二階層あることを示し、裁判の当事者が希望する場合、合計三回までの審理を受けることができる。また、判決が確定したのちも、再審制度というものがあり、冤罪を証明できる新証拠が発見された場合、再審の請求をして、結果として再審が開始されることもある。しかし、請求が受理される確率は限りなく低いのが実情だった。頻繁《ひんぱん》に再審を認めてしまえば、三審制の原則が崩れてしまうという危惧《きぐ》がある上、死刑囚が再審請求をする理由のほとんどは、法務省が再審請求中の死刑囚の死刑執行を避ける傾向にあると弁護士や死刑囚が知っているからだ。つまり、命惜しさの悪足掻《わるあが》きが大多数と考えられている。その中に、本当に再審に値する声があったとしても、請求の数が多いために掻き消されてしまう可能性も懸念されていたが、それらを選別する有効な対応策はなかった。

そこで考えられたのが、誤判対策室だった。

「誤判対策室は、多角的な視野で死刑囚の冤罪を調査する組織にするため、刑事と弁護士、そして検事という異色の組み合わせで構成されている」西島は諭すような声を出す。

「しかし、誤判対策室を作った主目的は、冤罪を調査する装置があることを国民にアピールしつつ、延命しようとしている死刑囚の再審請求を潰すことだ。今や、国民の八割以上が死刑制度を支持している。その大きな声に応えられない法務省は、政治家と結託して、誤判対策室を作った。つまり、この組織ができたことで、延命を目論んでいる死刑囚の再審請求を篩《ふる》い落とすことができる」鈍く光る瞳をした西島は、春名を見つめる。

「六十の壁、という言葉を知っているか」

「……いえ」

春名が首を横に振ると、西島は薄笑いを浮かべる。

「一九五五年頃から、法務当局の現場でいわれている、死刑確定囚収容の安定的人数が六十人とされているんだ。そして、その人数は多少の増減はあるものの、二〇〇三年あたりまでは、六十の壁を超えないようになっていた。それにもかかわらず、現在いる死刑囚は百三十人。国が管理できる範囲を超えているんだよ。この状況を正常に戻す装置が、誤判対策室で、お前は、これでも役に立っているんだ」加虐《かぎやく》的な笑みを浮かべて、目元を痙攣させる。

「だからな、お前は大人しく冤罪を調査している〝ふり〟をすればいいんだよ。判決に間違いなんてないんだ。分かったか」

そんなことを聞かされなくても、検察庁の対応と誤判対策室の状況を考えれば嫌でも分かることだ。

自分たちは、いいように操られているだけの存在なのだ。

そう思った時、春名は、古内博文の件を調査しようと思った自分の行動の根本にあるものを自覚した。

政治家や法務省の思惑は、死刑囚の再審請求を速やかに潰すこと。そのために、誤判対策室を使おうとしている。それを知っているからこそ、その考えに抗《あらが》い、冤罪を晴らしてやろうという強い思いがあった。

つまり、意地だ。

春名にとって、この意地こそが、古内博文の事件を再調査する原動力なのかもしれない。

「分かりました」立ち上がった春名は一礼し、背筋を伸ばして西島の目を見た。

「おとなしくしています」

見てろよ、このやろう。

心に宿した炎に身体が熱くなった春名は、検事室を出て、大股《おおまた》で廊下を歩いた。

◆◆◆

【二〇一一年九月六日（火曜日）　十一時（第二回公判）】


男は、がっちりとした体躯をしており、鋭い眼光で裁判長を見つめていた。

「証人の名前、住所、職業、年齢を述べてください」

裁判長の人定尋問に、証言台の男は、野太い声で坂口克之と名乗り、府中東警察署の刑事課に所属していると答え、最後に、警部補という階級をつけ加える。

裁判長の証人尋問前の告知ののち、検察官である西島に引き継がれる。

「証人は、被告人の取調べを担当しましたね」

「はい」

「被告人が逮捕された後、被告人はすぐに自供をしましたか」

「はい。逮捕後の取調べで、すでに自供していました」

「その時の様子は、どうでしたか」

質問に対して、坂口は一瞬考えるように俯《うつむ》く。

「当初は混乱していたらしく、順を追って話せる状況ではなかったのですが、昼過ぎには落ち着いて、少しずつですが、事件当時の状況を語り出しました」

「そうですか」西島は頷く。

「では、その中で、被告人が秘密の暴露をおこなった経緯をお聞きします。当初警察は、被害者である長谷川由美さんの死因を、左太股の傷による出血性ショック死としていましたが、それは本当でしょうか」

「はい。傷口がかなり深かったので、最初はそう判断しました。しかし、被告人が被害者の首を刺したと途中で供述したので、その真偽を確認するために、鑑定医の太田教授に再鑑定を依頼したところ、裏づけを取ることができたんです」

「つまり、太田教授に再鑑定を依頼し、結果を得るまでは、誰も被害者の死因が首の刺し傷によるものだとは分からなかったのですね」

その問いに、坂口は自信ありげに首を縦に振った。

「はい。火事による損傷もありましたから、検視をした者が見落としたのでしょう」

「念のための確認ですが、証人が書いた取調調書《とりしらべ》は、もちろん被告人が語った内容をそのまま反映させたものですね」

「もちろんです」

「では、被告人の言葉により、長谷川由美さんの死因が判明したということですか」

「そうです」

「太田教授の再鑑定以前に、首を刺したということを知り得るのは、誰だと思いますか」

「実際に被害者を殺害した犯人だけです」

「以上です」

西島は、裁判長の方向を見ながら声を大きくして言った。

◆◆◆

第三章　刑事訴訟法第六〇条

1

――二〇一五年十二月十七日。

東京都葛飾区小菅にある東京拘置所に、死刑囚の古内博文は拘置中だった。

世良の運転する車に乗った有馬は、助手席に座る春名の後頭部を見る。昨日から、なにか様子が変だった。今まで以上に張り切った調子で、正直煩《わずら》わしい。『骨頂堂』から判子を買っていた可能性のある琴乃に接触し、その夫の高虎が、吊り目の男の似顔絵にそっくりだったと報告したら、興奮気味に状況を聞きたがり、結局、世良に全部説明させることにした。

昨日、春名は検察庁に一人で行っていた。その時になにかがあったに違いないが、聞くほどの関心はなかった。

東京拘置所の敷地にある駐車場に停まった車から降り、背伸びをしつつ、灰色っぽい建物に目をやった。新庁舎は地上十二階、地下二階で、収容棟と管理棟を合わせた延べ床面積は約九万平方メートル。収容人数は約三千人で、拘置所としては国内最大規模だった。

建物を近くで見ると、一種の物々しさを感じる。

敷地内を百メートルほど歩き、面会者のための入り口に到った。

世良が面会申込書に必要事項を記入し、窓口の仕切りの下に開いた差し入れ口に入れる。所属弁護士会の欄《らん》に、誤判対策室という文字が書かれているのが見えた。

誤判対策室ができてからの半年の間、春名と世良は死刑囚に面会するために、何度も足を運んでいるようだった。しかし、有馬は面倒だったので同行せず、今回が初めての経験だ。

窓口で番号が書いてある面会整理票を受け取り、検査場にある金属探知機のゲートの横の扉を通り抜け、弁護人待合室に到着した。

「カメラとか録音機は持っていますか。あと、携帯電話もです」

世良の問いに、有馬は胸ポケットに手を当てた。

「携帯だけだ」

「では、それをロッカーに入れてください。接見室への持ち込みは禁止ですので」

そういうものかと思いつつ、携帯電話をロッカーに入れる。世良や春名も、別のロッカーに私物を入れて、鍵を閉めた。

「これから、面会か」

有馬の言葉に、春名が怪訝な表情になる。

「いままで、一度も面会とかしたことがないんですか」

「俺たちがするのは、面会じゃなくて取調べだ」有馬は一蹴《いっしゅう》する。

「刑事の仕事は、犯人を捕まえて、罪を明らかにして、検察に渡すまでが仕事だ。捜査のために必要ならばここにも来るが、警察は別の入り口を通って取調べをすることになっている」

「そうですか」

素っ気ない声を出した春名は、すぐに興味を失ったようだった。

室内に設置してあるモニターに、世良が持つ面会整理票に書かれた番号が表示される。

〈二十九番の方、十階までお上がりください〉

女性のアナウンスが聞こえてきたので、有馬たちは立ち上がった。

待合室を出てから、コンクリートむき出しの薄暗い通路をまっすぐ進む。そして、突き当りを右へ曲がり、エレベーターホールに到着すると、タイミングよく、エレベーターのドアが開いた。

東京拘置所には、偶数階に計五ヵ所の面会エリアが設けられていた。

十階でエレベーターを降り、受付窓口にいる職員に面会整理票を提示すると、単調な声で接見室の番号を告げられる。

面会室は、一つの小部屋がアクリル板で仕切られて二つになっていた。椅子が三脚あったので、世良を中央に座らせ、春名が右側、有馬が左側に座る。

やがて、向こう側の部屋にある扉が開き、男が入ってきた。刑務官の姿はなく、いわゆる無立会の面会だった。

男は警戒するように有馬たちの顔を交互に見たあと、軽く会釈をし、椅子に座った。短く刈り込まれた髪には白髪が目立ち、頬はこけ、陽に当たっていないためか病的に肌が白かった。しかし、目鼻立ちがくっきりとしており、写真で見たときよりも男前な印象を受けた。

「初めまして。僕は世良章一と申します。弁護士です」

「……古内、博文です」

低い声で名乗る。

「そして、こちらが刑事の有馬さんで、こちらが検事の春名さん」

それぞれの紹介に、古内はうろたえるように瞳を震わせた。

「突然押しかけて申しわけありません」笑みを浮かべた世良は、アクリル板に少しだけ顔を近づける。

「我々は、誤判対策室という組織に所属しています。この名前、ご存知でしょうか」

「いえ……」

首を横に振った古内に対し、世良は簡潔に誤判対策室の業務内容を説明する。すると、みるみるうちに古内は顔を強張らせた。

「つまり、我々は誤った判決を受けた方々についての再調査をするための組織なのです」

言い終わっても、古内は口を開こうとはせず、視線を自分の手元のあたりに落としていた。

「大丈夫ですか」

世良が問うと、古内は弾《はじ》かれたように顔を上げた。

「え、ええ……」

震えた声を発し、再び視線を逸らす。顔に怯えが見えた。

「それで、ここに来たのは、実は、長谷川由美さんを殺害したと思われる、あなた以外の人物が浮上したんです。そのことで、ぜひ古内さんにお話を伺いたいと思いまして、こうやって面会をしに……」

「なにを、言っているんでしょうか」目を合わさない古内は、世良が喋り終わるのを待たずに声を発する。

「三人を殺害したのは、間違いなく私です」

「ですが、我々は……」

「いい加減なことを言わないでください！」身体を震わせた古内は、唐突に声を張って世良を睨みつけた。

「裁判でも私の刑は確定していますし、目撃証言もあります！　ＤＮＡ鑑定も、私が犯人だということを証明しているんです！」

「いや、しかし……」

「私は人を殺めたことを悔《く》い、死をもって償おうとしているんです。死ぬのを待つ人間に、希望を持たせるようなことは言わないでください」

力強い声を発した古内が、立ち上がって面会を終わらせようとしたので、有馬は咄嗟に口を開く。

「一つ、お聞きしたいことがあります」古内の返事を待たずに言葉を継ぐ。

「古内さんは、逮捕された直後から、罪を認めていたようですね」

「……そうですが」

「では、どうして古内さんは容疑者として、府中東警察署に二十三日間も逮捕勾留されていたんでしょうか。否認事件ならまだしも、自白事件で、最大の延長期間である二十三日間です」

「……なにが、言いたいんでしょうか」

立ったままの古内を、有馬は凝視しつつ口を開く。

「やむを得ない事情がない限り、勾留延長の申請はしません。たとえば、事件が複雑困難だったり、証拠収集が遅れていた場合です。しかし、この事件では、ＤＮＡ鑑定も即日行い、目撃証言もあり、秘密の暴露と、その裏付けである再鑑定も期限内に済んでいます。凶器である包丁は見つかっていませんが、起訴できる証拠は間違いなく揃っていて、通常の勾留期間である十日間で事足りていたはずなんです。どうして、延長する必要があったんでしょうか」

有馬の言葉に、古内は視線を泳がせたが、答えようとはしなかった。たとえ自白事件であったとしても、勾留延長をすることは珍しいことではないが、引っ掛かりを覚えたのだ。

「なにか、心当りがあるんですね。取調べをした刑事は坂口という男ですが、誘導されたり、自白を強要されたということはありませんか」

「……いえ」

再度の問いに、ようやく声を発した古内だったが、続きを喋ろうとはしなかった。なにかを隠しているのか。それとも、理由はないのか。今の時点では、どうとも判断がつかなかった。

「もう一つ、疑問点があるんです」有馬は口早に続ける。

「あの事件では、三人が殺されました。あなたは顔を見られたから口封じのために殺害したと供述していますね。ですが、どうしても納得がいかないんです。子供二人を殺す理由が……」

「本日は、わざわざお越しいただき、恐縮です」古内が言葉を発する。

「ただ、もう、この件には関わらないでください」

「どうしてでしょうか！」今まで黙っていた春名が、強い語調で訊ねた。

「真犯人がいるかもしれないんです！　あなたは無実の罪で、死刑になるかもしれないのにいいんですか⁉」

立ち上がった春名と目を合わせた古内は、しばらく黙っていたが、やがて、弱々しく首を横に振った。

「……私が犯人です。本当に、この手で殺してしまったんです。これは、事実なんです」

目尻に涙を浮かべたその表情は、嘘を言っているようには到底思えなかった。深く一礼をした古内は、扉を叩いて職員を呼び、早々に面会は終了した。

東京拘置所を後にした有馬たちは、誤判対策室のある有楽町へと向かった。

車中、誰もが話をせずに、沈鬱《ちんうつ》な雰囲気に包まれていた。

有馬は目を瞑る。

古内博文が冤罪ではないかと考え、調査をしてきた。そして、なにかを摑めそうなところまで来ていたのだが、死刑判決を受けた古内から、自分が犯人だという言……直接聞かされ、すべてが徒労なのではないかという思いが心に重くのしかかった。

弱っていく気持ちを奮い立たせるため、腹に力を込めた。どう考えても、古内博文の殺意は納得できなかった。

「どうして、有馬さんは勾留期間の延長のことを訊ねたんですか」

車の運転をしている世良が、独り言のような声で訊ねた。

「……ふと思っただけだ」

後部座席のシートに身を埋めた有馬は、適当にはぐらかす。

「そうですか。僕は有馬さんの質問を聞いて、なるほどと思いましたよ。たしかに、古内博文が、通常の勾留期間である十日間から延長して、最長の二十三日間も勾留されていた理由が分からないですね。もともと、勾留については、いろいろと問題がありますから」

「確かにね」助手席の春名が口を開く。

「勾留の理由を定めた刑事訴訟法第六〇条では、住居が不定だったり、証拠隠滅や逃亡の恐れがある場合に、容疑者を勾留し、行動を制限することができると定められているけど、勾留期間中の苛烈な取調べが、虚偽の自白の温床となっているという意見があるのも事実だし」

「ですけど、古内博文は、最初から自白していますからね。勾留期間の延長については一考の余地はありますが……」

そう言ったきり、世良も春名も黙ってしまう。

有馬は二人の会話を聞きながら、窓の外に目をやった。

遠くにある無機質なビル群が、太陽の光を反射して、きらきらと輝いていた。

2

――二〇一五年十二月二十一日。

誤判対策室に出勤した有馬は、事務所に東明新聞社の山岡周二の姿を見て、鼻梁《びりよう》に皺を寄せた。

「ちょ、ちょっと旦那。そう嫌そうな顔をしないでくださいよ」

猫なで声を出した山岡は、有馬に擦り寄る。

「気持ち悪い声を出すな」

有馬は、すがりついてくる山岡を振り払った。

「そんなこと言わないでくださいって」

「どうして、こいつを事務所に入れた」

有馬の質問に、世良が動揺した様子を見せる。

「……速達ですと扉の外で言われて、つい扉を」

「こんな奴を入れてどうする。責任を取って追い返せ」

「ひどいですねぇ」

山岡が他人事《ひとごと》のように言うので、有馬は「お前のことだ」と即座に言葉を投げつける。

「まるで人をゴキブリみたいに……」

悲しそうな顔から視線を逸らした有馬は、窓際のソファーに座って、鞄に入れていた新聞紙を取り出した。

「あ、わが社の新聞じゃないですね。刑事なら東明新聞ですよ！」

発行部数トップの全国紙を指さしながら、山岡が指摘する。

「うるさいぞ。朝ぐらい静かにしろ。そして出ていけ」

「おー、こわいこわい」

山岡は自分の両肩を抱きながら、わざとらしく身震いした。

その様子を見ていた世良が、堪《こら》えかねたかのように噴き出す。

「……なにが面白い？」

新聞から視線を上げた有馬が睨みつける。

「あ、いえ……ちょっとお二人のかけ合いが面白かったもので」

「そうなんですよ。有馬の旦那とは長い付き合いでしてね。もう阿吽《あうん》の呼吸ってやつ……」

「誰が旦那だ。そしてなにが阿吽だ」

有馬はそう言ったところで、こめかみに痛みが走った気がして顔を歪めた。

警視庁捜査一課に配属になってからというもの、東明新聞社の社会部に所属する山岡は、執拗《しつよう》につきまとってきた。そして、誤判対策室に異動になってからも、こうして顔を見せに来る。妙に身体をくねらせる癖があり、所作は女っぽいのだが、見た目はどこにでもいる中年男だ。

「旦那と出会ったのは、たしか……」

世良に昔話をし始めた山岡を横眼で見る。中肉中背だが、やや腹が出ていて身なりにも特に気を使っておらず、無精髭《ぶしょうひげ》が伸び放題だった。けっして、仕事ができるようには見えないのだが、これでなかなか情報収集能力が高かった。東京地検特捜部のヒラ検事に取材をするというタブーを犯して地域報道部に飛ばされたらしいが、すぐに社会部に戻れたということは、それなりの腕があると認められているのだろう。ただ、誰からも好かれるタイプではないため、東明新聞社の別の記者が言うには、上層部からは目をつけられているらしかった。

　ふと、面白い案が頭に浮かぶ。

「おい。ちょっと仕事を頼まれてくれないか」

「なんでしょ」

世良と話していた山岡が、ひょこひょこと近づいてきた。

「俺たちが今追っている事件を教えてやる」

「え？」

山岡と世良が同時に声を発する。

「な、なに言ってるんですか！」

慌て声を出す世良を押しのけて前に出た山岡は、手を叩いた。

「やっぱり旦那は分かってらっしゃる。それで、事件とは？」

「まぁ、座れ」

山岡は素直に頷き、有馬の対面にあるソファーに腰かけた。

「俺たちの動きを流すのは、お前にだけだ」

「それは光栄です。それで、どんな案件なんですか」

山岡の声は低く、いつもの軽口を叩くような口調ではなかった。まるで別人になったかのような変化だった。

「教えるが、すぐに記事にしてもらっては困るんだ」

山岡は落胆の表情を隠そうとしなかった。

「一応、努力しますが……そんな悠長《ゆうちょう》なことは言えないかもしれません」

「分かっている」

有馬は眉間の辺りを指で掻いた。目の前の男は、自分の利益にならない約束は破る。これは捜査一課にいたころから頻繁に耳にしていたことだし、刑事仲間からも、警戒するように何度も言い含められたことだから間違いない。ただ、裏を返せば、自分に利益があれば、約束を破らないということだ。曲者《くせもの》には変わりないが、山岡の能力は買っていた。過去にも、助かった経験がある。

有馬は一度咳払いをした。

「正直に言うと、現状では記事にできるほどのネタじゃない。でも、いずれ大きなネタに育つものだ」

「……そう言われましても、こっちも仕事ですから、記事になるようなものでなければ動けませんよ。慈善事業ではないですからね」

すでに山岡は興味を失いかけていたので、有馬は注意を引くために指でテーブルを叩いた。そして腕を組み、目を瞑った。

「この前、二課の同僚と話していてな……」声を落とし、不正な政治献金をおこなった医療法人に近くガサ入れがあることを伝える。

「今のは独り言だから、気にしないでくれ」

意味深長に有馬が言うと、山岡は、欲望を剝き出しにしたような目つきをしたまま、わかりましたと返答する。新聞記者特有の、飢餓《きが》感のある目だった。

山岡との関係は、徹頭徹尾《てっとうてつび》、損得勘定で結ばれている。ギブ・アンド・テイク。山岡を使うには、それなりの情報が必要だった。

「対価としては申し分ないですね……それで、私はなにを調べればいいんですか」

山岡が前のめりになって訊ねる。交渉成立ということだ。

「この件は、誤判対策室で追っているが、俺が持ってきたネタだ」そう前置きした有馬は、続きを喋る。

「ある男の身辺調査をしてほしい」

「どんな男です？」

「ちょっと待ってろ」

立ち上がり、机に向かう。そして、ファイルの山から目的のものを探した。

「有馬さん」

隣にぴたりと寄った世良が、顔を近づけて小声を出す。石鹸《せっけん》のような香りが、有馬の鼻腔《びこう》をくすぐった。

「まずいんじゃないですか」

「なにがだ」机の上を確かめながら、逆に問い返す。

「まずいことなんて、ないだろ」

「だって、春名さんにだって伝えておかないと……」

世良がそう口にした時、探していた手帳が目に入った。

「お、これだ」

手帳を開き、該当部分をメモ帳に書き写して、山岡のところに戻る。メモ用紙を受け取った山岡は、ひょっとこのような顔になった。

「矢野高虎？　戦国武将みたいな名前ですね」

「そこに書かれた住所で、リサイクルショップをやっている男だ。こいつを調べてくれ」

「分かりました。ちょっと時間をください」胸ポケットにメモ用紙を入れた山岡は、理由を聞かずに、すっくと立ち上がった。

「期限はいつまでですか」

「早ければ早いだけ助かる」

「期待に沿えるよう努力しますよ」

急にいつもの調子に戻った山岡は、ふざけた敬礼をしたあと、瞬く間に事務所から消えていった。世良はポカンと口を開けて見ていた。

「……前から思っていましたけど、気の抜けたような声で呟く。

「あれはあれで、使えるんだ」

「そうですか……じゃなくて！」

目を見開いた世良は、有馬に向き直る。

「高虎のことを教えてしまっていいんですか」

「俺たちが、どういった目的で高虎を探っているかは伝えていないから、別にいいだろ」

「そういう問題じゃないですよ！　部外者に情報を漏《も》らすなんて……それに、春名さんに知られたら、絶対に激怒しますよ」

熱くなる世良の言葉に、有馬は唇に指を当て、静かにするように促す。世良はまだ言い足りないようだったが、口を閉じた。

「誤判対策室には人がいないんだ。使えるものは使う」

「使えるものって……」

「あいつは使える奴だ。ルールをぎりぎりで破ったりもするが、良いネタを収集する力のある男だ」

その言葉を聞いても、世良は納得がいかないようだった。

「刑事ってのは、組織の外側に協力者を作ってナンボだからな」

使える者なら、親だってブン屋だって使う。

「そういえば、春名はどうした」

話を終わらすために膝をポンと叩いた有馬は、事務所の中を見渡しながら訊ねる。

「あ、ちょっと資料を取りに……」

世良がそう言ったところで、事務所の扉が開き、春名が姿を現した。両手で段ボールを抱えるようにして持っている。

「なんだ、それは」

「これですか」春名は段ボールを自分の机に置き、息を吐いた。

「タクシーで、運んできました」

「いや、中身のことを聞いているんだ」

有馬の指摘に、息を切らしている春名は納得したように頷く。

「これは、検察庁で保管している古内博文の資料の、コピーです」

「……ここにあるのが全部じゃないのか」

有馬は、誤判対策室の資料スペースを指しながら言う。すると、春名は意外そうな顔をした。

「まさか。ここに死刑囚すべての資料が入るわけないですよ。この事務所にあるのは、事件の概要が分かる程度のもので、より詳しい書類は、検察庁に保管したままです」

「……そうなのか」

今まで、誤判対策室での仕事を放棄してパチンコ店などに入り浸っていたので、勝手がよく分からなかった。

春名は小言を言いたそうな目をしたが、特に非難の言葉は受けなかった。その代わりに、ビルの下にタクシーを待たせていて、まだ段ボールが積んであるので手伝ってほしいと言う。有馬は面倒だと思いつつもその言葉に従い、合計六個の段ボールを事務所へと運ぶことにした。

「なんで、今までこの資料を持ってこなかったんだ」

荷物を運び終わり、首と肩を回しながら有馬が訊ねると、春名は肩をすくめた。

「検察庁から許可が下りなかったんです」

「許可って、なんの許可だ」

「資料をコピーしていいかの許可に決まってるじゃないですか」春名は有馬を睨みつける。

「簡単に持ち出すと言っても、上司に打診したり、申請をしたりと大変なんです」

突っかかるような声に、有馬は目を怒らせた。

「そんなことは、どうでもいい。古内博文の件を調査すると決めてから、どうして今まで、別の資料があることを俺に言わなかったんだ。そもそも……」

「まぁまぁ」世良が柔らかな笑みを浮かべつつ、二人の間に割り込んできた。

「時間的に遅くなったとはいえ、現に資料はここにあるんですから。これから見ればいいんですよ」

春名は不貞腐《ふてくさ》れたような表情になる。

「別に、今日持ってきた資料に、新事実が書かれているわけじゃないんです。そのほとんどが、ここにあった資料を補足するものや、公判前後の資料で、新しい事実が判明するようなものはありません」

――どうしてお前が決めつけるんだ。

その言葉をぐっとこらえた有馬は、苛立ちを紛らわすために、段ボールを運んで赤くなった掌を叩いた。

「……まぁいい。ともかく、ここにある資料で全部なんだな」

「ええ。私の知る限りでは」

「どういうことだ」

詰め寄った有馬に対し、春名も負けじと声を張る。

「これらの資料は、古内博文を起訴した当時の担当検事から提供されたものなんです。担当検事以外の人間が、事件の資料を簡単に見ることはできません。これでも、頑張ったほうなんです」

大きく見開かれた春名の目が潤んでいることに気づき、有馬は頭を掻いてソファーに腰かけ、テーブルに置かれている段ボールを開ける。中には、ファイルがびっしりと詰まっていた。

「あと、古内博文の教誨師《きょうかいし》と連絡が取れました。明日の午後だったら、会う時間があるそうです」

世良に対して発せられた春名の言葉に、有馬は視線を上げる。教誨師とは、収容者や受刑者に徳性の育成や精神的救済を目的として教誨をおこなう宗教家のことだ。教誨を受けるのは自由であり、宗教も、仏教やキリスト教、神道《しんとう》などがある。

「ありがとうございます」世良が頭を下げ、有馬を見た。

「教誨師だったら、古内博文の獄中での心境や様子が分かるかもしれませんから、話を聞きたいと思ったんです。もちろん、秘密保持の観点から、上手くいくかは分かりませんが。有馬さんも、一緒に行きませんか」

そう問われた有馬は、目の前の膨大な資料を読み込みたいという気持ちがあったので、首を横に振った。

「今回はいい。なにか分かったら、教えてくれ」

有馬はそう言って、段ボールの中にある青いファイルを取り出し、手がかりを探す。

時間があるわけではない。

いつ、古内博文の死刑が執行されてもおかしくない状況なのだ。

にした。

3

――二〇一五年十二月二十二日。

事務所の外に出た春名は、世良の車で東京都文京区《ぶんきょうく》本駒込《ほんこまごめ》にある寺院に向かうことにした。

――教誨師だったら、古内博文の心境を探れるかもしれない。

世良に言われた春名は、なるほどと思った。

先日行った古内博文との面会は、無駄に終わったと言っていい。今後も面会を繰り返す必要性はあると思っていたが、教誨師に話を聞くことまで頭が回らなかった。

「教誨師を特定していただき、ありがとうございます」

カーナビゲーションに目的地を入れ、車を発進させた世良の言葉に、春名は首を横に振った。

「べつに、難しいことじゃないですから」検事という肩書があれば、東京拘置所に問い合わせるだけで、教誨師を特定することなど容易なことだった。

「それよりも、昨日の有馬さん、酷いと思いません？」

運転席にいる世良を見ながら、もどかしげに言うと、前を向いたままの世良は苦笑した。

「お二人は犬猿の仲ですからねぇ」

「違いますよ」春名が即座に否定する。

「いつも、有馬さんが突っかかってくるんですよ。そんなに私のことが嫌いなら、はっきり言えばいいんです」

「べつに、嫌いってわけじゃないかと……」

「それなら、なんだっていうんですか」

腹の虫がおさまらない春名は、親指の爪を口元にもっていったが、嚙みたい衝動を瀬戸際で抑える。子供の頃から爪を嚙む癖があり、中学校に入学したあたりでしなくなったのだが、最近になって再発の兆候を見せている。時期は明確で、誤判対策室に飛ばされてから、爪を嚙みたくて仕方がなかった。

急に疲れを感じたのでシートに身体を埋め、目を閉じた。

自分は、なにをやっているのだろうか。

罪を認めている死刑囚の、無実を晴らす。矛盾に満ちた行動だと自覚しつつも、もしかしたらという思いも少しだけあった。

「もし、古内博文が人を殺していなかったら、いったい誰が殺したんでしょうか」

春名は、疑問を口にする。

古内博文の冤罪を晴らすためには、真犯人を見つけることが一番手っ取り早い。長谷川由美と、二人の子供を殺した犯人は、見立てどおり、矢野高虎なのだろうか。

「有馬さんは、それを明らかにしたいんじゃないですか」

世良の答えになっていない回答が、妙に耳に残った。

車は、本駒込にある大学を横切り、小石川《こいしかわ》植物園の近くにある養心寺《ようしんじ》の敷地へと入っていった。


二台の駐車スペースは両方とも空いていたので、そのうちの一つに車を停めることにして、車から降りる。

風が強く、思わず首をすくめた。

十二月中旬を過ぎ、寒さが一段と厳しくなってきていた。頰にあたる空気には刺すような冷たさがある。

養心寺は、思っていたよりも小ぢんまりとしており、侘《わび》しい印象だった。

本堂の右手にある二階建ての家に向かった春名は、玄関の前で立ち止まってインターホンを押す。すると、庭から人の気配がした。

「どちらさまですか」

上下ジャージ姿の老齢の女性が、剪定鋏《せんていばさみ》を手に近づいてきた。

「昨日の午前中にお電話した、春名と言います」春名は頭を下げた。

「ご住職の梶永《かじなが》さんにお会いする約束をしています」

名刺に視線を落としている女性は、七十代くらいだと思われるが、非常に若々しい印象だった。

「あぁ、そうでしたか。今呼んできますので、どうぞ中に入って温まってください」

そう言った女性は、玄関の引き戸を開けて、春名と世良を居間に案内する。そして、断るのも聞かずに、炬燵《こたつ》に座らせ、てきぱきとお茶の用意をしてから足早に去っていった。

「やっぱり、冬は炬燵ですねぇ」すでに寛ぎ始めている世良は、緩んだ顔で湯呑みを持った。

「先ほどの方、奥さんですかね。上品な方でしたね」

世良の言葉を聞き流した春名は、居間を見回した。手入れがされているものの、築年数がかなり経っているらしく、古ぼけた印象は拭えなかった。床《とこ》の間には掛け軸が飾られ、本紙には六字名号《ろくじみようごう》が書かれていた。

やがて、話し声と共に、茶色の作務衣《さむえ》を着た男性が姿を現す。

「いやはや、お待たせいたしました」

好々爺《こうこうや》然とした風貌の男性は、丸い眼鏡をかけ、立ったままの状態で梶永と名乗り、ぺこりと頭をさげる。立ち上がった春名と世良は、それぞれ名刺を渡す。

「ほら、お客さんを待たせない」

後ろから、先ほどの女性が言い、梶永の分の湯呑みを置いてから部屋を出ていった。

「お見苦しいところをお見せしまして」

「奥様ですか」

苦笑いを浮かべる梶永に、世良が問う。

「ええ。連れになってから、ずっと尻に敷かれっぱなしで、気がついたら、こんなに腰が曲がってしまいました」

腰を擦《さす》りつつ、炬燵の中に入った。

「突然のご連絡、申しわけありませんでした」

背筋を伸ばした春名は、炬燵から出て頭を下げる。

「いやいや、いいんですよ。検事さんから声をかけられるなんて、教誨師になって、今まで一度もなかったことですからね。私としても、興味があるんです」剃髪《ていはつ》した頭を手で叩いた梶永は、春名と世良を交互に見る。

「それで、教誨師の私に、どんな御用でしょうか」

「古内博文死刑囚のことについて、お聞きしたいことがあるんです」

「ほう……古内くんですか」梶永は感慨深そうな声を漏らす。

「彼とは二年ほどの付き合いになりますが、心根の優しい方ですね」

死刑囚に対して心根が優しいと評する梶永に、春名は少し違和感を覚えたが、古内博文が無実だと推定して動いていることを思い出し、心の内では、自分はまだ古内博文を無罪だと思っていないのだなと感じる。

「私は、常に五人前後の死刑囚と対話をさせていただいております。その中でも、古内くんは、とても真面目で、罪から目を逸らさず、心の底から悔いている印象がありますね」

——罪から目を逸らさず、心の底から悔いている。

その言葉に、古内博文が無実かもしれないと言うタイミングを逸してしまい、次の言葉が見つからなかった。

「そうなんですか。あの、これは興味本位でお聞きするのですが」言葉に詰まった春名に助け舟を出すように、世良が口を開く。

「どうして、梶永さんは教誨師になろうと思ったんですか。死刑囚の教誨って、ボランティアですよね」

一瞬きょとんとした梶永だったが、質問が可笑《おか》しかったのか、笑みをこぼす。

「そうですなぁ」梶永は目を細め、昔を懐かしむような視線を天井に向けた。

「三十三歳の頃に奉職《ほうしょく》したときに、実務を担当する輪番《りんばん》の方から言われましてなぁ、東京拘置所から教誨の依頼が来ているからやってくれって。その方にはお世話になっていたので、なんとなく断れずに拘置所に行ったんです。そこで初めて、死刑囚の教誨だと告げられて、仰天しましたよ。最初は、なにか都合をつけて辞退しようとも考えたのですが、どういうわけか、今まで続いています。つまり、騙《だま》されて始めたようなものです」

愉快そうな笑い声をあげた梶永の顔は、穏やかな表情だった。

「それなら、どうして、今も続けているんでしょうか」

単純な興味からなのか、世良の声には熱がこもっていた。

「どうして、と言われましても……」梶永は首を傾げる。

「どうしてでしょうなぁ」

そう言って口を閉ざし、目元を指で掻いてから、再び口を開いた。

「やりがいはもちろんありますよ。被害者遺族の方が聞くと怒るかもしれませんが、死刑囚は、心の底から救いを求めて、私の教誨に耳を傾けてくれます。ですが、そのやりがいが消し飛ぶくらい、毎回つらい気持ちになるんです。だって、そうでしょう。今日接した人が、明日には絞首刑になるかもしれません。人を殺した死刑囚だから当然だといった考えもありますが、彼らも人ですからね。まさに無常ですよ。理由はどうあれ、そういった境遇に落ちたことを考えると、身につまされる思いになりますし、教誨の帰りには暗い気持ちになって、辞めたいという思いが毎回頭をよぎります。それでも続ける理由は……なんでしょうな」

再び笑った梶永は、湯呑みに触れた。

「もちろん、つらいことばかりじゃないですよ。堅苦しい話を抜きにして、下品な話もしますし、短歌もありますし」

「短歌？」

「はい。私は、教誨する傍《かたわ》ら、趣味の短歌を教えているんです。死刑囚の方は、飲み込みがとても速いんですよ。きっと、余命がいくばくもないと実感しているから、一秒一秒を大切にしているんだと思います。不謹慎かもしれませんが、彼らが受験勉強をすれば、ものすごいスピードで習得していって、すぐに難関大学に合格できますよ」

梶永は笑う。しかし、その顔には一抹《いちまつ》の寂しさが影を落としていた。

「古内博文死刑囚も、短歌を？」

世良が訊ねると、梶永は首を横に振った。

「いえ。彼は教誨を受けていますが、短歌は詠《よ》みませんね。死刑囚は刑務作業を課されていませんが、内職を申し出て、稼いだ金額はすべて寄付しているようです。どうして短歌を習わないのかと聞いたら、人を殺しているので、そんな娯楽に耽《ふけ》る資格はないと答えたんですよ。彼は短歌だけじゃなく、お菓子なども口にしていないようですね」

「……そうですか」

世良は、困惑したような顔を向けてくる。

春名も似たような表情を浮かべた。

古内博文と面会したとき、人を殺したことに対して、本心から罪を悔いているようだった。自白を強要されたり、誰かを庇《かば》っているわけではないように思える。

「私の話ばかりで、申しわけありませんな」癖なのか、梶永は頭を叩いた。軽快な音が鳴る。

「それで、古内くんのなにが知りたいのですかな」

「それは……」春名は一度口ごもるが、拳を握り、意を決した。

「実は、古内博文死刑囚は、無実かもしれないんです」

「は？」口をポカンと開けた梶永は、目を瞬《しばたた》かせる。

「……古内くんが、無実？」

「そうです。無実です」

春名の念押しに、梶永は難しい表情をして腕を組み、唸る。

「……そう考える理由が、あるんでしょうか」

「それは、守秘義務がありますので、まだ言えません」

梶永の質問に対して、春名は答えをはぐらかす。現在の状況を話したとしても、納得はしてくれないだろうし、材料も乏しい。世良と相談した上での対応だった。

「……そうですか」梶永は下唇を出した。

「私の率直な意見を言わせていただきますと、一割賛成で、九割は反対です」

反対ということは、無実ではないと思っているということか。

「理由をお聞かせください」

世良が問うと、梶永は湯呑みを持ってお茶を啜《すす》り、そして、ため息をついた。

「賛成する理由は、ほとんど直感です。古内くんは、お金に困っても、空き巣に入ることなどしない印象を受けますし、たとえ空き巣をして家人と遭遇したとして、人殺しをするとは到底思えません。もちろん、死刑囚の皆さんは、一見して犯罪者とは思えない、普通の方が大半です。ですが、古内くんは、また別の雰囲気があります。なんと言い表したらいいのか分かりませんが……」

自信のない声を出した梶永は、今の発言を否定するように首を横に振った。

「ですが、私は古内くんが無実だとは到底思えません。彼は、人を殺めたことを心の底から悔いています。週に二回の教誨の時にしか会うことは叶《かな》いませんが、それでも、彼は罪を犯し、それを後悔しているのが切々と伝わってきますよ」

先ほどとは打って変わって、確信に満ちた口調だった。

「分かりました。ありがとうございます」

世良は頷き、春名を見る。もう立ち去ろうという意思を汲《く》み取った春名も、お礼を言って立ち上がった。

玄関まで見送りにきた梶永は、曲がった背中を擦りながら、それぞれの顔を見た。

「お役に立てず、すみませんなぁ」

「いえ、こちらこそ、お邪魔して申しわけありませんでした」

春名がそう言って立ち去ろうとすると、梶永が慌てた様子で呼び止める。

「分をわきまえない願いかもしれませんが」そこで区切った梶永は、切実な調子で続ける。

「どうか、古内くんの心を乱すようなことはしないでほしいのです。私の役目は、彼を穏やかな気持ちで逝《い》かせてやることです。どうか、お願いいたします」

頭を下げられて恐縮した春名は、重ね重ねお礼を述べて、家を辞した。

園路の飛び石を歩きながら、気持ちが萎えていくのを感じると同時に、疑問が増幅する。

本当に、古内博文は無実なのか。殺人を犯していないのか。

それを否定する材料が、あまりにも乏しい。有馬にしても、『夕月』の綾子にしても、妄想に取りつかれ、自分はそれに騙されているだけなのではないかと思ってしまう。言いようのない疲労感を覚えた。

「あら、もうお帰りですか」庭の剪定をしている女性が近づいてくる。手にはホースを持ち、ジャージには水飛沫《しぶき》が飛び散っていた。その黒い斑点《はんてん》模様が、妙に印象に残る。

「先ほどは、名乗りもせずに失礼しました。梶永の妻の多恵《たえ》と申します。梶永から話は聞けましたか」

水飛沫を手で払いながら発せられた多恵の言葉に、弱々しく頷く。早くこの場から去りたいという気持ちが働き、駐車場の方に足を向けたが、世良は立ち止まったままだった。

「クリスマスツリー、ですか」

指をさした先を見ると、庭に生えている五葉松《ごようまつ》に、電飾が飾られている。

「ええ。よく分かりましたね」

多恵は意外そうな声を出す。たしかに、電飾が巻き付けられているとはいえ、五葉松ではクリスマスツリーの雰囲気が出ているとは言いがたかった。

「私、ここに嫁《とつ》ぎましたけれど、実はキリスト教徒ですのよ」恥ずかしそうに笑い、軍手をはめた手を口元に当てる。

「両親も夫も仏教徒で、自分もなんとなくそうだろうと思っていたのですが、クリスマスに友人に連れられて教会に行って、すぐに入信してしまいましたの」

「へぇ、梶永さんは反対しなかったんですか」

「私が言うと身内自慢になってしまいますが、奇特《きとく》な人ですから。なにかを信じられること自体が素晴らしいことで、それが神でも物でも行動でも、差はないと言うんです」多恵は人懐《ひとなつ》こい顔になる。

「キリスト教徒になってから、このお寺ではクリスマスになるとツリーを飾って、親しい方と食事会をするんです。もちろん、梶永も一緒に。変でしょう？」

訊ねられた春名は思わず頷いてしまい、慌てて口を開く。

「あ、いや……」

「いいのよ。私も変だと思っていますから」多恵は五葉松を見る。

「クリスマス、年甲斐《としがい》もなく待ち遠しいですわ。今年も、特別な日にしたいわねぇ」

感慨深そうな声を出した多恵に挨拶をした春名と世良は、車に乗り込み、事務所に戻ることにした。

――なにかを信じられること自体が素晴らしいこと。

その言葉が、春名の胸に深く突き刺さった。

自分は、なにを信じればいいのだろうか。

第四章　六十兆個の細胞

1

——二〇一五年十二月二十二日。

依然として、古内博文の冤罪を証明するような事実は見つかっていなかった。

有馬は、事務所のデスクの上に資料を積み、内容を精査していく。春名が検察庁から持ってきた資料は、警察や検察による調査資料や事情聴取録、裁判記録といったものだったが、どれも目新しい情報はなさそうだった。それでも、すべてに目を通すことにし、終えたのは、空が茜色《あかねいろ》に染まった頃だった。

一冊のファイルを手に持ち、ソファーに移動して煙草を口にくわえる。事務所内は禁煙だった気がするが、春名がいないので構わないだろう。目を閉じて、頭の中にインプットした内容を思い返していると、やがて声が聞こえてきて、事務所に人が入ってきた。

「あ！　ここは禁煙ですよ！」

開口一番に発せられた春名の声に、有馬は顔を歪め、ポケットから携帯灰皿を取り出して煙草を入れる。口喧嘩をするのも面倒なので、従うことにした。春名は換気をするために窓を開けたり、換気扇を回したりと忙しく行き来し、その途中に有馬を恨めしそうに睨んでいた。

「ただいま戻りました」

涼しい顔で入ってきた世良は、煙草のことなど無関係といった様子で、一直線に有馬に近づいてくる。

「教誨師のほうはどうだった」

有馬の質問に、世良は顔を曇らせ、言いづらそうに口を開く。

「……古内博文は、心の底から罪を悔いているようです。ですから、あまり心を乱すようなことはしないで、逝かせてやってほしいと言われました。端的に言えば、冤罪ではない、という意見でした」

「そうか」

予想していた回答だったので、特に落胆はしなかった。

「有馬さん」世良が、いつにも増して真剣な表情を向けてくる。

「お聞きしたいことがあります」

「なんだ」

「どうして、有馬さんは古内博文が冤罪だと信じているんでしょうか」

その質問に、窓を閉めていた春名の動きが止まる。

「僕たちは、有馬さんが持ってきた話……つまり、古内博文が冤罪かどうかを探るために動いていますが、どうしても確証を得られないんです」

「すぐに確証が得られると考えるほうがおかしいだろ」

「それは……分かっています」世良は頷く。

「でも、調べれば調べるほど、古内博文の有罪は揺るぎないものに感じてしまうんです。有馬さんは、なにかしらの理由があって、古内博文のことを探ろうと思ったんですよね。そのわけを、教えてください」

なかば懇願するような声だった。有馬は、目元を指で掻く。

なにかしらの理由。それは、決して言うことのできないことだ。

「……人を殺したようなことを言っていた客の話を『夕月』の女将から聞いて、調べると、古内博文の供述に違和感を覚えた。だから、動こうと思った。理由はそれだけだ」

「本当に、それだけですか」世良の疑い深い視線を受けたので、睨み返す。刑事人生で培った眼光は鋭く、普通の人間ならばすぐに目を逸らすが、世良は果敢にも視線を外そうとはしなかった。

「不思議なんですよ。たとえ酒に酔っていたからといって、自分が人殺しをして、それを他人がいる場所で漏らすでしょうか。しかも、冤罪で捕まっている死刑囚がいるんですよ。もし、自分の罪が明らかになってしまえば、自分が死刑になってしまうかもしれないということは想像できますよね」

「想像力の欠如だろ。おおかた高虎は、判子詐欺で捕まった大窪に威厳を示すために喋ったんだ」

「……嘘じゃないんですね」

「当たり前だ」

真偽を見定めるように世良が見つめてきたが、やがて、ため息をついてうな垂れた。

「分かりました。でも、現状では、古内博文が冤罪であるという証拠は見つかっていません。有馬さんはどうでしたか」

世良はそう言うと、事務所内を見渡す。いたるところに、春名が検察庁から持ってきたファイルが散乱していた。

「今のところはなんとも」

「矢野高虎に会って、殺人のことを直接聞いてみるのはどうでしょう」

「駄目に決まっているだろ」世良の提案を即座に却下する。

「この状態で無暗《むやみ》に接触して、警戒されたら動きにくくなる。追い詰めるだけの証拠が必要だ」

「つまりそれって、矢野高虎が犯人だという証拠をまったく摑めていないってことですよね」

「……今のところはな」

有馬は言葉を濁《にご》す。

東明新聞社の山岡からの連絡はない。そして、逮捕された大窪は、相変わらず高虎に怯えている様子で、話を聞き出せそうになかった。追及することも考えたが、まだやるべきことは残っていた。

「明日、川崎に行こうと思っている」

「……川崎、ですか」

世良は訝しそうに問い返してきた。

「古内博文の同僚として証言した男に、話を聞きたくてな」

有馬は手元の裁判記録の該当箇所を開き、差し出す。

「あぁ、警備員の」船井哉という名前を口にした世良は、ページをめくりながら頷く。

「この方に、なんの話を聞くんですか」

「ちょっとな」

「じゃあ、僕も……」

「あの」世良の言葉が終わらないうちに、春名の声が遮る。

「……これ、妙じゃないですか」

真剣な表情の春名が手に持っているのは、検察が裁判所に提出した証拠資料をまとめたファイルだった。

「なにが妙なんだ」

有馬が問うと、春名は近づいてきてファイルを手渡す。白いワイシャツに血痕が付着したカラー写真があった。

「この血痕、なんか違和感が……」

写真を見つめる。このワイシャツは事件当時に古内博文が着ていたものであり、付着した血液のＤＮＡ鑑定の結果も、被害者である長谷川由美のものと判明している。この血痕は、太股と首を刺した時の返り血ということだった。

「……返り血」

有馬は目の覚める思いで、春名を見た。なんで、今まで気づかなかったんだ。

「このワイシャツに付着した血液は、返り血ということになっていたな」

「そうです」

春名の表情は、確信に満ちたものになっていた。

有馬は、写真を凝視する。

包丁で人体を刺したことによる返り血。もし本当にそうだった場合、この血痕はおかしい。写真に写っているワイシャツには、血がベットリと付いている。太股についてはジーンズの上からだったようだが、露出した首を刺した場合――。

「この鑑定をやった奴は」

「明協医科大学の太田堅一という教授で、古内博文が首を刺したという証言をもとに、刺創だと判定した人です」

春名が即答した。

有馬は考えを巡らせる。明協医科大学に行って、太田と面会したところで、判定を覆すようなコメントは期待できない。ここは、別の人間に再鑑定を依頼するべきか。遺体はすでに火葬されているが、司法解剖時に撮った写真なら残っている。写真鑑定での判断。適任が一人いる。

鞄から名刺入れを取り出し、該当のものを探り当てると、世良に手渡した。

「すまないが、長谷川由美の鑑定書と証拠写真を持って、こいつに会いに行ってくれ」

「千葉中央大学医学部の税所昭《さいしょあきら》教授……ですか」

「こいつには何度も世話になってる。今は千葉県警の管轄の解剖医だが、快く引き受けてくれるはずだ」

「……僕はなにを」

突然の展開に、世良は動揺しているようだった。

「まずは返り血とされる血痕が妙だと伝えてから、写真や鑑定書を見せて意見をもらえ。そして、もう一度解剖写真をすべて精査するよう依頼してくれ。手土産《てみやげ》は人形焼だ。それを与えていれば文句は言わない奴だ」

そう言ってから、春名を見る。

「古内博文の事件に関する証拠品の一覧は、ここにあるものだけか」

ファイルを手で叩きながら訊ねると、春名は身体を微かに震わせてから、やがて首を横に振った。

「いえ、違うと思います」

「……なんだ、その曖昧な回答は」有馬は眉間の皺を深める。

「それならすべての証拠品のリストをもらって……」

「できません」

きっぱりと言い切った春名の、硬直した顔を見る。

「どうして、できないんだ」

「できないものは、できないんです」

「それじゃあ答えになって……」

「まぁまぁ、落ち着いてください」

間に入ろうとした世良を、有馬は押しのけて、春名の目の前に立った。

「理由を言え。どうして、できないんだ」

「……私の権限で入手できるのは、検察官が選別して、裁判所に提出した証拠品だけです」

その言葉で、ようやく腑に落ちた。

「つまり、担当検事が選んだ証拠品以外を調べる術《すべ》がないということだな」

「そうです。私には、担当検事がどんな証拠を持っているかも、分かりません」

「それでも検事か！　どうにかして調べろ！」

語気を強めると、春名は一瞬怯《ひる》んだ様子だったが、すぐに立ち直って、嚙み付かんばかりの顔つきになった。

「無理なものは無理なんです！」

予想以上の声に、有馬は目を丸くした。そして、驚いたことを覚られまいと乾いた表情を装う。

皮肉なことだ。

今まで当然だと思っていた仕組みに、足をすくわれたのか。

事件が発生した際、警察はあらゆる証拠を掻き集め、容疑者を絞り込み、逮捕する。そして、刑事による取調べの末に、検察に身柄が送致される。その時に、取調調書などの書類のほかに、集めた証拠も送ることになっていた。身柄を受け取った担当検事は、刑事が作成した調書や証拠をもとに取調べを実施し、起訴するか否かを判断する。そして、起訴した場合には、必要な証拠を選《え》りすぐり、裁判に備える。

問題は、選ばれなかった証拠だ。

裁判員裁判の前におこなう公判前整理手続。これを主宰《しゅさい》する裁判官は、検察官に〝証明予定事実〟を明らかにさせ、また、弁護人からは〝予定主張〟を聞くことになっていた。そして、そこで重要ではない争点は削ぎ落とし、厳選された争点でのみ証拠調べをする。その証拠も取捨選択し、争点に関係がないと判断された証拠は、俎上《そじょう》に載せられず、表に出ることもない。

つまり、裁判官や弁護人は、提出された証拠のみで事件を判断する。弁護人側が証拠を集める場合もあるが、それは警察が見落としたものや、被告人の親類から得られたものが主で、検察官が選ばなかった証拠に触れることはできない。もちろん、証拠開示を請求するという方法もあるが、これは、〝こういった証拠があるはずだ〟という推量をもとに請求するもので、基本的には、どんな証拠を検察官が持っているのかは不透明だった。

裁判を煩雑にせず、スムーズにおこなうための措置。

有馬は、この制度を当然のように受け入れていた。しかし、証拠が必要な側になって初めて、不都合に気づく。

冤罪を明らかにするためには、あらゆる証拠を改めて調査する必要がある。しかし、今のシステムでは、それができないのだ。

「……頭に血が上ってしまった……すまなかった」

「いえ」

春名は首を振る。

背を向けた有馬が、世良にも謝罪しようとしたときだった。

「……なんとか、してみます」

その言葉に振り返ると、春名の決然とした瞳にぶつかる。

「古内博文を起訴した検事は、私の上司です」

「上司……西島という検事か」

裁判記録に出てくる名前を思い出しながら口にすると、春名は思いつめたような表情で頷く。

「はい。おそらく西島は、証拠品の一覧表を作成しています。裁判が終われば、所有権が放棄された無価物の証拠品は廃棄処分されるのが普通ですが、西島は刑が執行されるまでは保管しておく男です。どんな証拠を持っているかが分かれば、証拠開示を請求することができます。拒否される可能性もありますが、保有している証拠を把握できれば、裁判所の力添えをもらうなど、いくらでもやりようはあります」

「……どんな証拠があるのかが、分かるということか」

口の中が乾くのを意識しながら訊ねる。

「証拠品リストの場所は、知っていますので」

返事をした春名の眼差しを受けて、有馬は目を大きく見開く。

ついに、動き出した。

高揚感と同時に、不安も押し寄せてくる。長年刑事をやっていて、不思議に感じることがあった。

いい方向に動くと、知らないところで悪い方向にも引っ張られるのだ。

事務所を出た有馬は、電車に乗り、三鷹駅に向かった。頭の中が混乱し、考えがまとまらない。しかし、時間には限りがあるので、必死に突破口を探さなくてはならない。

駅から少し離れた場所にある『夕月』の暖簾をくぐると、客の姿はなく、カウンターには和服姿の綾子が立っていた。

「あら、お久しぶりですね」

迎え入れた綾子から視線を逸らし、カウンターの一番奥の席に腰かける。

「ビールを」

その声に、綾子は微かな笑みを浮かべた。

有馬は、テーブルに置いた手を見つめ、ゆっくりと息を吐く。

ここに来ると、自分が犯した過ちを否応なしに意識し、いたたまれない気持ちになる。それから逃げることだってできた。しかし、罪の意識はそれを許さず、苦悩しろと命じていた。だからこそ、ここに通っているのだ。

「この前、有馬さんの教え子の方が二人来られましたよ」ビールと小鉢を出しながら、綾子が言った。

「検事に弁護士なんて、優秀なんですね」

その言葉で、春名と世良のことを言っているのかと思い至ると同時に、余計なことを喋っていないか心配になった。

「私の一言で動いていただけるなんて……なんだか申しわけないです」

どう反応していいのか分からなかった有馬は、ビールに口をつけることで返答を避けた。

綾子はここ『夕月』で、たまたま酒を呑んでいた矢野高虎と大窪日出喜の会話を聞き、それを有馬に伝えてきた。有馬は、これは罪滅ぼしのために与えられた機会だと思い、誤判対策室の案件にしたのだ。

改めて考えると、出だしは感情を先行させた軽率な行動だった。ただ、起訴状を確認しても、古内博文に二人の子供を殺す理由が感じられなかった。そして、これは冤罪事件だと確信した。

判決を覆せる勝算があるわけではなかった。しかし、償う方法が分からずもがいていた有馬にとって、この件は僥倖《ぎょうこう》であり、まさに、藁《わら》にも縋《すが》る思いで事件を洗い直そうと決意したのだ。

もちろん、疑問はあった。

判子詐欺で捕まった大窪は、一貫して一人で三鷹にいたと供述しているが、これは高虎を恐れてのことだと推測できる。ただ、二人で『夕月』に来ていたとして、果たして綾子のいる前で人を殺したことを喋るだろうか。

有馬は首を横に振る。これ以上考えごとを増やす必要はない。今は、古内博文に関することだけに集中すればいい。

「詳しくは分からないけど、あいつら、しっかりとやっているみたいだね」

「それって、無実の死刑囚が救われたってことですか？」

目を輝かせて発せられた問いに、有馬は答えに窮する。

「……いや、内容までは知らないよ」

言葉を濁すと、動揺を覚られないように顔を伏せた。

「そうなんですか」落胆したような声を発した綾子は、腰に手を当てた。

「無実なのに死刑囚になってしまうなんて、酷《ひど》いですよね」

憤りの中に、同意を求めるような色が含まれていたので、有馬は小さく頷く。顔が苦しみに歪むのを、必死にこらえた。

「冤罪事件があったってニュースを見たことがあるんですけど、やっぱり、刑事とかが自白を強要したりするんでしょうね」

綾子の言葉に冷や汗をかいた有馬は、持っていた箸を落としそうになる。まさか、自分が刑事だと気づかれているのか。恐る恐る様子を窺うが、綾子は、単純に腹を立てているだけのようだった。

「……いろいろと、あるんじゃないかな。捜査ミスだったり、目撃証言の間違いとかも……」

そこで言葉を止めた有馬は、歯を食いしばる。

よりによって、目撃証言のことを口走ってしまうとは。後悔に手を震わせた有馬は、両手を膝の上に置き、カウンターの下で拳を握った。

「でも、それによって無実の人が罪を着せられるんですよ」綾子は有馬の変化に気づかない様子で、警察への不満を漏らす。

「たしかに治安を守ってくれるのはありがたいと思っています。でも、ニュースとか見ていると、少し頑《かたく》なすぎる気がするんですよね。ストーカー殺人とかの報道を見ていて、もっと柔軟に動いていれば、被害者を出さずに済んだのにって思ったりしますし。だからってわけじゃないですけど、もし無実の人が捕まっていて、それが間違いだと分かったのなら、全力で無実を証明するべきですよね。ドラマとかの刑事って、どんな方法を使っても、罪を明らかにしようとしているでしょ。だったら、潔白だって、あらゆる方法を使えば、証明できると思うんです」

そこまで言った綾子は、自分が熱くなっていることに気づいたらしく、恥じるように頬を赤らめた。

「すみません……有馬さんに文句を言っても、仕方ないですよね」

そう言った綾子の眉間には、苦悩しているような皺が刻まれていた。

「……いえ」

有馬は、小さな声でそう答えると、小鉢に箸をつける。

——潔白だって、あらゆる方法を使えば、証明できると思うんです。

その言葉は、焼きゴテを押し付けられたような痛みを伴いつつ、心に深く刻まれた。

その後、三人組の酔客《すいきゃく》がやってきて店内が騒がしくなったので、有馬は三十分ほどで店を出た。

空には星がほとんどない。底のない闇が、どこまでも続いているように見えた。

2

どうして、あんなことを言ってしまったのだろうか。春名は、検事室にある自席に座り、頭を抱えた。検察合同庁舎の十四階にある検事室は三人の検事机が配置されており、いわゆる相部屋だったが、他の二人はすでに帰宅したようだった。

時刻は二十二時。帰るには早すぎず遅すぎずといったところだ。

誤判対策室で有馬と話をしたあと、春名は東京地方検察庁の入る検察合同庁舎に戻り、長い時間煩悶《はんもん》していた。

顔を起こし、部屋を見回す。今や、自分がここに存在していることに違和感を覚えるまでになっていた。誤判対策室に異動になった時は、検事室を無くされるのかと危惧し、実際にそうなりそうだった。それが嫌な一心で最後まで抵抗し、デスクの存続を勝ち取った。しかし、この場所から追われたという気持ちは拭いきれず、検事室自体も、どこか他人行儀に感じた。

デスクが消えたら、錨《いかり》を失った船のように漂流し、二度とこの港に戻ってこられないような気がしたのだが、とっくに自分は漂流していたのだと思った。

爪を嚙みたい衝動を抑え、その代わりに盛大なため息をつく。

誤判対策室での会話を思い出し、後悔の念に心臓が押しつぶされそうになった。

証拠品リストの場所を知っていると口走ってしまった瞬間、血の気が引いた。

この状況を打破したい。そう思った時、前に西島の検事室で見た光景が脳裏をよぎったのだ。西島のデスクの左手には、事務用のハイキャビネットが設置されており、その中に赤いファイルが収納してあった。そして、そのファイルの中身が証拠品を列挙したリストであることを、前回の面談の際に偶然目にしてしまったのだ。

——なんとか、してみます。

その言葉の意味の恐ろしさを思うと、このまま息を止めて窒息死したい気持ちに駆《か》られる。古内博文が着ていた衣服の、血痕の付着具合が妙なのを発見し、ほかの証拠品に事件解決の鍵があるかもしれないと舞い上がってしまったゆえの発言だった。つまり、調子に乗っての軽はずみ。

西島に対して、見せてくださいと依頼したとしても、一蹴されることは考えずとも分かっていた。つまり、なんとかしてみると口走った時点で、心の中では、入手する方法は一つに絞られていたのだ。

西島の検事室に忍び込み、ファイルの中身を盗み見る。

春名は目を強く瞑り、机に突っ伏して身をよじった。なんと恐ろしい考えだろうか。正義を執行するために存在する検事が、よもや盗みに入ろうとは。

そもそも、盗み出したとしても、古内博文が冤罪だという証拠があるかどうかさえ不明だった。それなのに、どうして自ら進んで無茶をしようと思ったのか。

「あっ……」

声が漏れ、身体が震える。

ここにきてようやく、自分の本心がはっきりとした。自分は、この件を最後に、検事を辞めようとしている。それに気づいたことで、盗みに入るという無謀な行動に納得がいった。古内博文の件を調査するのは、内奥にあるプライドや意地によるものだと考えていた。しかし、そんな恰好のいいものではなく、自分は、検事という職種にしがみつくことを諦めただけなのだ。

検事である自分への最後の手向《たむ》けとして、古内博文の冤罪を証明し、爪痕《つめあと》を残したかった。

検事になってから、配点された事件を必死にこなしてきた。しかし、上手くいくことの方が少なく、上司には怒られ、同僚には馬鹿にされ、後輩には見向きもされなかった。そして、ついには三回連続で起訴した事件を無罪にされてしまった。

――せめて一度くらいは、大きな成果を残したい。

検事なら検事らしく、自分が信じた正義を貫いて見返してやる。そのための手段は選ばない。それが、絶対的な正義を自負する検事の責務だ。

そう思ったら、可笑しくもないのに、笑いがこみ上げてきた。

爪痕を残すには、あまりに危険すぎる賭けだった。そして、それを本気でやろうとする自分は、大馬鹿者だ。

「よし」

自分を鼓舞するために、小さな声を出した。

どうせ正攻法で仕事をしても、実績を上げることができなかった。それならば、最後くらいは奇策を講じよう。

春名の検事室は十四階にあり、西島の検事室は一つ上の十五階だった。

時計に目をやる。

先ほどから三十分しか経っておらず、まだまだ退庁していない人間がいるだろう。しかし、遅くなったところで、人が完全に消えることはなく、警備員の巡回も始まってしまう。

とりあえず、様子を見よう。ゆっくりと立ち上がり、検事室を出た。

当然だが、廊下の明かりは灯《とも》っている。顔だけを廊下に出した春名は、誰もいないことを確認すると、歩を進めた。疑われないようにと思えば思うほど、自分の歩き方がぎこちなくなっていくように思えた。

廊下の、階段へと続く扉を開けた。暖房の効きが悪いのか、肌寒さを感じる。上階に視線を向ける。光の弱まった蛍光管が、ぼうっとした明かりを灯していた。

音を立てずに階段を上がり、十五階の廊下へと出た。

幸い、人影はない。平静を装い、目的地へと向かう。

西島の検事室は、建物の南に位置しており、それまでにいくつかの検事室や会議室を横切った。まだ明かりが点いている検事室もあり、そこを通過するたびに、心拍数が上がって軽い吐き気を催した。

西島の検事室が視界に入る。明かりが消えていることを確認し、足が震えた。

第一関門突破。

太股を軽く手で叩き、自らを奮い立たせる。西島は外出しており、直帰の予定だということは把握している。

大丈夫だと心の中で五回念じたところで、西島の検事室に到着した。

唾を飲み込み、ドアノブを握る。手が汗で湿っており、滑りそうになった。

その時、背後からエレベーターの到着音が聞こえた気がした。

春名は咄嗟にドアノブを回し、前方に押す。何の抵抗もなく、扉が開いたので、身体を滑り込ませた。

第二関門突破。

動悸が激しくなり、心臓が耳元で鳴っているようだった。

明かりはないものの、部屋は暗闇というわけではなく、ブラインドの隙間《すきま》から、外界の光が漏れ入っている。

自分が宙に浮いてしまったような覚束なさがあった。

まさか本当に、盗みを働くことになろうとは――。

首を横に振り、すぐにその考えを打ち消す。

証拠品リストをちょっと見て、写真に収めるだけだ。なんの弁解にもなっていないことは承知していたが、そう考えることで、遠のく意識を繫《つな》ぎ止めた。

スーツのポケットに入れた携帯電話を服の上から触り、忘れずに持ってきたことを確認すると、息を止め、西島の机の横にあるキャビネットへと進む。

ゆっくりしている時間はない。

キャビネットの前で立ち止まり、開けようとして一瞬の躊躇が生まれた。

鍵付きのキャビネットのため、もし鍵がかけられていたら、諦めてすぐに逃げ帰る。そして、有馬や世良に謝罪しよう。頑張ったけれど、鍵がかかっていてどうしようもなかったと。

取っ手に手をかけ、目を瞑って引く。

微かに、金具が軋《きし》んだような音が部屋に響いた。

最後の関門を突破したのだ。キャビネットが開き、赤いファイルが眼前に現れる。

携帯電話を取り出し、ディスプレイの明かりでラベルを確認した。

古内博文の初公判は二〇一一年九月五日なので、〈二〇一一年八月～九月〉というファイルだろう。

ファイルを抜き取る。思うように手に力が入らず、落としそうになりながらも該当の部分を探した。中は綺麗に整頓《せいとん》されており、起訴状のコピーや、裁判記録などの用紙がまとめられている。そして、その中に証拠品リストも入っていた。裁判所に提出された限定的な証拠品の一覧ではなく、警察から送られてきたすべての証拠品が載ったものだ。

これがあれば、証拠開示の請求ができる。請求したとしても、そんな証拠は存在しないと撥《は》ね付けられる可能性もあった。ただ、証拠が確かに存在するということが分かれば、裁判所による開示命令を引き出すことだって可能だ。

ページをめくる手を止める。

あった。古内博文に関する証拠品リストだ。早く写真を撮ってこの場から逃げ出さなくてはならない。

震える手で携帯電話を操作していると、突然扉が開く音がして、部屋の明かりが灯った。

「えっ」

声を漏らした春名は動くことができず、全身が粟立《あわだ》つのを感じる。

「どうして、お前がここにいるんだ」

息ができなくなった。声の主は、西島だった。

「こっちを見ろ！」

張り上げられた声を受け、反射的に硬直した身体を捻《ね》じ曲げた。

鬼の形相《ぎょうそう》をしている西島を見て、血の気が失せる。まるで、一瞬で血液が体外に流れ出てしまったかのような悪寒を覚えた。

「答えろ。ここでなにをしている」

西島はそう問いながら、春名が手に持っているファイルを見る。その顔に、すべてを見透かしていると言いたげな薄ら笑いが浮かぶ。

春名は完全に思考が停止し、言葉を発することができなかった。しかし、西島は無言で視線を送ってくる。まるで、春名が苦しんでいる様子を楽しむようだった。

「……こ、これは……」

「もっと声を張れ！」

突然の大音声《だいおんじょう》に、肝《きも》が潰れそうになる。日頃から、検事室で容疑者の取調べをおこなっているため、怒声が部屋の外に漏れたところで、誰も気にはしない。

「……証拠品リストを、見ようとしました」

「ほう」

感心したような声を発した西島は、自分のデスクに向かうと、デスクの上に鞄を置き、椅子に腰かける。

「そのページを開いたまま、持ってこい」

強い口調に、春名は浅い呼吸をしながら西島の方へと歩き、ファイルを手渡す。

「そこに立っていろ」

指で示された場所は、机の前だった。まさに、検事に取調べを受ける容疑者の構図だった。

西島は、手で頰を擦りながら、ファイルに目を落とす。

「前に報告してきた、死刑囚の古内博文に関する証拠品リストか。このリストを狙って侵入したんだな」

「……はい」

「もっと声を出せ！　そして姿勢を正せ！」

「は、はい！」

春名は背筋を伸ばしながら返事をする。その様子に満足したように頷いた西島は、眉間の辺りを指で押した。

「まさか、身内に犯罪者がいるとはな。忘れ物を取りに帰って正解だったよ。みすみす、犯罪者に俺の資料を盗まれるところだった」

その言葉に、春名は全身から発汗した。

「……弁解の余地は、ありません」

今にも失ってしまいそうな意識を繋ぎ止めるため、下唇を噛んだ。これから、自分はどうなってしまうのだろう。それを考えると、目の前が真っ暗になった。

「俺の判断で、お前の今後の人生が決まる。それは、社会的に抹殺《まっさつ》することもできるということだ。分かっているな」

春名は歯を鳴らしながら頷く。西島はなにか言いたそうだったが、言葉の代わりに、ため息を漏らした。

そして、しばらく部屋の中が沈黙に包まれる。

「簡潔に答えてもらう。これを盗もうとした理由は」

ようやく発せられた西島の声は、詰問《きつもん》するような鋭いものだった。

「……古内博文に関する証拠品を確認したかったからです」

「それは、俺が裁判所に提出した証拠品以外、ということだな」

「……はい」

「そうか。つまり、俺が考えた末に有用と判断し、裁判所に提出した証拠では不十分と言いたいんだな」

「そ、そういうわけでは……」

「お前の行動がそれを表しているんだ。口応えするな」

ぴしゃりと言われ、春名は首をすくめる。西島の目が鈍く光っていた。それは、この場で殺されても仕方ないと思ってしまうような冷徹なものだった。

「このリストを盗んで、どうするつもりだったんだ」

「……必要なものがあれば、証拠開示の請求をするつもりでした」

「必要なものとは、古内博文の冤罪を証明するためにということか」

「はい」

春名の返事に、西島は噴き出した。

「いや、失礼。面白い意見だったものだから堪えきれなかったよ」

しばらく笑い続けた西島は、顔をわずかに上げて腕を組む。

「お前たち誤判対策室は、本気で古内博文のことを無実だと思っているのか」

まだ笑いが尾を引いており、声が震えている。

春名は、その問いに答えることができなかった。この行動は、なかば捨て鉢になった結果のものだ。古内博文が無実かどうかと問われ、頷くだけの自信はなかった。

「いや、答えなくていい」西島は唇を歪めた。

「なにを掴んだのかは知らないが、勝算があってここに忍び込んだのだろう……そうか、古内博文が無罪か」

そう言った西島の瞳が、ぎらつく。

「そんなわけがあるか」

春名は、首を絞め上げられたかのように、息をすることができなくなった。

無表情になった西島が続ける。

「古内博文は、俺に配点され、起訴したんだ。もちろん、一〇〇パーセント有罪だと確信してのことだ。俺が起訴した事件に、〇・一パーセントはない」

〇・一パーセント。検事が容疑者の起訴を決定し、無罪判決になる割合。

ファイルに手を置いた西島は、その一部を破り、春名のほうに放る。

「欲しかった証拠品リストだ。やれるものなら、やってみろ」

まっすぐに春名を凝視しながら発せられた声は、威嚇するような鋭さがあった。

「検事というものは、公益を代表する立場にあり、社会正義を実現する使命がある。そのためには、あらゆる手段を使う。自分が正義だと確信を持てるならば、非合法なことも厭《いと》うてはいけない。ちょうど、今のお前のようにな」西島は、この場にそぐわない弾んだ声を出す。

「正直なところ、お前を見直したよ。検事というものは、正義を執行するために
を選んではいけないんだ。今回の行動は悪手《あくしゅ》だが、姿勢は賞賛に値する。だから、証拠品リストを受け取れ。刑訴三一六条の一五を盾にしたり、不見当とはぐらかして証拠開示の請求を拒否しないから安心しろ。ほら、拾えよ」

西島は、侮蔑するような目を向けてくる。

刑事訴訟法第三一六条の一五は、被告人または弁護人から証拠の開示請求があった場合において、検察官が必要性を判断し、相当と認めるときには証拠を開示するというものだった。これは、相当と判断しなければ、証拠を開示しないということでもある。

春名は、くしゃくしゃになった証拠品リストを見た。

屈辱だった。泣きたかった。

ただ、それをぐっと堪えて膝を曲げ、手を伸ばし、リストを手に取った。

「ありがとう、ございます」

顔を伏せたまま、頭を下げ、検事室を出ようとした。

「ちょっと待て」

背後から聞こえてきた言葉に、春名はビクリと身体を震わせる。すぐにでも逃げ出したい気持ちを押し込め、なんとか足を止めて振り返ることができた。

「刑罰に、二つの目的があることは知っているな」

突然の問いに目が点になったが、すぐに質問の意図を汲《く》んだ。

「……特別予防と、一般予防です」

「そのとおり。さすが、勉強だけはできるな」鼻を鳴らした西島は、鋭利で容赦のない視線を春名に向けた。

「特別予防というのは、犯人の更生を目的とした刑罰だ。犯罪者の教育や更生といった目的で犯罪者自身に処置を施し、個々の犯罪者が再犯することを予防する。それに対して、一般予防とは、実際に処罰がなされていて、刑罰法規が機能していることを示すことが目的で、犯罪を計画する者たちに対しては直接的な威嚇をなし、一般市民に対しては法への信頼を促すことだ」

それがどうしたのか。春名には、西島の質問の真意が見えてこなかった。

「死刑という制度は、犯人の更生を目的としたものではない。絞首刑になって初めて、刑が執行されたとみなされるからな。つまり、死刑制度というものは、一般予防の意味しかない。死刑囚が死ぬことによって、法への信頼や、威嚇を与えることができる」西島の言葉は、熱を帯びていた。

「知っているか。世論調査では、国民の八〇パーセント以上が死刑に賛成している。それなのに、死刑の執行は一向に進まないのが実情だ。しかも、年間での執行人数も、新死刑確定数と同等か、それ以下でしかない。これが、どういうことか分かるか。死刑制度そのものの意味が崩壊しかけているということなんだ。一般予防という死刑制度の目的が、脆弱《ぜいじゃく》なものになっている」

西島は、そこで一度言葉を止めると、デスクに両肘をつき、引き攣ったような笑みを浮かべる。

「そこで、誤判対策室ができた。臆病な法務大臣を説得する手段としてな。誤判対策室が、再審請求を突っぱねる目的のために作られたことは知っているだろう」

春名が頷くと、西島は嗜虐《しぎゃく》的な笑みを浮かべる。

「ただ、伝えていないことがあるんだ。お前たちが再審請求をしている死刑囚の調査をして、冤罪ではないと判断したら、以後、再審請求を受理しない決まりになっているると伝えていたが、実はな、お前たちが死刑囚を調査し、冤罪ではないと報告されたら、即時執行の手続きが取られることになっているんだ」

「え……」

頭が混乱する。

言っていることが、理解できなかった。

西島は目を細めた。

「つまり、誤判対策室は、死刑囚を刑場に送る加速器であり、お前自身が死刑執行のボタンを押しているようなものなんだよ。ようやく、法務省内での調整も終わり、目標としていた執行の準備が始まったところだ。そして、これは極秘だが、最初に執行される死刑囚は、俺が担当した奴になるだろう。誤判対策室の本来の目的とは少しズレるが、再審請求もしていないし、なにより、お前たちが報告してきた中で、殺した人数が一番多いからな」

西島が早口で語った言葉の意味を理解した春名は、激しい眩暈に襲われる。足元の床が崩れ落ち、地の底に落ちていくような絶望感に、その場に立っていられなくなった。西島が担当した死刑囚は、古内博文ただ一人だった。

3

東京都渋谷《しぶや》区広尾《ひろお》の一等地にある実家は、豪邸という言葉が相応しく、まるで見る人を圧倒することがコンセプトであるかのような造りをしていた。

世良は、重い足取りで玄関の前に立ち、持っていた鍵を挿し込もうとしたが、思い直してインターホンを押す。

チャイムの音が微かに漏れ聞こえてきたあと、足音が近づいてきて、玄関の扉が開いた。

「章一様。お帰りなさいませ」黒いスーツを着た鳥飼篤郎《とりかいあつろう》が頭を下げ、家の中へと促す。

「お父様がお待ちです」

「僕の名前に、様、はいりません」

世良はそう正すが、鳥飼は、それはできません、ときっぱりと拒否してきた。

鳥飼は、議員秘書として長年、父親である世良光蔵《こうぞう》に仕えていた。無理難題を平気で言ってのける光蔵から、よく逃げ出さずにいると感心する反面、すべての損得勘定をした上で行動しているようなところのある鳥飼に、世良は苦手意識を持っていた。

「親父はどこに」

「書斎です」

返答した鳥飼は、一歩後ろに下がり、書斎へと誘導する意思を見せる。

「場所くらいは分かります」

あまり帰らないことを咎《とが》められたように感じた世良は、鳥飼を置いて廊下を歩いた。等間隔に飾られた絵画は、どれも光蔵が海外で直接見て買いつけたもので、絵の価値を知らない世良から見ても、高そうなものばかりだった。

世良家は代々、実業家や政治家を多く輩出しており、それこそ金は唸るほどあった。この家にしても、五億円以上の金を費やして造ったと聞いていた。

やけに幅の広い廊下を歩き、階段で二階へとあがる。洋館然とした重厚な佇《たたず》まいに相応しく、内装にも趣向を凝らしていた。

二階の一番奥の部屋が、光蔵の書斎だ。扉が開いたままだったが、一応ノックをして中に入る。

書斎というには、あまりにも広い空間だった。部屋の両側の壁一面は本棚で、びっしりと本が並んでいる。そして、奥には、大統領が使っているような仰々しいカッシーナの机が置かれていた。書斎にあるものは、すべて特注で作らせたものだった。

「一時間二十七分か。まぁ……上々の出来だな」

机の前に座って煙草を吹かしつつ、光蔵は世良を見た。二時間以内に来いと連絡が入ったから、こうして飛んできたのだ。制限時間は守ったが、納得のいく時間内ではなかったようだ。

「今日呼んだのはな、もう誤判対策室を辞めろということだ」

光蔵は単刀直入に言う。時は金なりという言葉が信条のためか、無駄話は一切ない。

「しかし、まだ半年しか……」

「半年も、だ」光蔵はそう言うと、苦しそうな咳をした。若々しい容姿をしているものの、七十を超えた老体だ。少し見ない間に、急激に老《ふ》け込んだように思えた。

「もう、遊びはこれくらいでいいだろう。お前も三十歳になったんだ。そろそろ政策担当秘書になれ。そして、ゆくゆくは私の後を継いで、政治家になるんだ」

やはり、この話だったか。世良は嫌気がさしたが、そのことを覚られまいと無表情を維持した。

政策担当秘書とは、政策立案や、立法活動を補佐する役目を担う特別職の国家公務員で、これを足掛かりにして、国会議員への道を踏み出すこともできる。

「すぐにでもお前を出馬させたいが、二世議員だ三世議員だと、いろいろと世論が煩《うるさ》いからな。下積みを経たほうがいい。議員秘書の空きは確保してある。明日にでもお前に連絡があるだろう。誤判対策室の後任弁護士にも当たりはつけておいた。今の業務を三日で引き継ぎ、四日目から議員秘書として永田町だ」

すでに決定事項のような口調の光蔵は、もう話は終わったと言いたげに手元の本に視線を落とした。

「待ってください」

「……なんだ」

光蔵は右眼を大きく開き、白く濁った左眼で世良を睨みつける。生き馬の目を抜く世界で生きてきた貫禄《かんろく》に圧倒されそうになった。幼い頃から、この目で見られると、息もできなくなるような緊張を強《し》いられる。自分が生き残るためには、どんな手段も厭わないと語る瞳。

「……約束は、一年だったはずです」

「半年で成果ゼロなんだ。もう半年やっても同じだろう」

「そんな……」

「時間がないんだ」光蔵は世良の声を掻き消すような声量で言って、座れと命じる。

世良は迷ったが、指示に従ってソファーに座った。

「私はもう、こんな老いぼれになってしまった。政界での影響力はまだまだ十分にあるが、いかんせん寿命がどれほどあるかは計り知れない。このまま死んでしまったら、せっかく守っていた領土を、ハイエナのような奴らに食い荒らされてしまうのは目に見えている。その前に、なんとかお前という後継者を作りたい」

その言葉に、嘘はなさそうだった。

国会で力を持つ光蔵は、政党内で一勢力を形成しており、積極的に制度改革をおこなう急進派として知られていた。

咳をした光蔵は、口元を手の甲で拭った。

「誤判対策室の創設が決定した時、お前がどうしても参加したいと言うから捻《ね》じ込んでやったんだ。まぁ、与野党の反対派に意気込みをアピールして批判をかわす意味でも、お前に入ってもらうことは都合のいいことだったからな」

「その点は、感謝しています」

親の力を使ったことによる後ろめたさはあったが、それでも、誤判対策室で仕事をしたかったのだ。

光蔵は、頬のあたりに手を置く。

「だが、ここ半年で事情が変わった」

「事情って、なんですか」

「二ヵ月ほど前に、腫瘍《しゅよう》が見つかったんだ」

その言葉に、世良は唖然《あぜん》とする。

「ど、どうして言ってくれなかったんですか」

「隠していたわけじゃない。すぐにどうこうなる腫瘍じゃないからな。でも、そのことを契機に、私の心に変化が起きた。死生観と言えば大袈裟《おおげさ》だが、あと百年は生きてやるという気概だったところが、三年という妥当なところに落ち着いた」

「……三年」

世良はぽつりと漏らし、複雑な心境になった。

「そうだ。長く見積もってな」光蔵は頷く。

「この短い期間で、私は、お前を一端《いっぱし》の政治家にしたいと考えている」

「……僕は、政治家になりたくはありません」

「それは聞いた」光蔵は苦々しい表情を浮かべる。

「ただ、それが許されるわけがないのは、お前も承知しているはずだ。今の世良家では、私の意見が絶対。逆らうことは許されないぞ」

それは世良自身、身に染みて分かっている。しかし、政治家というものに魅力を感じないし、これからも弁護士としてやっていきたい。

世良が返事を渋っているのを見て、光蔵はため息をつく。

「お前が誤判対策室に入りたいと言った理由は知っているぞ。死刑囚の冤罪を証明したという、センセーショナルな実績を残し、それを交渉材料にして、弁護士を続けたいと言おうと考えていたんだろう」

図星だったので、なにも言い返せなかった。

光蔵は、白くなった左眼を閉じ、右眼で見つめてくる。その目に、いくばくかの憐《れん》憫《びん》を感じ取った。

「お前には酷な話かもしれんが、そろそろ潮時だ」光蔵は立ち上がると、世良が座っている向かい側のソファーに移動した。

「誤判対策室は、冤罪事件をなくすための装置として作られ、国民に対して、死刑という司法制度に間違いはありえないことを知らしめる目的があった。近年複数の死刑囚の冤罪が判明し、検察の捏造《ねつぞう》事件や不祥事《ふしょうじ》で、威光も鈍くなってきているからな。しかし、これはただの隠れ蓑《みの》だ」

隠れ蓑という言葉に、世良は目を丸くする。いったい、なにを言っているのか。

「戦後、我々は信じられないスピードで復興を遂げ、豊かな日本を作り上げた。そして、瞬く間に先進国となった。ただ、それは経済的にという意味で、根源的には、いまだに日本はアメリカの隷属《れいぞく》国家だ」テーブルの上に置かれた灰皿に、短くなった煙草を押しつけ、二本目の煙草に火をつけた光蔵は、それを美味《おい》しそうに吸った。

「政治を見ても、それは明らかだろう。対米自主路線を模索した政治家たちは、なんらかの形で表舞台から引きずりおろされている。方法はさまざまだが、不祥事のリークや、検察の国策捜査がそれだ。反対に、長期政権を誇ってきたのは、親米派の政治家だ。名前を挙げていけば、アメリカの影が常にちらついているのがすぐに分かる。つまり、政治とアメリカの意向は切っても切れない関係にあり、今回はたまたま、死刑制度がピックアップされたんだ」

「……どういうことですか」

世良は、光蔵がなにを言おうとしているのかが見えてこず、苛立ちが募《つの》った。

「アメリカは、日本にあまり〝自立〟してもらっては困るということだ」煙を吐きだした光蔵は、足を組んだ。

「誤判対策室を設立した真の意味は、死刑制度を存続させるためなんだ」

「そ、それはどういう……」

「言葉どおりだよ」光蔵は自嘲するような笑みを浮かべる。

「世界的に見て、死刑制度自体を廃止したり、無期限執行停止とする国が多くなっている。最近の統計だが、事実上死刑を廃止している国が百四十ヵ国ほどで、存続国が五十八ヵ国くらいだったかな。もちろん、存続国の中には日本も含まれている。世界的な風潮を見ても、死刑制度撤廃に傾いているんだ。ただ、問題は、存続国にいまもアメリカが居座っているということだよ。州によっては廃止しているところもあるが、残っている州のほうが多い。なにを言いたいか、分かるか」

「……アメリカよりも先に、日本が死刑制度を廃止することはできないということですか」

世良が慎重な声で答えると、光蔵は口の端を上げて頷く。

「そのとおりだ。日本は、アメリカの先を行ってはいけないんだ」

「……でも、日本では、死刑制度に賛成する国民が大多数ですから、死刑制度自体がなくなるということは考えにくいと思います」

「世論など当てにならんが、現状は、廃止になる気配はない。ただ、八〇パーセントを超える国民が支持しているのに、死刑執行は遅々として進んでいないのが実情で、正常に機能しているとは言いがたい。おかしいとは思わないか。拘置所にいる死刑囚も年々増加傾向にある。本来なら、十五年前の水準に戻さなくてはならないんだぞ。大多数の国民が支持しているし、生かしておくのには税金もかかっているのだから、どんどん吊るしてやればいい。でも、それができない。だから、誤判対策室の設立が実現した。誤判対策室は、死刑を円滑に運用するための装置なんだよ」

光蔵は、潤《うるお》いのなくなった指を二本立てる。

「執行が滞っている理由は大きく二つある。一つは、再審請求をして無罪を主張する死刑囚が全体の三分の二もいることだ。もちろん、再審請求中に刑を執行しても問題ないが、法務省は避ける傾向にある。そして、もう一つの理由が、法務大臣だ。過去には、『死刑執行命令書』への署名拒否をした奴らもいる。執行命令が職務と法律で定められているのに、呆れたことだ。まぁ、誰だって、殺せと命令するのは嫌だし、自白偏重主義による冤罪という問題もいまだに解決していないのだから、心情的には分からないでもないがな」

「それと、誤判対策室にどんな関係が……」そこまで言った世良は、光蔵が言おうとしていることを覚った。

「……誤判対策室が調査して、冤罪ではないと判断すれば、それが執行促進になるということですか」

「そのとおりだよ」光蔵は疲れたように手で肩を揉む。

「実にまどろっこしいことだが、現行の法制度で死刑判決を下しても、再審請求やら法務大臣の勇気のなさによって執行が先延ばしになり、結果、死刑囚が増加している。日本の三審制にメスを入れることはできないから、代わりに、誤判対策室という装置を作り、再審請求をして無罪を主張する死刑囚の再調査をさせ、冤罪ではないという結論がでれば、速やかに執行へと動く。検事と弁護士と刑事という、いわば調査のプロによって有罪に違いないと言われれば、法務大臣の心の負担も少しは軽くなり、罪を犯したにもかかわらず、再審請求をしている厚顔無恥な死刑囚を刑場に素早く送り込めるって寸法だ。そうすれば、死刑制度の機能維持にもつながる。アメリカの意向にも沿えて、国益にもなる仕組みだ。どうだ、誤判対策室ってのも、意外に考えられた組織だろう」

「そんな……」

世良は、声に上手く力が入らなくなっていた。半年の間、必死に冤罪の調査をしていたのは、死刑囚の命を縮める行為だったのかと思うと、愕然《がくぜん》とした。いや、死刑執行のボタンを押しているも同然ではないか。目の前が暗くなる。騙され、踊らされていたことによる怒りは当然あったが、それよりも、自分の浅はかさを恥じた。

「誤判対策室の検事は、月に一度、上司にあたる人間に報告をして、報告を受けた人間は、対象となった死刑囚の刑の執行を判断し、法務省刑事局と連携して『死刑執行起案書』が作成されるという具合だ」

「……つまり、今やっている調査の対象者についても、『死刑執行起案書』が書かれていてもおかしくないということですね」

光蔵は頷く。

「誤判対策室の検事がどう報告したかは分からないが、冤罪の可能性はないと報告していれば、『死刑執行起案書』が書かれていてもおかしくない。いや、場合によっては、すでに『死刑執行命令書』になっているかもしれないな」

死刑が執行されるまでには、いくつもの部署を経て審査されたあと、刑事局に一度戻される。そして、『死刑執行命令書』となって、法務大臣官房へと回される。そこで法務大臣の決裁が下りれば、『死刑執行指揮書』となって拘置所に届き、刑が執行される。

「……すみません。今やっている仕事をやり遂げるまでは、誤判対策室から離れることはできません」

立ち上がった世良が目礼すると、光蔵の眼光が鋭くなった。

「駄目だ。あの場所にいれば、お前は人生を無駄にする。おとなしく……」

「無実の人間が死刑囚になっているかもしれないんです！」

秩序のある部屋に似つかわしくない声だった。

驚いた顔をした光蔵は、しばらく無言で睨みつけてきたが、やがて低い声で笑う。

「……その情熱が正義感からきているのか、エゴによるものなのかは分からないが、私の命令を聞き入れるつもりがないことは理解した」

「……すみません」

再び頭を下げた世良に、光蔵は立ち上がった。

「話は終わりのようだ。私は一切手助けをしない。お前が手がけている案件が、最後のものだ。引き延ばすことは許さないぞ」

光蔵が出した事実上の許可に、背筋を伸ばした世良は、大きく頷いてみせた。


実家を出た世良は、しんしんと更《ふ》けた夜道を足早に歩き、車に乗り込んだ。行き先は、有楽町にある誤判対策室。

急がなければならない。

急《せ》く気持ちに、アクセルを踏む力が強まる。

自分たちのせいで、古内博文の死刑執行が早まったかもしれないのだ。

今すぐにできること。

それは、明日、再鑑定を依頼する千葉中央大学医学部の税所昭教授に提出する資料を読み返して、内容を頭の中に叩き込み、鑑定に不備がないかをすぐに判断してもらうよう働きかけることだ。

4

——二〇一五年十二月二十三日。

千葉中央大学医学部に世良が到着したのは、約束した時間の一時間以上前だった。時間調整をしようかとも考えたが、ゆっくりしている暇はない。

大学に到着したら連絡をするようにと有馬に言われていたので、あらかじめ教えられていた番号に電話をかける。

三回目のコール音で、電話が繋がった。

「あ、あの……」

〈おう。有馬さんが言っていた弁護士だろ。アイ・アム税所《さいしょ》だ〉明るい声が鼓膜を震わせる。

〈とりあえず三号棟の法医学教室に来てくれ。地下の、一番奥の、じめじめした方角で燻《くすぶ》っているぞ〉

税所は一方的に伝えると、電話を切った。

ずいぶんと陽気な人物だなと思いつつ、案内板を頼りに三号棟の構内へ入り、地下の奥へと向かう。

廊下の突き当りに、法医学教室という文字が書かれたプレートが掛けられた扉があった。プレートには手書きで〝ほぅいがくきょーしつ〟と殴り書きのようなルビが書かれている。

世良は、不安を胸に扉を開ける。すると、眼前に現れたのは、逆さにした頭蓋骨《ずがいこつ》を手に持っている白衣の男だった。口髭を生やし、髪はポマードで撫でつけており、さながらスペインの芸術家のようだった。年齢は、世良の一回り上くらいか。四十代中盤に見える。

「生きた人間が単体でやってくるのは非常に珍しいことだから、待ち焦《こ》がれていたよ。さぁ、ポテトチップスだ」

税所はそう言って頭蓋骨を差し出す。顎のない頭蓋骨の、本来は脳髄《のうずい》が収まっている部分にポテトチップスが盛られている。

「解剖している遺体を前にして、握り飯を食べられれば一人前の刑事と言われている。君は、頭蓋骨に入ったポテトチップスを食べるのと、どちらの難易度が高いと思う？」

「……どうでしょうか」

一歩後ろに下がる。顔が引き攣るのを抑えられなかった。

「食べない？」

「はい」

「そうか。レプリカだから、形状さえ気にしなければ普通の皿と同じだよ」

税所はそう言いながら、ポテトチップスを頬張る。

「まぁ、座ってくれ」

「あ、これをどうぞ」

椅子に座る前に、お土産の人形焼を手渡す。すると税所は、子供のように喜び、やがて平静を取り戻した。

パイプ椅子に世良が腰かけると、税所は花の生けられていない花瓶に頭蓋骨を載せた。頭蓋骨の定位置はそこなのかと内心思いながら、税所を見る。刑事事件の弁護人をしていて、法医学者に会ったことは何度もあった。だいたいの人は、一本筋が通っているものの、物腰が柔らかく、奇抜な人間はいなかった。しかし、目の前にいる税所は、今まで出会った法医学者とは一線を画す存在だ。メスを持って遺体に向き合うよりも、筆を持ってキャンバスに絵を描いているほうが似合うだろう。

「初めに断っておくが、こう見えて私は法医学者だ。美大を卒業して医学部に入り直したから、まだ少し芸術家の名残《なごり》があるかもしれんが、先入観で人を見るのはやめていただきたい」

「あ、えっと……」

「ただ、美大に入ったのは嘘だから、芸術家もクソもない。変に見られるのは生まれつきだ」

税所は、底抜けに明るい笑い声を上げて、作業用のデスクの前に座った。

世良は極度の疲労感を覚える。

「それで、有馬さんは元気かね」

突然話題を振られて、世良は身体を震わせた。

「はい」

「そうか。鬼の有馬は健在か」

「鬼、ですか」

その単語が、有馬の姿と合わなかったので、つい訊ねてしまう。

税所は一瞬考えるように視線を床に落とし、やがて含み笑いを浮かべた顔を向けてきた。

「昔は〝鬼畜米英《きちくべいえい》有馬〟と言われるほど苛烈な性格で、私が東京都監察医務院にいた頃は、夜中に電話でたたき起こされて、夜通し泣きながら遺体を解剖したものだよ。これ、冗談じゃなくて、本当に泣いていたからね。ゴーグルをしていたから大変だった」

「……はぁ」

世良は、どう反応していいのか分からず、曖昧に頷く。それを見て、税所は不満そうな顔になった。

「やっぱり、今は鳴りを潜《ひそ》めたのか……あのことがあったからなぁ。うーん、やっぱり、あれはきついよなぁ」

税所は悲しそうな顔をして、意味ありげな視線をチラチラと向けてくる。それが、話を聞いてほしい合図であると世良が気づくのに、それほど時間はかからなかった。

「……有馬さんに、なにかあったんですか」

「あ、聞きたい？」

途端に嬉々とした表情になった税所は、キャスターがついている椅子を滑らせて、世良に近づいてくる。

「いや、これは直接聞いた話じゃないんだけど、聞きたい？」

「……はぁ、聞きたいです」

少し鬱陶《うっとう》しいと思いつつ、頷く。

「本当に？　真実かどうかの責任は持てないよ？　あ、でも、一応確かな情報筋だからね」

税所は誇らしげな顔をする。

喋りたそうにするくせに、妙にもったいぶるような言い回しに、世良は腹を立てる。こっちには時間がないのだ。ただ、有馬のことを聞きたいのは事実だったので、我慢することにする。

税所は、指の骨を一本ずつ鳴らしてから口を開いた。

「有馬さんが鬼畜米英と肩を並べたのには理由があってさ、捜査や取調べが無慈悲なくらい厳しかったんだよ。犯人を挙げるためなら、被害者遺族をほとんど無理やり拘束して事情を聞いたり、容疑者は全員任意で引っ張って、取調べの嵐だよ。取調べのタイフーンと言ったほうが適切かもね」

どっちも同じだと言いたい衝動を堪《こら》える。税所はそのツッコミを待っていたらしく、一瞬寂しそうな表情になった。しかし、すぐに笑顔に戻る。

「当然、犯人と当りをつけたら、猪突猛進《ちょとつもうしん》。徹底的に取調べをして、自白を取るんだ。それはもう、日本本土を焦土にしたＢ－29爆撃機さながらの執拗《しつよう》さだったみたいだよ。あ、実は私の祖父はＢ－29爆撃機を竹槍《たけやり》で落とそうとして……」

「それで、そんな有馬さんに、なにがあったんですか」

思わず口を挟む。横道に逸れずに本題のみを聞きたかった。

税所は拗《す》ねたように唇を尖らせるが、気分を害したというわけではなさそうだった。

「厳しい取調べって言うと、虚偽の自白を迫っている悪い刑事っぽいけど、証拠をがっちりと固めて、上層部を納得させた上で自白を取っていたからね。取調べの能力で、有馬さんに匹敵する刑事はいないと言われていたほどだ。自白偏重主義で捜査能力の乏しい刑事と一緒にしないように」能天気に話していた税所が、突然真剣になる。

「ただ、二年か三年くらい前だったかな。風俗嬢が殺される事件が都内で発生して、犯人と踏んだ容疑者を有馬さんが取調べたんだ。その男は、事件当日のアリバイがなくて、被害者の女と一緒にいたという目撃証言もあった。そして、犯行現場に残されていた毛髪は、容疑者のＤＮＡと一致していたし、凶器の金槌にも容疑者の指紋が付いていたんだ。これはもう言い逃れできないという状況で、有馬さんは容疑者の自白を取って、検察が起訴、裁判所は強盗殺人の罪で懲役二十年という判決を下したんだ。でも、その半年後に、なんと真犯人が現れて、有馬さんが取調べた容疑者が冤罪だと判明した」

淀《よど》みなく語られる話に、世良は衝撃を受けた。普段接している有馬からは、そういった様子は窺えなかった。

「捜査のミスというわけではなかったようだが、そのことで自分を責めた有馬さんは、仕事に身が入らない様子だったみたいだね。捜査はなんとかできたらしいんだ。でも、取調べはお手上げ状態。容疑者を追及する場面でも、心のどこかでストップがかかってしまうらしくて、使い物にならなかったという噂だ。つまり、もう捜査一課の刑事としてはやっていけない状態になったんだよ。それでも一課にいられたのは、知識量が豊富で、彼の残留を希望する課員が大多数を占めていたかららしい。まぁ、それにも限界があって、誤判なんとかっていうところに飛ばされたんだがね」

話し終えた税所は、満腹であるかのように腹の辺りに手を置いて撫《な》でる。

世良は声を出すことができなかった。

誤判対策室で顔を合わせた当初の有馬は、やる気がなく、世の中に倦《う》んでいる様子だった。捜査一課の刑事と聞いて会うのを楽しみにしていただけに肩透かしを食らったが、そういった態度を取るのは、一課から外されて不貞腐れているだけだと思っていた。しかし、今の話を聞いて合点がいった。有馬は、自分の過《あやま》ちに煩悶《はんもん》していたのだ。

「さて、本題に入ろうか。私も時間がないんだ。解剖されたいと乞《こ》うている遺体が山ほどあってね」

臆面もなく言った税所は、まるで長話に付き合わされたのは自分だと言いたげだった。

世良は呆れ顔を浮かべ、鞄から鑑定書を取り出して、税所に手渡した。

「これは、明協医科大学の太田堅一教授に作成してもらったものです」

鑑定書をつまらなそうに見ていた税所は、太田堅一という名前を聞いて顔を歪める。

「……あいつか」

「知っているんですか」

世良が問うと、税所は耳の辺りを掻きながら頷く。

「知っているもなにも、業界じゃ有名人。精神鑑定の鑑定書を好んで作成して、小銭を稼ぎまくっている男だよ。で、太田が司法解剖を？」

「はい。被害者である長谷川由美と……」

「いや、有馬さんから概要は聞いているし、取調調書もすでに読んだ。遺体の写真は持ってきたか」

「はい」

鞄から封筒を取り出し、中にあるフラッシュメモリーを手渡した。

「この中に、データが入っています。解剖時の写真も」

「データとは気が利くじゃないか」

税所はパソコンにフラッシュメモリーを挿し、画像を展開する。

「遺体が焦げているが、確かに焼死というわけではなさそうだな」

「はい。殺害後、犯人は家に火をつけて逃走しました」

「熱傷は比較的少ないと」そう言った税所は、世良に視線を向けた。

「先に断っておくけど、遺体がない状態では、どうしても推測が発生するし、証拠価値としては、現物を解剖した太田のほうが上だ」

「……ええ。分かっています」

世良は頷く。

現時点で、古内博文が無実だという実感はない。どんな些細《ささい》なことでもいいので、手がかりが欲しかった。

税所は、探るような視線を向けてきて、片眉を吊り上げる。

「いいだろう。では、再度確認したいことがある。私にこれを見せに来たということは、鑑定書に間違いがあるかどうかを知りたいんだよな？」

「はい」

「どうして、間違いがあると思った？」

そう問われ、世良は言葉に詰まったが、正直に話すことにした。古内博文の衣服に付着していた血痕が不自然なことを発見したくらいしか理由はなく、鑑定書に間違いがあるという確信を持っているわけではなかった。ただ、きっかけを摑みたいという曖昧な思惑で来たのだ。

「なるほどね」税所は納得したように呟く。

「今調べている事件がどんなものかは聞いた。死刑囚になっている古内博文という男が冤罪ではないかと疑っているということも。でも、君の顔色を見ると、状況はよくないようだ。いや、むしろ悪い方向に向かっている。そして、切羽詰《せっぱつま》ってここに救いを求めた」

言い当てられ、思わず俯いてしまう。取り繕《つくろ》う言葉が思い浮かばなかった。

「別にそれで構わない。ともかく見てみるよ。君はコーヒーでも飲んでいればいい」

税所は短い笑い声を上げてから、机の隣に置かれた小型の冷蔵庫を開けて、缶コーヒーを投げてよこす。部屋の中は寒々としていたので、冷たい飲み物は避けたかったが、好意を無下にはできないと思ってプルトップを開ける。

机にへばりつくような姿勢をした税所は、鑑定書とパソコン画面を食い入るように見比べていた。パソコン画面には傷口や内臓が映し出されている。その鮮明さが生々しく、世良は視線を外した。

税所は、唸ったり、感心したような声を出したりしながら左手で鑑定書のページをめくり、右手でパソコンの操作をおこなっていた。

手持ち無沙汰《ぶさた》の世良は、法医学教室を眺めた。全体的に綺麗に整頓されていたが、税所が使用している机の上は、周囲に不釣合いなほど雑然としていた。部屋の奥には、頑丈《がんじょう》な扉がある。おそらく、あの先に解剖室があるのだろう。

「あー、なるほどねぇ」納得するように頷いた税所は、世良と目を合わせた。

「人体というのは不思議だよねぇ。単純に、六十兆個とも言われる細胞が集まってできているだけじゃなくて、それぞれが記憶を持っているんだ。それを知ったら、怖くて殺人なんてできないよね。六十兆の口がついているようなもので、私のような法医学者が、その声を聞くんだよ。もちろん、聞き方を間違えると、正しくない判断をして冤罪が発生する場合もあるけれど、正しい判断をすれば、犯人は逃れられない」

感慨深そうな顔をした税所は、世良に視線を合わせる。

「良い話と、悪い話がひとつずつ。私は良いほうを先に言う性格だ」

妙な信念を述べた税所は、鑑定書を団扇《うちわ》のようにして顔を扇《あお》いだ。

「警察は当初、この被害者の死因を、左大腿部を刺されたことによる出血性ショック死と判断し、犯人とされている男の供述によって、右総頸動脈刺創にもとづく出血性ショック死と変更したということか。つまり、犯人しか知り得ない犯行告白……君らが好んで使う〝秘密の暴露〟があった。これに間違いはないね」

問われた世良は頷く。

「遺体解剖時から、右頸部に血腫《けつしゅ》があることは確認されていた。この解剖には、起訴した検事のほか、警察官数名も立ち会っていたので、血腫があることは事前に知っていただろう。首にあった血の塊を、最初は水蒸気爆発と考えたようだな」税所は首筋を人差し指で掻いた。

「遺体が今回のような火事によって高熱にさらされると、血液がぐつぐつと沸騰《ふっとう》して、血管の脆《もろ》い部分を突き破って噴出することがよくある。この遺体についても、同様に考えていたが、秘密の暴露によって、刺創に変更されたということか」

「そのとおりです」

世良は肯定する。医学的知識は乏しかったものの、刑事事件を数多く取り扱った経験から、おおまかな理解はできた。

「とんだ誤診をしたものだ」税所は可笑しそうに笑いつつ言った。

「この点だけを考えたら、冤罪だな」

その言葉に、全身が熱くなる。

「ど、どういうことですか」

「まぁ、落ち着きなさい」

宥《なだ》めるような声を出す。しかし、冤罪という単語を聞いた世良の興奮は収まらなかった。税所はもったいぶるように腕を組んだり、頭をもたげたりしてから、ようやく口を開いた。

「これを見たまえ」パソコン画面を指差した。ディスプレイには、長谷川由美の首にある血腫が映っている。

「右総頸動脈の血管は破れているが、血管の一部が楕円状に取れてなくなっているんだ。しかも、離開は、楕円形《だえん》のごく一部が楔状《くさび》をしているだけだ」

税所は該当部分を小指で叩きながら説明するが、世良にはよく分からなかった。税所は理解できないことなど百も承知だと言わんばかりに、まくし立てるような早さで喋る。

「血管の一部が取れてなくなっているのは、刺創ではなく、水蒸気爆発によって飛ばされた証拠だ。そして、離開の位置は、右総頸動脈と右鎖骨下動脈との分枝《ぶんし》の状態から、右総頸動脈の裏側だ。これは、体の奥まった側にあるから、体表側からの刺創とは考えにくい。普通に考えれば、体内側での爆発によってできたものだ。しかもだな……」税所はそこで一度唇を舐めた。

「生きている時に血管が破れれば、フィブリノーゲンがフィブリンになる。太田は、フィブリンや好中球が見られるから、生存中に刺されたと判断し、首を刺されたことが死因だと鑑定したようだが、フィブリンというものは繊維状というか網目状をしているんだ。この血腫の顕微鏡写真からは、フィブリンの検出は認められないな。頸部の血腫は、卵を茹《ゆ》でると固まるのと同じで、単なるタンパク質の変性。しかも、好中球に関しても、出現数は通常の状態で、創傷治癒機転によるものとは言えない。好中球は、傷が発生した局所に出現するものだから、外膜に付着した血腫を検査しても無意味だ。しかし、太田はそのミスを犯した」

「それって……」

震える声を出した世良に対して、税所は自信を持って頷いた。

「この被害者の離開には、生体反応はない。つまり、生存中に首を刺したという秘密の暴露は間違ったもので、そもそも、首を刺してすらいない。もし犯人がそう主張しているとすれば、単なる記憶違いか、強要された自白の可能性がある。血の塊《かたまり》が首についていたことは、警察も分かったはずだから、そこを刺したのだろうと誘導することは可能だ」

世良は興奮し、呼吸が荒くなる。

ようやく、冤罪の可能性を摑んだ。古内博文が無実である可能性だ。

「次に、悪い話だが」税所は声を強める。

「遺体を実際に解剖した太田の鑑定書のほうが、私の所見よりも証拠価値が高いのは言うまでもない。私の判断は、あくまで写真によるもので、冤罪を証明するまでの蓋《がい》然《ぜん》性《せい》を持ち得るものじゃない。ゆえに、私の意見では判決を覆せない」

世良は頷く。そんなこと、重々承知している。税所の考えが正しかったとしても、もう判決は出ているし、再審請求の根拠としては弱い。

これは、いわばきっかけだ。

古内博文が首を包丁で刺して殺害したという主張が間違っている可能性がある。このことを起点にすれば、どうして嘘をついたのか、事件現場で本当はなにが起こっていたのか、なぜ首を刺したなどという言葉が出てきたのかと問うこともできるし、調査の指針にもなる。

税所は、鑑定書を机に放り投げた。

「もし、私の鑑定書でよければ作ってやる。こんな欠陥のある鑑定書よりも、私が作成した鑑定書のほうが正確だ」

「……急いで、作れますか」

失礼だとは思ったが、時間が惜しかった。税所は一瞬目を丸くしたが、すぐに頷いた。

「いいだろう。二日で書いてやる。この事件の犯人は死刑囚なんだろう。毎朝死の恐怖に曝《さら》されている人間が無実だったのなら、これほど不憫《ふびん》なものはない」

立ち上がった世良は、感謝の意を伝えつつ頭を下げる。

すぐに、有馬と春名に報告しなければならない。逸《はや》る気持ちを胸に、法医学教室を後にした。

◆◆◆

【二〇一一年九月六日（火曜日）　十四時十五分（第二回公判）】


「それでは、審理を始めます。証人をどうぞ」

裁判長の声に、弁護人の阿川はおもむろに立ち上がり、証言台の男を見た。背の低い肥満ぎみの男は、寝不足なのか目の下が黒く、顔色も悪かった。

名前は船井哉。警備員をしていた古内博文の同僚だった。

「あなたは、古内さんが働いていた警備会社に勤務していますね」

「え……はぁ」

船井は落ち着きなく身体を揺すりながら、阿川の質問に頷く。

「古内さんの普段の勤務態度は、どうでしたか。真面目だとか、不真面目といった印象はありますか」

阿川は安心させるような柔らかい声を出した。

視線の定まらない船井は、口を開いたり閉じたりを繰り返したあと、唾を飲み込む。

「真面目、でした。黙々と仕事をこなす人です」

「職場での交流はありましたか」

「いえ……休み時間も、部屋の隅にいることが多かったので……事務的な会話以外の話をしているところを見たことはありません」

「あなたは、どのくらい古内さんと親しかったのですか」

「親しいなんて」船井は声を強めて否定したが、古内博文の顔を見て、痛ましそうに目を細めた。

「彼は休憩時間に、一人で煙草を吸いながら、なにかを見ていることが多かったんです」船井は緊張がほぐれてきたのか、滑舌《かつぜつ》がよくなっていた。

「なにを見ていたんでしょうか」

阿川の質問に、やや時間を置いてから口を開いた。

「写真です。そこには、古内さんと、女性が写っていました。見ようとしたわけじゃなく、たまたま、見えてしまったんです」

取り繕うように船井は言う。古内博文は、被告人席で微動だにせず、視線は床を見つめたまま固定されていた。

「それを見て、あなたはどうされたんですか」

「つい、声をかけてしまいました」

「どうしてでしょうか」

「写真に写っていた女性の顔が、古内さんとそっくりで、娘さんだとすぐに分かったからです。私にも同じ年頃の娘がいるので。妻と離婚後は、ほとんど会っていませんが……」

船井は一度口を閉じ、手を忙しなく握ったり開いたりしていた。

「その時、どんな話をされたんでしょうか」

痺《しび》れを切らした様子の阿川の声を受け、船井は畏縮したように肩を縮める。

「ほとんど覚えていません。ですが、このことがあって以降、ちょくちょく話をするようになったんです」

「それで、ある時、古内さんが、娘さんのことでお金が必要だと知ったんですね。それに加えて、大変な生い立ちを知り、あなたはその境遇を憐《あわ》れんで……」

「異議あり」阿川の声を掻き消すような声量で、検察官の西島が言う。

「誘導尋問です。また、質問の内容も曖昧で、立証事実との関連性が不明確であり、いたずらに時間を浪費していると思われます」

裁判長は阿川を見る。

「弁護人、意見は？」

「異議は理由がないと思料《しりょう》します」

阿川の言葉に、裁判長は顎《あご》の辺りを手で触る。

「異議を認めます。弁護人は、質問の仕方に注意するようにしてください」

その言葉に阿川は顔を赤くし、額に浮かんだ汗を指で拭ってから、大きく深呼吸をした。

「古内さんと話をしている中で、なにか気になった点はありましたか」

視線を泳がせた船井は、ごくりと喉を鳴らした。

「はい。古内さんは腰を擦《さす》っていることが多かったので、どこか悪いのかと聞いたんです。そうしたら、警備員の仕事の他にも、倉庫で仕分け作業をするアルバイトをしていて、腰を悪くしたって言うんです。私とか古内さんは契約社員でしたが、食べていくだけの給料は貰っているはずです。だから、借金とかがあるのかと聞いたら、娘がこれから結婚して式を挙げるから、花嫁衣裳代を貯めているし、ほかにもいろいろと入用だからと言っていました」

船井の言葉が終わると、阿川は頷く。

「古内さんは毎月、娘である琴乃さんに五万円の生活費を送金する傍ら、結婚資金を貯めていましたが、倉庫での仕分け作業の時に腰を悪くしました。そのことが原因で、目標としていた金額に達することが難しくなり、娘さんのために空き巣をしようとし、不幸にも家人に出くわし、頭が真っ白になって、咄嗟に殺害したということです」

阿川は古内博文の無罪を主張せず、情状酌量を求める方針だった。そして、古内博文の幼少期の不幸を語る。しかし、情状酌量を引き出すには、あまりにも弱い内容だった。

その後、検察官である西島の反対尋問の際、同じような境遇で育った場合でも、犯罪とは無縁に暮らしている人が大多数であり、被告人の責任を社会に転嫁《てんか》しているにすぎないと指摘し、その激しい口調は、情状酌量という文字を消し去るのに十分な威力を持っていた。

◆◆◆

5

――二〇一五年十二月二十三日。

有馬は、電車で東京都足立《あだち》区綾瀬《あやせ》に向かい、一軒のアパートの前で足を止めた。綾瀬駅から歩いて二十分ほどの立地にあるアパートは傷みが激しく、全体的に暗い印象を受ける。

二階へと続く階段は錆《さ》びていた。手すりを使わずに上り、一番手前の二〇一号に視線を向ける。表札にはなにも書かれておらず、黄ばんだプレートが入っているだけだった。

磨《す》りガラスの小窓を覗き込むと、部屋の明かりは点いている。

有馬はポケットから手帳を取り出し、殴り書きの住所を見て、間違いがないことを確認する。会社に問い合わせたら、今日は非番で休みだというので、住所を聞き出していた。

インターホンを押す。すると、中から物音がして、すぐに静かになった。

誰も出てくる様子がなかったが、人がいるのは確実だったので、もう一度インターホンを押した。

「すみません。警察の者ですが」

声を抑えて言った。居留守を使っている人間でも、警察という単語を使えば、善良な市民は大抵出てくる。

再び中で物音が聞こえてきたかと思うと、足音が近づいてきて、ドアが開いた。

「船井哉さんですね」

有馬は、無精髭を生やした肥満の男にすかさず問う。

「す、すみません。ちょっとトイレに入っていたもので」

警戒するような視線を向けながら、船井は弁解の言葉を述べる。

船井哉。古内博文の元同僚で、二〇一一年に開かれた裁判の際に、証人として出廷した人物。

「ちょっとお聞きしたいことがあるんですが、よろしいでしょうか」

警察手帳を示しながら有馬は問いつつ、船井の身体越しに部屋の中を覗き込む。独り身なのだろうか。かなりの散らかりようだった。

「な、なにか」

身体を使って有馬の視線を遮った船井は、慌てたように言った。

「ご協力いただければ、すぐに済みます」断れば酷い目に遭うと言外に匂わせつつ、口を開く。

「二〇一一年に、古内博文さんの裁判で証言されましたね」

意外な言葉だったのか、船井は驚いたような表情を見せる。

「……ええ、しましたよ」

やましいことはないと表明するように、はっきりとした声で答えた。

「そこであなたは、古内博文が警備員のほかに、倉庫でのアルバイトを掛け持ちしていると証言しましたよね」

「はい。実際に本人から聞きましたから」

「古内博文は、お金を貯めるために二つの仕事をしていた。理由は、娘に花嫁衣裳を着せるため。間違いありませんね」

「はい……まぁ、他にも、いろいろと入用だとは言っていましたので、花嫁衣裳だけじゃないとは思いますけど」

「いろいろとは、どんなことか分かりますか」

「……たぶん、遊ぶ金とかだと……裁判の時にも検事の人が言っていましたし」

船井は表情を曇らせつつ、ぼそぼそと返答する。先ほどの堂々とした調子とは、明らかに違っていた。

「分かりました。ともかく、古内博文は、なんらかの理由があって、金を貯めていたということですね」有馬は、船井の変化を見逃すまいと観察をしながら、淡々とした調子で言葉を発する。

「でも、古内博文は腰を悪くし、倉庫でのアルバイトを続けられなくなった。それで、空き巣を思いつき、結果として、強盗殺人事件を起こしてしまった。間違いありませんね」

古内博文は、警備員の仕事と倉庫での仕分け作業のアルバイトを掛け持ちしており、それは逮捕されるまで続けられていた。働きすぎのように感じるが、警備員の雇用形態は契約社員でシフト制のため、不規則だったらしく、出勤日数が少ない月にアルバイトをしていたので、それほど無理な働き方ではなかったようだ。

「あの……どうして今さら、古内さんのことを聞くんでしょうか。たしか、死刑が確定しているでしょ」

船井は堪《たま》りかねたように質問してくる。居心地が悪そうに身体を揺すりながら、視線を合わせようとはしない。有馬は足を半歩前に出し、扉を閉められないように注意する。

「実はですね、古内博文が無実ではないかという話が持ち上がっているんです」

船井は明らかに動揺した様子を見せる。有馬は立て直す余地を与えないために、すぐさま口を開いた。

「古内博文は、船井さんの証言に違《たが》わず、公判中に腰が悪いと主張しています。しかし、拘置所に入れられてから定期的に実施している健康診断で腰が悪いとは書かれておらず、週二回程度ある運動でも、特に腰を痛めている人間には見えないとのことでした」

はったりだった。古内博文の健康診断の結果を見たところ、腰について言及している記述はなかったが、わざわざ健康診断で腰痛を記すことはしない。ただ、古内博文が腰を悪くしたという話は、無理があるように思えた。普通に考えたら、腰を痛めて倉庫でのアルバイトができないならば、腰を使わない仕事に変えればいい。それなのに、空き巣という短絡的な考えにいたったのは、納得がいかない。この証言には、作為的なものが感じられた。

刑事を長年やっていれば、理解できない思考の持ち主に出くわすことは珍しいことではない。そういうタイプの人間は、遊ぶ金が欲しいという理由でいとも簡単に殺人を犯したりする。しかし、拘置所で会った古内博文には、そういった〝例外〟の雰囲気はなかった。つまり、古内博文は嘘の供述をしていて、目の前の船井は、何者かの入れ知恵によって証言した可能性があった。

「いや、でも俺は本人から……」

「本当に、本人から聞いたんですか。誰かに誘導されていませんか」

狼狽した様子を見せる船井を凝視した有馬は、微かに笑みを浮かべる。

「私は別に、船井さんが嘘の証言をしたとは思っていませんよ。記憶違いだったり、勘違いだったりすることは、よくあることなんです」

船井はなにかを言いたそうに口を開いたが、言葉にはならなかった。

話し出さないと判断した有馬は、俯き加減の船井の顔を覗き込む。

「このことを罪に問おうと思っているわけではないので、これ以上は聞きませんし、迷惑もかけません。しかし、一つだけ知りたいことがあるんです。腰を痛めたと証言するよう指示したのは、誰ですか」

その質問に、船井は顔を青くして全身を震わせた。そして、しばらく無言だったが、ようやく質問の回答を口にした。

有馬の次の行き先は、府中東警察署に決まった。

船井が住むアパートを後にした有馬は、駅までの道のりを歩きながら、携帯電話を取り出した。そして、電話帳から府中東警察署刑事課の番号を探し出し、選択しようとした時、世良の名前がディスプレイに表示される。

「どうした」

耳に携帯電話を押し当てた有馬が問う。

〈あ、すみません。たった今、千葉中央大学の税所教授のところに行ってきました〉

「どうだった」

有馬が時計を確認すると、十一時を過ぎたところだった。

〈詳しいことは帰ってお伝えしますが、古内博文の〝秘密の暴露〟である首の刺創は、水蒸気爆発で間違いなさそうです〉

「水蒸気爆発？」

どういうことだと問うと、世良は慌て声で補足説明をおこなう。世良自身も完全には把握していないらしかったが、だいたいのところは分かった。

「……つまり、刺し傷ではないということだな」

懸命に説明する言葉を遮った有馬に、世良は肯定する。

「これで秘密の暴露が崩れたじゃないか。このネタで再審を開始できないのか」

興奮に声を昂らせて訊ねると、少しの沈黙のあと、いえ、と弱々しい声を出す。

〈今回のことは、写真による所見です。やはり、証拠価値としては、実際に解剖して作られた鑑定書が強いですし、再審開始に必要な、蓋然性のある証拠とは言えませせん〉

「……そうか」

多少落胆したが、一歩前進したことには変わりない。

糸口を掴んだという実感はあった。ただ、冤罪と証明するにはまだまだ情報が不足している。

「これから俺は……」

〈あの、気になることがあるんです〉

府中東警察署に行くということを伝えようとした時、世良の思いつめたような声が耳に届く。

「どうした」

〈実は、税所教授の所見を春名さんにも報告したんですが、かなり声が暗くて……理由を聞いても教えてくれないんですよ〉

「単に不機嫌なだけだろ」

面倒な奴だと思いつつも、胸騒ぎがする。

昨日、春名は証拠品リストを入手すると言っていたが、なにかあったのだろうか。

「証拠品リストは入手したのか聞いたか」

〈持っていると言っていました。でも、全然元気がなくて……〉

リストがあるならば、府中東警察署に行く前に目を通しておきたかった。そのついでに、春名の様子を見ればいい。

「一度事務所に戻る」

〈分かりました。僕も帰ります〉

電話を切った有馬は、駅へ向かって歩調を速める。

朝の青天は見る影もなく、灰色の厚い雲が隙間なく空を覆っていた。仰《あお》ぎ見た有馬は、自分の行動にケチをつけられたようで腹が立った。


誤判対策室の事務所に足を踏み入れると、すでに世良は帰ってきていた。事務机の前に置かれた椅子に座っている世良の隣には、春名の姿がある。顔は蒼白で、焦点が定まらず、まるで生気が感じられなかった。

「証拠品リストは」

有馬が問うが、春名は意識を失っているかのように反応しない。代わりに、世良が事務机に置かれた紙を差し出した。

三枚のA４用紙は、強く握りしめたためか皺だらけで、ファイルから強引に抜き取ったらしく、パンチで開けられた穴が破れていた。手に取って見ると、証拠品の種類や特徴が表形式で記載されている。この表だけでは詳細は分かりかねたが、どんな証拠品を検察が持っているのかは一目瞭然《りょうぜん》だった。

「あの、有馬さん」

世良が非難めいた視線を向けてくる。

「なんだ」

リストに視線を戻す。早く内容を確認したかった。

「ちょっと、聞いてくれませんか」

「忙しいんだ。あとにしてくれ」

「有馬さん！」

世良が声を張り上げる。意外な反応に、有馬は顔をあげた。

「大変、なんです」

口惜しそうな顔をした世良は、春名を気遣うように見たあと、有馬を直視した。

「実は……」

「いえ……私から言います」

沈黙していた春名の声は、暗く重い声だった。

「なにがあったんだ」

そう問うが、春名はなかなか話し出しそうにない。このままでは埒《らち》が明かないと思ったとき、春名が乾いた唇をわずかに動かした。

「証拠品リストを盗みに入って、上司である西島に見つかりました」

下手《へた》を打ったのか。思わず舌打ちしてしまい、春名は怖じ気づくように身体を縮めた。

「……すまない。でも、証拠品リストは、こうしてここにあるじゃないか」

有馬は、手に持っているリストに視線を落としつつ言った。すると、春名はうな垂れる。

「西島が、持って帰れと寄越したんです。証拠開示の請求に応じるとも言っていました」

「そうか。話の分かる検事もいたもんだな。これでめぼしい証拠品を入手して……」

「遅いんです」

春名が言葉を遮ったので、有馬は眉間に皺を寄せる。話が見えてこないので苛立ちを覚えた。

「なにが遅いんだ」

「もう、死刑執行は止められないんです」

予想外の言葉に色を失った。

「……執行日が、決まったのか」

訊ねながら、そんなはずはないと頭の中で否定する。

死刑執行の日程は極秘事項のため、ごく一部の人間にしか知らされず、外部に漏れることはない。担当弁護人や肉親ですら、執行後に知らされるくらいなのだ。一介の検事である春名に知る術はない。

「……執行日は分かりません。でも、もうそろそろだと。しかも、執行されるのは、古内博文であるような言い方でした」

「そんなの、本当かどうかも怪しいだろう」

「たぶん、信憑性《しんぴょうせい》は高いと思います」

世良が口を挟む。

「どうしてそう思うんだ」

有馬が睨みつけると、世良は毅然《きぜん》とした態度で見返してくる。

「父から、誤判対策室を設立した本当の理由を聞かされました」

父だと？　なにを言っているんだと問おうとしたが、世良はその隙を与えずに喋り続ける。

「誤判対策室を設立したのは、冤罪を調査するためではなく、死刑執行を迅速《じんそく》化するためなんです」

「……なんで、そんなことをお前の父親が知っている」

その問いに、一瞬、躊躇するような反応を示した世良だったが、すぐに真剣な面持ちになった。

「僕の父親は、衆議院議員の世良光蔵です。そして、国家機関である裁判官訴追委員会の下部組織として、誤判対策室を設立したメンバーの一人なんです」

有馬は衝撃を受ける。衆議院議員の世良光蔵。急進派として知られる男だ。たしかに、苗字が世良で一緒だった。

「世良光蔵も、誰とは言いませんでしたが、執行が近いだろうと匂わせていました」

世良は、再審請求をする死刑囚を誤判対策室が調査し、冤罪の可能性はないと報告した場合、対象の死刑囚の死刑執行へとシフトする枠組み《スキーム》ができあがっていることや、月に一度の報告の場で、春名が上司である西島に、古内博文が冤罪である可能性は低いと言ってしまったことを伝えた。

「どうして、そんな報告をした」

有馬が詰問すると、春名は目を細める。

「……冤罪だという自信が、なかったんです」

震え声で答える春名を罵倒したい衝動を抑える。

「……本当なのか」

信じられなかった。わざわざ、死刑囚の死刑執行を素早くおこなうために、誤判対策室を作るなんて回りくどいことをするだろうか。

「おそらく、事実です」沈鬱《ちんうつ》な表情の世良が言う。

「裁判所に民意をと言って作られた裁判員制度だって、〝司法に対する国民の理解の増進とその信頼の向上に資する〟目的で作られたというのは表向きで、主目的は、裁判の迅速化を図るためだと言われています」

有馬も小耳に挟んだことはあったが、今まで特に気にしたことはなかった。

「それに、裁判員裁判自体だって、結局は裁判所と検察が舵《かじ》取りをしていますからね。ある裁判員の方は、まるで決められたレールの上を走らされているようだったと言っていますし、現実に、裁判員が下した量刑を、最高裁が見直して変更したことだってあるんです」世良は憤慨したような顔をした。

「裁判員に負担はかけられないという大義名分のもと、審理日程の短縮化や、争点を減らすために証拠を厳選し、分刻みの審理計画を立て、逸脱することを許さないんです。これでは、捜査側が不都合な部分を隠蔽《いんぺい》しやすくなったと言っても過言ではないですよ」

そこまで言った世良は、話が脱線したことに気づいたのか、恥じるように目を伏せた。

世良の横道に逸れた話はさておき、誤判対策室の判断が、死刑執行を早めている可能性があることは分かった。

それならば、どうするか。

焦りを覚えながら有馬が考えを巡らせていると、今までずっと俯いていた春名が、さっと顔を上げた。その目は、なにかを決意したような強い光を帯びていた。

「……私は、薄々ですが、誤判対策室が冤罪である可能性を調査するのではなく、死刑を速やかに執行する目的のために作られたことに、気づいていました」

唐突に発せられた言葉に、有馬は怒りの目を向ける。

「それをどうして黙っていた！」

詰め寄ろうと歩き出した有馬の前に、世良が立ちはだかった。

「落ち着いてください。春名さんにだって事情が……」

「事情もクソもあるか！　こいつは、冤罪ではないか調査しているフリをして、死刑執行を手助けしていたんだぞ！」

「そんなつもりじゃなかったんです！」春名は悲痛な声を出した。

「……誤判対策室は、罪を犯しているにもかかわらず、再審請求といった悪足掻きをしている死刑囚の調査をして、冤罪の可能性なしと判断すれば、再審請求を受理しない〝篩《ふるい》〟の機能を担っていました」

春名は胸のあたりを押さえつつ、苦しそうに肩で息をしていた。

「死刑制度は歴《れっき》とした日本の法定刑であり、私はその制度を支持しています。ただ、それは、極刑に値する罪を犯した人間に適用されるべきであって、無実の人間が受ける刑罰ではありません。だから、誤判対策室が死刑を迅速化させる組織であったとしても、私は全身全霊をもって、冤罪の死刑囚を探し出して助けたかったんです……たとえ身勝手な思惑によって作られた組織であっても、我々には、瀬戸際で食い止められる権限があるんです……でも、まさか自分の判断が、即時死刑執行の合図になるなんて……」

言い募《つの》った春名は、歯を食いしばった。有馬は、そんな春名の姿を真っ直ぐに見る。

不憫だった。誤判対策室の設立の意義を理解しつつ、春名は、本気で冤罪を明らかにしようと誤判対策室で活動していたのだ。

証拠品リストに目を向け、大きく息を吸った。

「まだ遅くはない」

有馬はそう言いながら、必死に考える。

死刑執行が近づいているというのは、信憑性が高い。止める手段は、再審請求をして、再審を開始すること。誤判対策室は再審請求を強引に通す権限を有しているが、それは、再審を開始するに足る蓋然性のある証拠があると判断した場合だ。

急いで冤罪の証拠を集めるのは言うまでもないが、残された時間はそう多くはないだろう。なんとか、執行を引き延ばす方法はないか——。

そう考えた時、ふと、頭に一人の男の顔が浮かんだ。

有馬自身の手によって、冤罪に追い込んだ男の顔。その顔が、恨めしそうに有馬を見つめている。

「……そういうことか」

小さな声で呟く。やはり、古内博文の件は、自分の罪滅ぼしになるかもしれない。

「税所に、新しい鑑定書を依頼したか」

世良に向かって訊ねると、驚いたように肩を震わせた。

「も、もちろんです」

「いつ完成する」

「二日後です」

明後日か。もっと早く欲しいところだが、下手な鑑定書を作られても困る。

「鑑定書で再審請求をすることは無理か」

「……厳しいですね。遺体が残っていれば別ですが……」

世良は顔を歪め、首を横に振った。

現状こちらが持っているカードでは、再審を開始することは難しいか。

有馬は証拠品リストを見つめる。

古内博文は、取調べの当初から罪を認めていた。それなのに、期限いっぱいまで勾留されている。もしかしたら、〝あるもの〟が存在しているかもしれない。

裏表に印刷された証拠品リストに丹念に目を通したが、欲していたものは見つからなかった。

――検察に提出はしていないか。

多少落胆したものの、当然かと考え直し、直接問い詰めようと気持ちを切り替えた。

「時間を有効に使おう。俺はこれから、府中東警察署に行く」

「府中……なにをしに行くんですか」

「刑事にしか分からないものを探しにいく」説明が面倒だったので、世良の問いをはぐらかした。

「世良も同行してくれ。そのあと、教誨師に会いに行く」

質問をしたそうな顔の世良を制止し、春名に視線を向けた。

「春名は、証拠品リストを精査してくれ」

「精査といっても……」

戸惑う春名の言葉が終わらないうちに、強い声で言った。

「なんでもいい。新証拠になるようなものは全部請求するんだ」

有馬は手帳に携帯電話の番号を書き、破って手渡す。

「証拠品の精査をしながら、東明新聞社の山岡に連絡してくれ」

「リサイクルショップを運営している矢野高虎と琴乃の周辺を嗅《か》ぎ回って、なにか情報を得ているかもしれない」

ポカンと口を開いた春名から視線を外し、気を落ち着かせるために息を吐く。

さすがに、矢野高虎が殺しをやっていることを摑んではいないだろうが、なにか収穫はあるかもしれない。

「車を出してくれ」

世良の背中を叩き、事務所の外へと誘導する。

「春名、証拠品の件、頼むぞ」

顔だけを捻じ曲げて発した言葉に、春名は返事をしなかった。有馬は構わず扉を閉め、廊下を歩く。春名は不安そうな顔をしていた。ただ、目は死んではいない。

自分を奮い立たせるために大きく息を吸った有馬は、胃の辺りを手で擦《さす》る。胃液がせり上がってきた感覚に苦しさを覚えたが、清々《すがすが》しいほど頭は鮮明に働いている。

状況は良くない。いや、最悪かもしれない。それでも、やらなければならない。

これは、四十年弱の警察人生、いや、六十年の人生を賭けた博打《ばくち》だ。

「どうして、笑っているんですか」

不思議そうに見つめる世良の指摘で初めて、自分が笑っていることに気づく。

その理由は、一つしかなかった。

「しょうもない人生だったが、定年の前に大舞台が用意されるかもしれないんだ。笑って当然だろう」

「……なんのことですか」

ますます訝しそうな表情になった世良を無視して、有馬は大股で前へ進んだ。

コインパーキングに停めてある世良の車に乗り込んだ有馬は、ポケットから携帯電話を取り出し、電話帳から府中東警察署刑事課を選択して、通話ボタンを押す。

電話はすぐに繋がり、小糸に代わるように言う。

やがて、小糸が電話に出た。

〈お疲れさまです。どうしたんですか〉

丁寧な口調の小糸とは、五年前に府中市で発生した殺人事件の捜査で一緒になったのみだった。しかし、声色から、今も慕《した》ってくれているのが分かる。

「古内博文を取調べたのは、刑事課の坂口だったたな」

有馬は、坂口の大きな図体を思い出しながら訊ねた。

「取調べについての詳細は知っているか」

〈そうですけど〉

〈……直接関わっていなかったので、そこまで詳しくは分かりませんが、ある程度はお答えできると思います〉

自信のなさそうな声を出したが、有馬は、構わずに聞くことにした。

「古内博文の勾留は、延長を含め、期限ぎりぎりの二十三日間だったたな」

容疑者を逮捕した場合、簡単な供述調書を作った上で、逮捕された時点から四十八時間以内に検察庁に送致される。そこで検察官から短時間の取調べを受け、送致から二十四時間以内に、裁判所に勾留請求をする。裁判所は刑事訴訟法第六〇条を根拠に、十日間の勾留を認めるかどうかを判断する。そして、十日間でも足りなかった場合は、検察官は勾留延長の請求をして、さらに最長十日間勾留することができる。つまり、逮捕されてから最長で二十三日間容疑者の身体を拘束することが可能だった。

〈たしか、そうでした〉

「古内博文は、最初から罪を認めて自白をしていたんだよな」

〈……ええ〉

「今、そっちに向かっている」

〈え?〉

小糸は驚いたような声を出す。

「すぐに聞きたいことがある。小糸は今、警察署にいるか?」

〈いますけど、なにかあったんですか〉

「そうだ。ちなみに、坂口もいるか」

古内博文の事件について、小糸の持っている情報はそれほど多くないだろう。やはり、取調べ担当の坂口に直接聞いたほうが手っ取り早い。

〈はい、いますけど……でも……〉

「あと一時間もしないうちに到着する」

少し声をひそめた小糸に言うと、すぐに電話を切った。

「……大丈夫ですか」

「なにがだ」

運転している世良の質問の意図が分からなかったので、訊ね返す。

「なんか、突っ走っているように思えて……」

「それの、どこが悪い」

不安そうな面持ちの世良は、なかなか言葉を発しなかった。

「大丈夫だ。なんとかなる」

何かを言いたそうに口を開きかけた世良だったが、結局言葉にはせず、一度頷いただけだった。

なんとかなる。

それは、自分自身に言い聞かせるためのものだった。

四十分ほどで、有馬たちは府中東警察署に到着した。

一緒に行くと言った世良を車に残し、単独で署内に入る。世良がいると、小糸や坂口が警戒して口を割らない可能性があった。

身内のことは、身内で片をつける。

カウンターへは行かず、直接刑事課のある二階へと足を向けるが、すぐに歩みを止めた。ロビーの先に、小糸の姿があった。

「急に、すまないな」

近づいていきながら声をかけると、顔を青くした小糸は微かに頷く。

「坂口さんが、応接室でお待ちです」

暗い声を出した小糸は、こちらです、と言ってエレベーターに乗り、三階で降りた。

背中を丸めて応接室へと向かう小糸の姿を見る。もともと小さな身体が、余計に小さく見えた。

おおかた、坂口に事情を説明し、手ひどくやられたのだろう。

講堂の隣にある応接室に入ると、ソファーに座っていた坂口が立ち上がった。

「どうぞ」

そう言った坂口の殺気立った視線を受けて、皮膚がピリピリと痛む。この緊張感を作れる坂口は、なかなかの男だ。

ソファーに座った有馬は、前傾姿勢になって両手を合わせる。

「聞きたいことがある」

「そうでしょうね。先輩風を吹かせに来ただけなら、叩き出しているところです」

もはや敵意を隠そうとはしていなかった。挑発に乗るまいと感情を鎮《しず》め、口を開く。

「古内博文の取調べ、勾留延長を含めて二十三日間だったな」

「そうですが、なにか問題でもあるんですかね」

「なぜ、そんなに時間がかかった」

坂口は鋭い眼光で睨みつけてくる。手に力が込められ、血管が浮き出ていた。おそらく、殴りかかりそうになるのを必死にこらえているのだろう。

「勾留延長なんて、別に珍しいことじゃないでしょう。証拠隠滅の恐れがあったんですよ」

「古内博文は、当初から自白していたはずだ」

「それでも、捜査のため、やむを得ない事由があったんです」

「なんの捜査だ」

有馬の質問を、坂口は一笑に付す。

「凶器が見つかっていないんですよ。だから、捜査をするために勾留を延長したんです。そんなこと、あんたなら……」

「それなら聞くがな、連日連夜の取調べは、いったいどんな理由があってやった」

坂口の顔色が変わる。

「自白事件で、連日連夜取調べをするのは妙じゃないか。普通なら二日か三日に一度で、しかも短時間だ」

一審を担当した弁護人の阿川の記録の中に、朝九時から夜の十一時頃まで連日取調べを受けて疲弊《ひへい》しているという古内博文の主張が残っていた。勾留延長は珍しいことではない。しかし、連日連夜の取調べというのは、なにか裏がある可能性が高い。

「……それは、凶器が見つかっていないからだ」

先ほどの強気の態度に陰りが見える。

「凶器は川に捨てたと言っていたんだろ。どうして、そんなに強烈な取調べをする必要がある。無駄なことを聞いて徒《いたずら》に時間がかかっていただけなのか、それとも、当を得ない取調べでろくな調書が作成できなくて、検事から文句を言われたんじゃないだろうな」

その言葉に坂口は勢いよく立ち上がり、有馬を見下ろした。

「……部外者は黙っていろ」

「部外者？　俺は古内博文の件を洗い直しているから、むしろ当事者だ」

内心ほくそ笑みながら、悠然と構える。こういったものは、頭に血が上ったほうが負けなのだ。

「いい加減にしろよ」地を這《は》うような低い声だった。

「あんたの暇《ひま》潰しに付き合っている余裕はないんだよ」

「そうか」有馬は笑みを浮かべた。

「事情はだいたい分かった。あとは小糸と話すから、仕事に戻ってくれて構わない。忙しいところ助かったよ」

坂口は今や茹蛸《ゆでだこ》のように顔を赤らめていた。目は充血し、嚙みつかんばかりに歯を剝き出しにしている。

「犯人は、あいつで間違いないんだ」

「それを判断するのは俺だ」

「覚えていろよ……必ず……」

言葉はそこで途切れた。怒りで顔がブルブルと震え、今にも飛びかかってきそうな気迫があった。

坂口の今までの反応を見て、有馬は確信を得ていた。古内博文の勾留中、取調べで坂口は〝作文〟をした可能性がある。おそらく古内博文は、犯行の様子を詳しく聞かれ、言葉に詰まった。自分の犯行ではないので当然だろう。そこで、理路整然とした調書を作るため、嘘の自白を強要して、調書を作成した。一つの犯罪を、証拠と矛盾しないように組み立てるのは容易なことではない。そのため、勾留期限ぎりぎりまで時間を要したのだ。

「分かったよ。覚えておく」

耳を掻きながら言った有馬に舌打ちをした坂口は、小糸に視線を向ける。

「余計なことを、するんじゃねぇぞ」

「……は、はい」

身体を萎縮させて頷いた小糸の肩に勢いよく手を置き、坂口は部屋を去った。

「まぁ、座れ」

有馬は今まで坂口が座っていた場所を指差す。

「……いえ、自分はここで」

「いいじゃないか。すぐにすむ」

小糸はしばらく躊躇していたが、やがてソファーに座る。

「俺も時間がないんだ。一つ、頼みたいことがある」

不安そうな面持ちの小糸の顔が、恐れに変わった。

「そうビビるな。簡単なことだ」声をひそめた有馬は、顔を小糸に近づける。

「古内博文を取調べた際の、取調べ小票《こひょう》が残っているはずだ。それを入手してくれ」

小糸は、低い唸り声を漏らした。

取調べ小票とは、供述調書を作成する前に、容疑者の供述をまとめるために使われるもので、供述の要旨などが記載される。その際、容疑者の言葉が変遷《へんせん》すれば何度でもやり直し、整合性が取れるまで小票を作成し続け、そして、一貫したストーリーが完成すれば、供述調書に取りかかるのだ。そうすれば、供述の変遷が分からなくなり、綺麗な供述調書ができあがる。

取調べにおいて、すべての警察署で小票が作成されるわけではないが、捜査一課員として府中東警察署に行って殺人事件を捜査した時に、小票が使われているのを見ていた。取調べ小票は決裁官の認印《みとめいん》を押す欄もある公式の文書だったが、検察が持っていた証拠品リストにはなかった。取調べ小票の運用自体が廃止になっていなければ、まだ府中東警察署に残っている可能性があった。

「どこかの倉庫に眠っているんだろ」

「し、知りません」

小糸は首を横に振る。

「いや、あるはずだ。ああいった公式な書類は、簡単には捨てられない」有馬は視線を外さず、語りかけるような口調になった。

「無実の人間が罪を背負わされているんだ。刑事として、黙って見ているのか」

言いながら、胸に痛みが走る。自分は、無実の人間に罪を着せた男なのだ。自分の過ちを棚上げしてなにを言っているのだという自嘲を押し込めるために、歯をくいしばる。

「……もう時間がないんだ。頼む」

有馬は頭を下げた。

「や、やめてください」

慌てて立ち上がった小糸は、額に浮かんだ脂汗《あぶらあせ》を手で拭った。そして、周囲を確認するように部屋の中を見回したあと、力なく首を横に振った。

「……私には、できません」

小さな声で呟く。

当然の回答だと思う。定年間近の老いぼれの頼みを聞いて、自分の立場を悪くする方がどうかしている。

有馬は優しく小糸の肩に手を置き、応接室を出た。

坂口が待ち伏せしているかと思ったが姿はなく、数人の署員が足早に行き来しているだけだった。


警察署を後にした有馬は、世良が待つ車に乗り込んだ。

「どうでした」

不貞腐れた顔をした世良は、不機嫌な声を出す。

「収穫はない」

「そんな答えで、僕が納得するとでも思っているんですか」エンジンをかけずに、険しい視線を向けてくる。

「教えてくれるまでは、車を出しません」

その声は頑なで、きつく結んだ口元からは、決意が読み取れた。

シートベルトを締めた有馬は、フロントガラスの先にある植え込みを見つつ、ため息を吐く。

「古内博文の勾留中に作成した取調べ小票がほしかったんだ」

「取調べ小票、ですか」

言葉を繰り返しながら、不可思議そうな表情をする。

無理はないと有馬は思った。二〇〇三年に起きた志布志《しぶし》事件まで、法曹関係者の間でも、取調べ小票の存在はあまり知られていなかったし、今も公式に表には出ていない。

「たとえば、犯行の記憶が曖昧な容疑者がいるとする。その場合、話の辻褄《つじつま》が合わずに、一貫性のない調書ができてしまう。関係者の証言との整合性も必要だ。だから、取調べ小票を使う。容疑者や関係者の、その時々の変遷を書き留めて、矛盾のない道筋を見出して、最終的に綺麗な供述調書を作るんだ」

「……古内博文の取調べ小票を入手しようとした理由はなんですか」

「そんなの、決まっているだろ」有馬は座席に後頭部をつける。

「虚偽自白を強要した場合は、自分がやっていない犯罪を、誘導されるような形で供述していくから、小票の数が極端に多くなる。その流れを見れば、どういった経緯で古内博文が供述を変えていったのかが分かるし、虚偽自白をしていた場合は、コロコロと主張が変わっている。警察や検察が正式に作った綺麗な調書を穴の開くほど見るよりも、真実が見えてくるはずだ」

感心したように頷いた世良だったが、すぐに納得のいかない表情をする。

「どうして、有馬さんは初めから取調べ小票を入手しようと思わなかったんですか」

「……初めから身内を疑うほど、俺は冷酷じゃない」

一瞬言葉に詰まったものの、素直に心情を吐露した。刑事という職業に人生を捧げてきたのだ。組織に愛着はあるし、できれば粗探《あら》しなどしたくはない。

ただ、必要となれば、徹底的にやる。

刑事というのは、己の信ずる正義を貫く生き物だ。たとえ、それが誤った正義であったとしても――。

そう思った途端、息苦しさを覚え、手で胸を押さえて顔をしかめた。

「だ、大丈夫ですか」

世良が不安そうな面持ちで訊ねてくる。

「……大丈夫だ」

全身の力を抜いて気持ちを落ち着かせようとした有馬は、車を出してくれとる。心配そうに見ていた世良は、やがて素直にその指示に従った。

深く息を吸い、ゆっくりと吐く。

自分は、虚偽の自白を強要し、一人の男の人生を狂わせたのだ。

この呪縛から解かれるには、なんとしてでも古内博文を救い出す必要があった。

「それで、次はどこに向かうんですか」

世良が訊ねてくる。

有馬はせり上がってきた胃液を唾で押し戻し、口を開いた。

「教誨師に会いにいく」

「教誨師……梶永さんですか」

無言で頷くと、世良は難色を示す。

「たぶん、嫌がられますよ」

「どうしてそう思う」

「昨日、梶永さんに会いに行った時、はっきり言われたんです。古内博文は罪を心の底から悔いていて、冤罪だとは到底思えないって。だから、古内博文の心を乱すようなことはしないでほしいと窘《たしな》められました」

「それは、あっちの都合だ。俺の都合だってあるんだ」

そう言い切ると、有馬は口を曲げた。

もしもの時は、教誨師に重要な役割を担ってもらう必要があったので、どうしても懐柔《かいじゅう》しなければならなかった。

車が文京区本駒込にある養心寺に到着したのは、空に夜の気配を感じ始めた頃だった。紫色の空を見ながら、日が短くなったことに気づく。年末も近い。

寒さに慣れていない身体を震わせながら、境内《けいだい》に入ると、ちょうど一人の老人が本堂から出てきた。

「あ、梶永さん」

世良が声を発すると、梶永がこちらに視線を向けて驚いたように目を見開いたあと、困惑したような表情に変わった。

「いったい、どうされたのですか」

近づいてきた梶永の問いには答えず、有馬は簡単に自己紹介をした。

「……刑事さん、ですか」

ポツリと呟いた梶永は、寒いですからどうぞ、と言って本堂の隣にある自宅へと招き入れた。

玄関へと続く道を歩いていると、左手の庭先が明るいことに気づく。よく見ると、五葉松に電飾が巻き付けられて、色とりどりに輝いている。

「なんだ、あれは」

思わず声に出てしまう。それほど、光る五葉松は奇妙だった。

「梶永さんの奥さんが、キリスト教徒なんですよ」

「は？」

世良の耳打ちに、眉間の皺が深まる。どうして寺の住職の妻がキリスト教徒なのか。

「梶永さんは、信じるものがあればいいという信条のようで、信仰の強要はしないみたいです」

「……ずいぶんと緩いな」

呆れ顔になったが、それはそれで平和かもしれないと妙に納得してしまった。

三和土《たたき》で靴を脱ぎ、冷えた廊下の床を進む。そして、居間に通された。

「すぐに済みますので、おかまいなく」

有馬は、部屋を出て行こうとする梶永を呼び止めた。

「しかし、お茶くらいは……」

「大丈夫です」

きっぱりと断ると、梶永は迷いつつも、座って炬燵の中に足を入れた。有馬と世良も、それに倣う。

梶永は、痩せた肩を落とした。

「……また、古内くんのことを聞きに来られたんですか。話すことなど、ありませんよ」

真剣な表情で発せられた声には、憤りが混じっていた。不快というわけではなく、純粋な怒りのように感じた。

「古内博文の件も聞きたいですが」有馬は、声の調子を落とす。

「個人的に、梶永さんが、どうして教誨師になられたのかを伺いたいと思いまして」

世良は、不可思議と言わんばかりの表情を向けてくる。梶永も似たような顔をしていた。

「なぜ、わざわざそんなことを聞きに来たのでしょうか。それに、昨日来られた検事さんたちにも話しましたよ」

探るような視線を受けた有馬は、笑みを返した。

「教誨師なんて割に合わないことをする人間の話を、直接聞きたいと思っていたんですよ。たとえ暇を持て余していたとしても、教誨師なんてやるのは、自分で自分を苦しめているようなものですからね」

「あ、有馬さん」世良の顔が一瞬で強張る。

「失礼ですよ」

慌てふためく世良をよそに、梶永は微かに笑みを浮かべた。有馬は、相手の様子を観察する。

「仰《おつしや》るとおり、教誨師なんて割に合わない務めですよ」可笑しそうに言った梶永は、頭頂部を何度か軽く叩く。

「教誨師に対して、国が出してくれるのは交通費のみで、教誨の儀式にパンや葡萄《ぶどう》酒を使う牧師の方なんかは、自費で購入していますからね。まさに手弁当です。それに、東京拘置所の刑場に置かれている阿弥陀如来《あみだにょらい》像を二〇〇七年に修理したんですが、費用の百万円は我々が出し合いましたから。まぁ、政教分離原則があるので、仕方ないですがね」

「金銭面だけじゃないはずです」有馬は天井を指さす。

「心的負担も、相当なはずです。電気を消す紐《ひも》を短かく結んでいるのは、刑場の白いロープを連想してしまうからですか」

天井にある蛍光灯から垂れ下がっているはずの紐は結ばれて、テープのようなもので解《ほど》けないようになっていた。

上を見上げた梶永は笑みを引っ込めると、代わりに沈んだ表情を浮かべた。

「……刑事さんというのは、観察力がありますねぇ」

「些細《ささい》なことを見逃さない、ごく一般的な姑《しゅうとめ》みたいなもんですよ」

場を和ませようとした言葉にも、梶永の硬い表情は崩れなかった。

部屋の中が沈黙に包まれ、重苦しい雰囲気が漂う。

「……普段は、命の尊さを説法しているのに、死刑の片棒を担いでいるんです」最初に声を出したのは、梶永だった。

「その矛盾に苛《さいな》まれますし、どのような理由であれ、人を死に追いやる歯車の一つに変わりはありません」

「そ、そんなこと……」

世良の声を、有馬は手で制する。

「そんな辛い思いをしてまで、どうして教誨師をやっているんでしょうか」

その質問に、梶永は目を瞑った。

「……死にゆく方たちが、自分の罪を悔いつつも、せめて心安らかに逝ってもらうように手助けをしたいんです」

偽りのない吐露だと有馬は思う。梶永は、偽善ではなく、純粋な気持ちで死刑囚の心を救いたいのだろう。

「死刑囚は、死刑判決を受けるほどの凶悪事件を起こしました。その罪は重く、手助けをしたいと言ったら顰蹙《ひんしゅく》を買うかもしれません。ただ、死刑囚も人間です。彼らはいくつもの不幸を積み重ね、凶行に及んでしまったのです。罪は償うべきですが、拘置所にいる彼らを見ると……」

梶永は続きを喋ろうとはせず、押し黙ってしまう。

有馬が質問をするために口を開くが、先に梶永のほうが喋り始めた。

「古内くんは罪を認め、死をもって償うべきだと自ら言っています。私は、週に二回ほど拘置所に行って彼と会いますが、いつも微笑を湛え、穏やかな様子です。ですが、彼は毎朝、執行の告知という恐怖と戦っているのです。常に精神的緊張を強いられている状況を思うと、まともに目を合わせることができないんです」

死刑執行を本人が知るのは、執行当日の朝だ。昼間は騒がしい房が、朝は静まり返り、死刑囚は刑務官の足音に聞き耳を立てる。そして、朝の時間帯に何事もなければ、あと二十四時間は生きられることが約束されるのだ。

梶永は、深く息を吐いた。

「そういった状況下で、古内くんは平静を保っているように見えます。でも、彼は初めて会ったときから、常に目を腫《は》らして教誨を受けに来ていたんです。毎回そうなので、そのような顔つきなのだと思っていましたが、処遇担当の刑務官から聞いた話では、古内くんは毎晩声を押し殺して泣いているのだそうです。毎日目が腫れるほど泣かなければならない生活を、いくら重罪を犯した人間だからといって、正しいことだとは……」

「それが、無実の人間ならば、なおさらですね」

瞼を開いた梶永の目は、赤く充血していた。

「無実なんて……」

「我々はそう思っています」有馬は力強い声を発する。

「もう少しで、真犯人を探し出すことができるんです。だから、我々は、それまで決して古内博文を殺させない」

決然と言い放つと、梶永は目を皿のように見開いて瞳を震わせる。

「そんなことは……」

震える声を出し、語尾を萎ませた。

どう攻めればいいのか考えていると、梶永は目尻に浮かんだ涙を手で拭ってから口を開く。

「……一度だけ」ともすれば、聞き逃してしまいそうな呟きだった。

「古内くんが思いつめたような表情で言ったんです」

一度区切った梶永は、喉仏を何度か動かした。

「自分は、正しいことをしたのだろうか、と」

どういう意図で言ったのか測りかねた。梶永は皺だらけの自分の手に視線を落とす。

「……本当に、強盗殺人を犯していれば、正しいことをしたかなどといった疑問は浮かぶはずがありません。古内くんは、なにをもって、正しいか否かの自問をしたのでしょうか」

そう呟いたあと、沈黙が部屋を支配した。

有馬は姿勢を正す。そして無理を承知で、と前置きをして、あることを依頼した。

しかし、梶永の回答は、否、だった。

◆◆◆

【二〇一一年九月七日（水曜日）　十時四十五分（第三回公判）】

裁判長に論告求刑を促された検察官の西島は、立ち上がりつつ、用意した論告要旨を裁判所書記官に渡し、それが各裁判員に行き渡ったのを確認すると、軽く咳払いをした。

「まず事実関係ですが、本件公訴事実は当公判廷において取調べ済みの関係各証拠により、その証明は十分です。被告人が事件当夜、被害者の家にいたことは間違いありません。家が燃えて指紋などの採取はできなかったものの、目撃者もいますし、火災現場に急行した消防隊員の証言もあります。なにより、被告人自身がそれを認めているのです。凶器である包丁は川に捨てられ、流されてしまって今も発見されていません。ただ、被害者である長谷川由美さんの首を刺して殺したという秘密の暴露がある以上、凶器の特定はさほど問題となりません。次に情状関係ですが、冒頭陳述で述べましたように、被告人は空き巣目的で家に侵入し、家主である長谷川由美さんに遭遇しました。そして、被告人は長谷川由美さんの手足を縛った上で、首を刺して致命傷を負わせて殺害。それだけにとどまらず、二人の幼い命まで奪い去り、火を放って逃走を図りました。このように本件犯行態様は悪質極まりないものです。また、被告人は金銭を盗もうとした目的として、腰を悪くし、娘に花嫁衣裳を着せる金を貯めることができなくなったことや、遊ぶ金が欲しかったことなどを供述していますが、かかる短絡的かつ身勝手な動機で本件が正当化されるはずはなく、本件犯行動機に酌量の余地は一切ありません。被告人は金銭に困ったら躊躇なく他人の家に侵入し財産を奪う傾向があるところ、再び経済的に困窮したら同じ犯罪を繰り返す危険があり、再犯の恐れが非常に高く、もはや更生の余地はありません。そして、被害者の両親は、本件により娘と孫たちの命を一夜にして奪われ、筆舌《ひつぜつ》に尽くしがたい苦痛を受けて、失意のうちにお亡くなりになりました。また、本来安全であるはずの家の中に侵入し強殺したことは、社会不安を生じさせています」

一度言葉を止めた西島は、裁判員が座る席を見渡す。

「この三日間で、事件の明白な事実と、被告人の自供は皆さんの頭の中に刻まれたと思います。これ以上、多くを語ることはしません。私が最後に言いたいことは一つです。被害者は当時まだ三十二歳の女性であり、被告人は、七歳と五歳の娘にまで手をかけています。彼女たちは、輝く未来や可能性を絶たれました。その無念さは、想像を絶するものです。被告人は犯行を自供し、反省の色を見せておりますが、その行動に情状酌量の余地はありません。よって、被告人に対しては厳しい裁きが必要です」

西島は息を大きく吸い込み、裁判長に視線を向けた。

「以上の諸情状を総合考慮し、相当法条を適用の上、被告人を、死刑に処するのを相当と思料します」

検察官の西島の論告求刑に対し、弁護人である阿川は、被告人が深く反省し、悔悟の情が見られるので寛大な判決を望むとだけ述べて、最終弁論を終えた。

◆◆◆

第五章　六十分

1

——二〇一五年十二月二十四日。

世の中はクリスマスイブで、街は煌《きら》びやかな装飾と浮かれた笑顔に包まれていた。日本列島に寒気が入り込み、気象予報番組からは、ホワイトクリスマス、という言葉が頻繁に聞こえてきた。

「どういうことだ」東京拘置所から戻った有馬は、怒りに身を任せて机を蹴《け》った。「古内博文が面会拒否だと！　どうして、そんなことになった！」

大きな声に、世良が萎縮するように肩をすぼめる。

有馬は、顔をしかめて頭を掻いた。

古内博文と面会しようと考え、十三時に東京拘置所に行ったが、本人が面会を拒否していた。また、世良が法務省に問い合わせると、心情の安定を害する恐れがあるので面会は許可できず、本人も強く面会拒否を願っていると説明されたらしい。

有馬としては、腰痛という無理がある供述のことや、真犯人が娘の夫である矢野高虎の可能性があることを伝え、本人の自白を切り崩していくつもりでいた。

しかし、その計画が絶たれ、こうして何もできずに東京拘置所から戻ってきたのだ。

「執行が、近いのかもしれません」

世良がぽつりと呟く。面会拒否は、本人が希望しただけという可能性もある。ただ、法務省の決定だとすれば、執行間近による措置とも考えられた。

「もう年末ですから、執行はないと思いますけど……」

自信のなさそうな春名の声に、有馬の心がざわつく。

「証拠品の精査はできているか」

有馬の言葉を受けた春名は、慌てたように頷いた。

「今、請求中です」

「東明新聞社の山岡からの情報は」

「それは……」戸惑うように視線を泳がせつつも、はっきりした声を出す。

「もう少し待ってくれと言われました」

まだ情報を摑めていないのかと、有馬は苛立った。

「時間がないことは伝えてあるな」

「もちろんです！」春名は真剣な眼差しを向けてくる。

「そんなことは、私が一番……」

言葉に詰まったように押し黙ってしまった春名は、今にも泣き出しそうな顔になった。

有馬は、春名の葛藤《かっとう》を察したが、慰《なぐさ》めている暇はない。

「……時間がなさすぎるな」

有馬は独り言を呟く。年内の執行はないとしても、余裕があるとは言えない。再審が開始されれば、刑の執行はない。なんとか、蓋然性のある証拠を入手し、再審請求をしなければならなかった。山岡には後で電話すると決め、今できることを必死に考える。古内博文が面会拒否なら、別の方面から動く必要があった。

「事件当日、古内博文を多摩川付近で目撃した男の住所は」

有馬の質問に、世良は机に置いてあったシステム手帳を手に取り、ぱらぱらとめくる。

「飯島涼太。四十七歳。事件当時、東京都府中市矢崎町四丁目に住んでいましたが、今は実家の北海道《ほっかいどう》に戻っています。関東で数店舗開いていたラーメン屋の経営が芳《かんば》しくなく、店を畳んだようです」

有馬は大息をつく。わざわざ北海道に行ったところで、成果を得られるかは疑問だ。

やはり、真犯人である可能性の高い矢野高虎と直接対決するべきだろう。ただ、いまのところ、相手を追い詰めるようなネタが手元にあるわけではないので、無暗に接触して警戒心を持たれるのは避けたかった。山岡が有用な情報を入手していればいいが、そうでなかった場合の戦略も立てておく必要がある。

時計を見ると、十四時を回ったばかりだった。

「明日、大窪に会いにいく」

「……大窪って、判子詐欺のですか」

有馬は頷く。

「何度聞いても口を割らないが、なんとしても矢野高虎のことを聞き出す必要がある」

大窪は複数の詐欺が発覚し、東京拘置所に勾留されていた。拘置所の面会時間は十六時までなので、再び小菅に行くのは二度手間だったが間に合う。しかし、やるべきことは他にもあった。

「今日はこれで帰る」

そう告げてビルを出た有馬は、寒風に身体を震わせた。

「……これは降るな」

空を見上げて呟く。この寒さだ。雨が降れば雪になるだろう。

◆◆◆

【二〇一一年九月八日（木曜日）　十時（第四回公判）】

「それでは、被告人は前へ」

廷内に響いた裁判長の声に、裁判員たちは一様に顔を引き締め、姿勢を正した。

「判決の言い渡しが長いので、座って聞いてもらいます」

その言葉に、証人席に立っている古内博文は、静かに座った。傍聴席はざわつき、数人の記者らしき人間が慌てて外に出ていった。主文を後回しにしたことで、結果は明白となった。通常、結論である主文が先に読み上げられる。それを後回しにするということは、判決を受ける者を動揺させないための配慮であり、そのケースでの判決は一つしかない。

裁判長は古内博文を凝視したあと、手元に視線を落とした。

「被告人は、平成二十三年六月十日午前一時ごろ、金品を奪う目的で、東京都府中市住吉町二丁目の長谷川由美宅に侵入、一階の居間において、金品を物色中、世帯主である長谷川由美と遭遇し、拳で左頬を殴ったあと、手足を縛り、長谷川由美宅にあった包丁で左太股を刺し、その後、頸部を刺して死亡させたうえで、二階で寝ていた長谷川愛菜の首を絞め、殺害には至らなかったものの、結果的に死に追いやり、また、長谷川百合亜の首を絞めて殺害し、証拠隠滅を図るため、犯行現場である長谷川由美宅に火をつけたものである。被告人は、犯行時の記憶が曖昧で、すべてを覚えているわけではないと供述しているが、頸部へ包丁を刺して致命傷を与えたことは、明らかに殺意、もしくは死んでもかまわないという未必の故意があったと見なすほかない」

裁判長は、罪となるべき事実に加え、証拠の標目《ひょうもく》である、明協医科大学の太田堅一教授が書いた鑑定書、司法警察員作成の実況見分調書、飯島涼太の当公判廷における供述、坂口克之の当公判廷における供述、船井哉の当公判廷における供述を挙げた。

そして、殺意の認定では、心神耗弱《こうじゃく》に近い心的状態だったという弁護人の主張を全面的に退け、被告人の判示所為は刑法第二四〇条後段の強盗殺人に該当するとした。

「判決を言い渡します」静寂に包まれた廷内に、裁判長の淡々とした声はよく通った。

「主文。被告人を死刑に処す」

◆◆◆

2

——二〇一五年十二月二十五日。午前八時五十五分。

誤判対策室にいた有馬の携帯電話が鳴った。

ディスプレイを見ると、知らない番号だった。

「はい」

耳に当てるが、衣擦《きぬず》れのような音が聞こえてくるだけだった。

「もしもし」

嫌な予感を胸に、再び声を発する。

〈……刑事さん、ですか〉

ひそめられた声は、教誨師である梶永のものだった。

「どうしたんですか」

先を急かす。梶永が電話をかけてきたということは、内容は一つだ。

〈古内くんの、刑が執行されます〉

鼓動が激しく打ち、携帯電話を持つ手が震えた。意識が遠のいていくような感覚に、身体の重心が定まらなかった。

ついにきてしまった。

高まった緊張感に吐き気がした。ただ、同時に、決心してくれた梶永に心の中で感謝する。

世良と共に梶永に会いに行った日、有馬は無理を承知で、ある〝依頼〟をしていた。その依頼とは、古内博文の執行日が分かった時点で、連絡をしてくれというものだった。

死刑の執行日については、ごく限られた人間にしか知らされない。弁護人はおろか、家族さえ執行後にしか分からない。執行に携わる刑務官ですら、執行役の命令を受けるのは執行日前日の退庁前だった。ただ、普段から死刑囚に教誨を施している教誨師には、拘置所幹部から、執行日の前日に知らされることになっていた。執行に立ち会ってもらうための措置だが、その教誨師も、ぎりぎりのタイミングだ。それほど、法務省は情報漏洩《ろうえい》に過敏になっていた。

梶永に執行日が判明したら教えてくれと依頼したものの、その場では当然のように断られたが、電話番号だけは渡しておいた。

梶永は、古内博文を冤罪と疑っておらず、ただ安らかに務めを果たすことを願っていた。

「どうして、連絡をいただけたんでしょうか」

時間が差し迫っているのは頭の中で理解しつつも、聞かずにはいられなかった。執行日を知らせてほしいと依頼した時に、冤罪の可能性を伝えたものの、信じてはもらえず、最後まで首を縦に振ろうとはしなかったのに、どうしてなのか。

〈……君たちの熱意に負けたのが半分〉言葉を選ぶような沈黙のあと、梶永はポツリと呟く。

〈もう半分は、実は、教誨師をしていて、いつも考えていたことなんです。なんとかして、命を助けられないものかと。死刑になるほどの凶悪な罪を犯したのは事実ですが、世の中にいる本当のワルは、捕まりもしなければ死刑になったりもしない。死刑になった彼らの多くは、人生の、ほんのちょっとの匙《さじ》加減を間違っただけなんですよ……教誨をして、安らかに逝かせてやるなんて、本当は、おこがましいことなんです……教誨師失格ですね〉

梶永の息を吐き出す音が、耳元で大きく聞こえる。

〈しかも、今日はクリスマスなんですよ。理由がどうあれ、こんな日に執行しなくても……〉

泣いているような声を聞きながら、有馬は、クリスマスという要素も関係しているのだろうと思った。梶永の妻は、キリスト教徒だった。

そこまで考えて、ふと、違和感に気づく。

「……執行が、今日？」

なにを言っているのだ。頭の中が混乱する。

拘置所から教誨師へ執行の連絡がいくのは、執行日前日のはずだ。今こうして電話してきたということは、執行日は明日の十二月二十六日ではないのか。クリスマスは今日だ。梶永はなにか取り違えをしているのではないか。

いや、十二月二十六日は土曜日だから、執行されることはない。

〈……いえ、今日です……もうすぐです〉洟《はな》を啜る音のあと、かすれ声が続く。〈す

みません。最後まで言うかどうか悩んで、この時間になってしまいました……お許しください〉

梶永がそう言ったところで、遠くで声がした。そして、雑音がして、突然電話が切れる。

全身から発汗した有馬は、時計を見た。

午前九時。死刑執行の本人告知は、特殊な理由がない限り、午前九時だ。そして、執行までの時間は——。

「どうしたんですか」

「今日、古内博文の刑が執行される！」

近づいてきた世良の問いに、大声で答える。

「え……」絶句した世良は、目を大きく見開いた。

「そ、それって……」

「あと一時間で古内博文が死ぬんだ！」

有馬は怒鳴りつけ、走って事務所を出た。痺れたような感覚が、思考を麻痺させる。意識が薄れる。だが、考えなければならない。行動しなければならない。

刑事課に配属される前には、大抵の場合、留置場勤務をして経験を積むことになっており、有馬も例外ではなかった。そこで、看視任務に就いていた頃、ペアになった部長が刑務官から警察官に転職した変わり者で、死刑執行の様子を聞かされたことがあった。その時の言葉が、頭の中を満たす。

——死刑囚本人に通知され、執行されるまでの時間は、約一時間なんだ。

あと六十分。

脂汗が全身から噴き出る。

この短い間に、自分になにができるのか。

3

——二〇一五年十二月二十五日。午前八時五十五分。

朝食を終えた古内博文は、妙な違和感を覚えた。なにが、というわけではなく、今日はやけに胸がざわつくのだ。もちろん、この時間帯は死刑囚の〝執行告知〟があるので、平常心でいられることはないのだが、そのことを勘案しても、いつもと違う気がする。

強化ガラスの嵌《は》め殺しの窓の外を見る。そこには、刑務官が巡回する通路があり、その先の外壁窓から少しだけ空を見ることができた。

太陽の光がほとんど届かない窓から目を逸らし、変わらぬ部屋に視線をやった。長方形の独居房は、居住スペースが三畳で、薄緑色のビニール畳が三枚敷き詰められていた。小さな座卓の脇には、衣服を入れるための整理籠《かご》が置かれている。窓側の壁にある私物棚には、拘置所図書館の蔵書を借りるなどしたときに置くスペースがあったが、古内は一度も使ったことがなかった。

人を殺した自分には、娯楽を享受する資格はない。独居房でしていることは、請願作業の袋張りで、その収入はすべて寄付していた。

天井を見上げる。そこには埋め込み式の蛍光灯があった。監視のため、午後九時の就寝時刻以降も照度が落ちるだけで、二十四時間明かりが消えることはない。

やはり、どこか妙だ。無言で部屋の中を見渡す。しかし、なにも変わりはない。

遠くから足音が聞こえてきたので、古内は目を見開き、鉄製のドアの方向を見た。ドアには、縦長の覗き窓が上下に二つ。右側の低い位置には、食事の配当を受ける時の食器孔《こう》があった。

足音は、複数。その音が、一斉に目の前の扉の前で止まった。

ドアを開錠《かいじょう》する音。そして、看守長の姿が眼に飛び込んでくる。いつも厳《いか》めしい顔をしている看守長の顔が、今日は青白かった。

「出房だ。そのままの格好でいいから、すぐに出なさい」

眩暈に襲われた古内は、それでも歯を食いしばり、両手を畳につけて重心を保ちつつ立ち上がった。膝が笑って今にもへたり込んでしまいそうだった。

ついに、この時がきた。

時計に目をやると、ちょうど九時を指していた。

ゆっくりと歩を進めながら、廊下に出る。四人の警備隊員が並んで立っていた。そして、直線の廊下には、通路警備の刑務官たちが一定の間隔をおいて配置されている。

「こっちだ」

看守長の声に、古内は頷いて従う。官給サンダルの擦《す》るような音が、廊下内に響く。周囲が静まり返っているので、やけに大きく感じた。

舎房の出入り口付近に、処遇担当の刑務官がいた。硬い顔をして、唇を強く結んでいる。

「お世話に、なりました」

思いとは裏腹に、声が震えていた。処遇担当の刑務官は、一度大きく頷く。その目は、赤く充血していた。

　舎房を出て、エレベーターで地下に降りる。そして、線香のような香が炷《た》かれた部屋に入った。フローリングの床に、薄黄色の壁。テーブルを挟み、黒色の椅子が二脚。壁際には、仏壇が置かれていた。

　教誨室と呼ばれる部屋だと推測できた。促されて椅子に座る。

「間もなく、お別れをしなければならなくなりました」

　最初から部屋にいた、やや中年太りの男の声。ぼやけたように聞こえ、まるで水中にいるかのようだった。たしか、処遇部長だっただろうか。

「……はい。覚悟は、できています」

　呂律《ろれつ》が回らないが、なんとか相手に伝わったようだ。心なしか、処遇部長の顔に安《あん》堵《ど》の表情が浮かんだ気がした。

　テーブルの上には、湯呑みに入った緑茶や、大福餅《もち》といった茶菓が置かれている。勧められるがままに、大福餅を手に取ったが、すぐに元に戻す。ものを口の中に入れる心境ではなかったし、娯楽は享受しないという思いを最後まで貫きたかった。

「古内くん」

　声をかけられ、顔を上げる。

十人ほどの面々の中に、教誨師である梶永の顔があった。

「お経を、あげていただいても、よろしいでしょうか」

無意識に口から出た言葉。それを聞いた梶永は、感情を抑え込むように強く目を閉じて頷いた。

読経《どきょう》する梶永の声を聞きながら、仏壇に向かって手を合わせようとする。手が震え、可笑しくなってしまうくらいに掌が合わなかった。

自分の人生を振り返る。なんて下らない人生だったのか。社会の役に立たず、迷惑ばかりかけて、こうして極刑を受けるような罪を犯した。

人を殺してしまった。悔やんでも悔やみきれなかった。

歯を食いしばる。

ただ、自分がとった選択は、間違いではなかった。今でも、そう信じていた。いや、信じたかった。

いつの間にか読経が終わっていた。

「事務的なことで申しわけないが」処遇部長は前置きをして続けた。

「君の領置《りょうち》金や領置品、所持品はどうしたらいい？」

「……寄付できるものは寄付していただき、それ以外は、処分してください」

「分かった」処遇部長は、顔を歪める。「……それと、君の、その後のことなんだが……」

その後？

一瞬なんのことを言っているのか分からなかったが、すぐに自分の遺体についての相談だと気づく。

「そうですね……」

なにも考えていなかったので、答えに窮する。自分を弔《とむら》ってくれる人などいないだろう。娘にだって、迷惑はかけられない。

「もし、よろしければ」不意に、梶永の声が聞こえてくる。処遇部長を始め、部屋にいる全員の視線が梶永に向けられた。

「……私の寺に」

控えめな声だったが、決意が感じ取れた。古内は目に涙を浮かべ、お願いします、と言った。これ以上喋ると、泣き出してしまいそうだった。

「なにか、遺書はありますか」

処遇部長の言葉に、古内は首を横に振った。

「ありません」

遺書のことを考えたとき、娘の顔が浮かんだ。しかし、関係を断つことが、自分にできる最良の行動だと思った。

腕時計を見た処遇部長は、部屋の中で待機する刑務官に目配せする。その動作を見て、もう時間なのかと覚り、立ち上がった。

「よろしく、お願いします」

震える声でそう言うと、刑務官の指示に従って歩き出す。

教誨室を後にして、廊下を真っ直ぐに進む。その先に、前室があった。黄金《こがね》色に輝く阿弥陀如来《あみだにょらい》像のある部屋は十五畳ほどで、藤色の絨毯《じゅうたん》が敷かれている。柔らかく、足音がまったくしなかった。

部屋で待っていたのは、所長や総務部長といった幹部たち。その中の一人に視線が留まる。ラグビーでもやっているような筋肉質で屈強な男。たしか、裁判の時に検察官として法廷に立っていた。名前は、西島といったはずだ。

古内の視線を受けた西島は、引き締めた表情を一切変化させずに目礼をする。古内は、深々と頭を下げた。

その反応が意外だったのか、西島は目を少しだけ見開いた。

起訴をした西島に恨みはなかった。罪を糾弾し、無事に刑場に送り込んでくれたのだ。そのことに対して、感謝の念すらあった。

三人を殺害したからといって、必ず死刑判決が下るとは限らない。当然だが、死ぬことは恐ろしい。取調べから判決までの間、死刑を回避して無期懲役になる道を選ぶことも考えた。しかし、その考えを封印し、死刑になるべきだと決心し、検察官の西島はそれに応えたのだ。

死ぬことで、すべてが終わるのだ。

少し前に面会にやってきた、誤判対策室と名乗る三人が事件の再調査をしていることが気がかりだったが、無事に、ここに立つことができた。

死によってのみ、被害者に懺悔《ざんげ》できる。そして、この犯罪の幕を閉じることができ、大切な人間を守れる。自分の命を代償とすることで、娘である琴乃を、この手で守れるのだ。

自分だって、無実ではないのだ。琴乃が殺人を犯したとは信じられなかったが、それでも、琴乃は人を殺したと言って助けを求めてきた。理由は聞かなかった。だが、なにか止むに止まれぬ事情があったのだろう。電話で教えられた場所に車で行き、被害者の家で血を浴びた琴乃に会い、血まみれの遺体を目の当《ま》たりにして、頭が真っ白になった。そして、咄嗟に思ったのだ。自分が琴乃の身代わりになろうと。いや、電話口で、人を殺してしまったと聞いた瞬間から、罪を被ることを決心していた。家に火をつけたのは、琴乃に繫がる証拠を消すためだった。しかし、まさか、二階に子供がいたとは知らなかった。二人の子供には、首を絞めたような痕《あと》があるということなので、おそらく琴乃がやったのだろう。ただ、火をつける前までは、一人はまだ生きていた。家を燃やさなければ助けられたのかもしれない。それを思うと、自分が殺したも同然で、死刑は当然の帰結に思う。せめて、子供の存在に気づいていればという後悔はあったが、琴乃を守るためには、どちらにせよ、子供を生かしておくことはできなかった。あの時は、琴乃を救おうと必死で、周囲の状況が見えず、躊躇なく家に火をつけることができた。それで、よかったのだ。

しかし、どうして、琴乃は子供にまで手をかけようと思ったのか。

どんな理由があって——。

背後から、教誨師の梶永や処遇部長がやってくる。十五畳ほどの部屋は、すぐにいっぱいになった。

両サイドから引かれている青いカーテンで仕切られ、その先を見ることはできない。

所長が、東京地検から届けられた死刑執行指揮書を読み上げる。その声は上擦り、緊張しているのは明らかだった。

古内はそれを聞きながら、いまだに実感が湧かずにいた。

これから、死ぬのだ。

苦しいほどの恐怖心はあるものの、どこか自分とは隔絶された世界での出来事のように思える。

読み上げが終了し、氏名や生年月日といった基本的なものから、裁判の経過、執行命令書受領日、執行日が書かれた書面を提示される。

「間違いありません」

相違ないかと問われた古内は呟き、所長に視線を送る。

一歩下がった所長は、胸を張った。

「これより、刑を執行する」

その言葉で、配置についていた刑務官が一斉に古内に近づいてきた。

両手に手錠をはめられ、医療用ガーゼで目隠しをされる。そして、執行室の踏板に立った。

読経が聞こえる。梶永の声だった。

「お別れだ」

所長の声。部屋の中にいる人の呼吸。自分の心臓の鼓動。視界が遮られたことで耳が敏感になったのか、それらがやけに大きく聞こえた。

ふと、外で雪が降り出したような気がした。しとりしとりと雪が降っている音が聞こえる。

極限までの緊張感が、感覚をおかしくさせたのだろうか。

しとりしとり。

妙な音だ。

絞縄が首にかけられ、両足を拘束された。

しとりしとりしとりしとり。

その音は、だんだんと大きくなり、やがて、音の正体が足音だと気づく。慌てて走ってくるような足音。

扉が開く音が破裂音のように部屋に響き渡る。

「し、執行停止です！」

場違いな大声。

一瞬静かになった部屋に、ざわめきが起こった。

声の意味を理解した古内は、全身に力を込めた。

「執行してくれ！」

古内は張り裂けんばかりの声を出した。

「頼む！　執行してくれ！」

嗚咽《おえつ》が漏れる。

どうして、殺してくれないのだ。

自分が死ぬことで、娘の罪を代わりに償うのだ。

それで、娘は守られるのだ。

4

午前十時。

世良は事務所でただ呆然としていた。死刑執行が一時間後だと知らされたからといって、なにかができるわけでもない。現に、世良は執行までの間、ただ時計を見つめつつ、反省点を振り返るしかなかった。あの時、ああしていれば。もしかしたら、こういう工夫があったのではないか。無限に出てくる後悔に、ただ歯噛みするしかなかった。

春名は椅子に座り、両手を合わせて俯いている。無力感に苛まれているようだった。

突然、携帯電話の電子音が鳴り、世良は身体を震わせた。上着から取り出すと、〝〇三〟から始まる番号が表示されている。

「はい」

〈世良か〉

通話ボタンを押して耳に当てると、有馬の声が聞こえてくる。

「どこにいるんですか！」なにも言わずに事務所を飛び出した有馬に対し、世良は怒りを覚えていた。

「こんな大事な時に……」

そこまで言って、様子がおかしいことに気づく。

「……なにか、あったんですか」

世良の質問に、有馬は言葉を選ぶかのようにしばらく無言だった。

〈実は、折り入って相談がある〉

ようやく発せられた声は低く、やけに慎重だった。

「なんですか。早く言ってください」

〈お前に、俺の弁護を頼みたい〉

「弁護？」

有馬がなにを言っているのか分からなかった。

「弁護って、なんの弁護ですか。窃盗でもしたんですか」

〈殺人だ〉

「さ、殺人って……」頭が混乱する。いったい、なにを言っているのだ。

「有馬さんが、人を殺した？」

〈ああ〉

即答だった。

「い、いったい、誰を……」

〈長谷川由美と、その子供二人だ〉

世良の思考が錯乱し、全身の血が逆流するような感覚に襲われる。

有馬が、長谷川由美を殺しているはずがない。そんなことはあり得ない。

そう考えた時、ふと嫌な予感がして、リモコンを手に持ってテレビをつける。ちょうど、ニュースが流れていた。

「まさか……」

〈ともかく、丸《まる》の内《うち》警察署に出頭し、近く府中東警察署で取調べを受けることになる。勾留されるのは間違いない。弁護を頼むぞ〉

そう言ったあと、電話が切れる。

「……なに、これ……」

椅子に座っていた春名が驚いたような声をあげる。

世良は、テレビ画面を見つめた。ニュースでは、現役の刑事が出頭し、四年前の犯行を自供したと報道している。

四年前の犯行。

長谷川由美と、その子供二人を殺害した罪だった。

どこから漏れたのか、ニュースは、死刑囚の古内博文の死刑執行が停止されたことも併《あわ》せて伝えていた。

世良と春名は、慌てて事務所を出て、有馬に面会するために丸の内警察署に向かった。

空からは、雪がぱらつき始め、身体の芯まで震えるような寒さだった。

丸の内警察署に到着し、その場に立ち止まる。警察署の周辺は報道陣の群れでごった返しており、容易に近づける雰囲気ではなかった。

「すごいなぁ」

突然背後から声をかけられたので振り返る。そこには、東明新聞社の山岡が立っていた。

「……どうなっているんですか」

「追い追い分かりますよ。あとで詳しく説明しますんで。あ、ちなみに、死刑執行が停止したという情報は私が入手してリークしました。拘置所に知人がいて、そりゃもう大騒ぎのようですよ」

山岡はそう言い残すと、すぐにその場を離れ、報道陣の中に溶け込んで姿を消してしまった。

世良は白い息を吐く。

ともかく、有馬に直接会って話を聞かなければ状況が掴みきれない。人混みを掻き分けて、警察署に入っていった。

警察官に面会の旨《むね》を伝えると、あからさまに迷惑そうな顔をされたが、有馬から弁護人に選任されたこと、弁護人には接見交通権が保障されていること、容疑者との接見交通権は憲法第三四条前段に依拠する重要な権利であると口早に告げると、十五分ほど待たされた後に面会室に通された。

アクリル板の向こう側に、有馬が泰然《たいぜん》と座っている。

「説明してください」

開口一番、隣にいる春名が言った。その声には、怒気が含まれている。

「想像どおり、俺は殺人容疑で捕まったんだ」

「どうして、そんな……」

「もっと小さい声で喋れ」淡々とだが、力強い声を出した有馬は、背後にあるドアを親指で指した。

「声が漏れたら面倒だ」

世良は頑丈な作りの扉を見る。弁護人には秘密交通権が認められ、接見時に警察官の立ち会いはない。しかし、大声で喋れば、面会室の外にまで声は漏れ、近くにいる人間に聞かれる恐れもあった。

後頭部を掻いた世良は、口を開く。

「僕の想像では、古内博文の死刑執行を停止させるために、真犯人だと偽って丸の内警察署に出頭した。その際に、なんらかの証拠を持参した。その証拠とは……」

「殺害に使った包丁だ」

有馬が答える。

世良は目を大きく見開いた。長谷川由美を刺した凶器は、まだ発見されていない。有馬は、それを見つけたというのか。

「どこで凶器を？」

「俺の家にあった」

「家？」

驚きの声を上げてしまい、口を押さえた。

「そうだ」

「どうして、有馬さんの家にあるんですか」そこまで言ったところで、一つの考えにたどり着いた。

「まさか、捏造《ねつぞう》したんじゃ……」

有馬はにやりと笑う。

「なにを言っているんだ。しっかりと血液が付着しているものだ。今ごろ、ＤＮＡ鑑定に出されているはずだ」

ワイシャツの袖をまくった有馬を見た春名が、あっ、と声を漏らす。有馬の手に、包帯が巻かれていた。

「自分の血ですか……」

有馬は頷く。

「でも、刃の形状やサイズが合うものじゃないと……それに、ＤＮＡ鑑定をしたら、すぐに嘘だって……」

「遺体はもうないんだ。写真だけの鑑定には限界があるだろう。それに、俺の役目はあくまでも時間稼ぎだ」

なんという男だ。

世良は呆れ返った。しかし、同時に、有馬の行動力に感嘆する。古内博文の死刑執行まで六十分という状況下で、有馬は見事に執行を停止させた。突拍子もない方法だが、真犯人と名乗る人間が出頭してきたら、法務省は執行を停止せざるを得ない。この状況下で死刑を執行し、もし冤罪だと判明した場合、マスコミや世論が黙っているはずがなく、責任問題に発展するのは目に見えている。有馬は、想像だにしないことをやってのけたのだ。

「有馬さん、そんな嘘をついたら、虚偽告訴罪で……いえ、刑法第一〇四条の、証拠偽造の罪に問われますよ」

「そんなことは、どうでもいい。ただ、二人に頼みたいことがある」真剣な表った有馬の視線が、世良と春名を往復する。

「俺はもう、自由に身動きを取ることができない。だから、俺が時間稼ぎをしている間に、真犯人である矢野高虎を追い詰めてくれ」

「でも、有馬さんの弁護を……」

「逮捕勾留中の状況は、刑事である俺が一番よく知っている。気にするな」

そう言った有馬は立ち上がる。

「ここで油を売っている暇はないぞ。すぐに行動してくれ」

柏手《かしわで》を打つように手を二度叩いた有馬は立ち上がり、大声で接見が終わったことを告げて扉を叩く。そして、警察官に伴われて出て行った。

残された世良は、横に座る春名に視線を向けた。彼女の目には、生気が戻っていた。

「……捏造した凶器だけじゃ、すぐに嘘だと発覚する可能性があるわ」春名は髪を耳にかける。

「この件で、法務省も検察も躍起になっているはず。有馬さんの嘘がバレたら、死刑が即時執行されると考えたほうがいいと思う」

世良も同感だった。

時間は生まれた。しかし、それは限りなく少ない。

5

丸の内警察署に出頭してから五時間。

有馬は簡単な取調べを受けてから、府中東警察署に身柄を移された。長谷川由美と二人の子供が殺された事件は、府中東警察署管内で発生した事件なので当然の措置であり、有馬もそれを望んでいた。

古内博文の死刑執行を九時に知らされた時、一瞬頭が真っ白になった。もしもの時は虚偽の出頭をして執行を停止させることは考えていたが、残り時間が六十分の状況は、想定していた中で、最悪に近いものだった。すぐに東明新聞社の山岡に電話し、古内博文の死刑が執行されることを告げ、事前に依頼していたことを実行に移すよう伝える。腕時計を睨みつつ、自宅のある東京都台東《たいとう》区浅草橋《あさくさばし》にタクシーで戻り、あらかじめ自分の血を付着させていた包丁を鞄に入れた。その時点で、十五分が経過していた。すぐに、待たせていたタクシーで折り返し、丸の内警察署に着いたのが、十五分後。すでに三十分が過ぎていた。丸の内警察署には、山岡の姿はなく、先に自首することも考えたが、最後に段取りの相談をしたかった。二分後、山岡が到着。時間がなかったので、手短に計画の確認をした。

残り二十五分のところで、有馬は丸の内警察署に出頭。ほぼ同時に、山岡が東明新聞社のネット記事に〝現役刑事が出頭!? 四年前の殺人事件に関連か〟という見出しの文章を公表し、有馬直筆の犯罪告白文が掲載され、各メディアにも流された。

残り二十分。この間にも、古内博文の死刑執行は着実に迫っているはずだった。あとは、法務省がこの状況を察知し、執行を停止させることを祈るしかなかった。

時間は刻々と過ぎていく。取調室で腕時計の針を見つめ、十時を指した時点で、丸の内警察署の刑事が入ってきて、取調べを開始した。その刑事から、拘置所にいる古内博文が犯人ではないのかと問われたので、無実の人間を死刑にすることに耐えられずに出頭したと言うと、刑事は疲れたように息を吐き、ぎりぎりで間に合ったようだと一言漏らした。

窓の外を見た有馬は、自分の行為に今さらながら恐怖心を抱いたが、やってしまったことは仕方ないと開き直る。一人の男を冤罪に陥れてしまったという汚点によって、有馬は今までの人生を否定してしまっていた。六十年間の人生に間違いはなかったと自分を騙して生きていくことも可能だっただろう。しかし、自ら冤罪事件を解決することで、過去を清算できるかもしれないと考えたのだ。

有馬を乗せた護送車は、詰めかけたマスコミをかわして発車し、府中東警察署に到着した。そして、取調室に通される。

有馬は思わず笑みを浮かべた。取調室にいたのは、予想通りの男だった。

「なにをやったのか分かっているのか！」

青筋を立てて怒号を浴びせたのは、府中東警察署の刑事課に所属する坂口だった。古内博文を拘置所に送り込んだ坂口が、真犯人を名乗る人物を再び取調べるのだ。そして、容疑者は、捜査一課で〝鬼〟と言われ、比類ない取調べ能力を有していると評価されていた有馬だった。

「お前が犯人なわけがあるか！」

椅子を蹴った坂口が怒鳴り散らす。

「それなら、証明するんだな」有馬は坂口を睨みつける。

「古内博文を冤罪にしたように、俺の無罪を証明してみろ」

その言葉を聞いた坂口は、目尻を吊り上げた。

6

世良は、有馬との面会での会話を思い出しつつ、今後どう行動するべきかを考えた。時間はできたが、綿密に証拠や証言を掻き集めている暇はない。古内博文の再審が認められる蓋然性のある証拠を摑み、真犯人を明らかにすることで、古内博文や有馬を救うことができる。もしそれができない場合、最悪な方向へ向かってしまうだろう。

丸の内警察署を出たところで、春名が携帯電話を取り出す。着信が入っているらしく、かすかにバイブレーションの音が聞こえた。相手は、東明新聞社の山岡で、誤判対策室の事務所で話をしたいという連絡らしかった。

有楽町にある事務所に戻ってから数分で、山岡がやってきた。外気温が低いにもかかわらず、額に汗をかいていていた。

「有馬さん、さすがですねぇ」

真っ先に言った山岡は、有馬から依頼されたことを手短に話し、今回の内幕を語った。

「有馬さんに相談を受けた時は、びっくり仰天《ぎょうてん》しましたよ。まさか自分が犯人として出頭するので、その時は速報でニュースを流せって命令するんですから」

間延びしたような山岡の声は、緊張感に欠けるものだった。

「東明新聞社は、よく納得してくれましたね」

「納得？」

世良の言葉に、山岡は首を傾げる。

「だって、有馬さんが犯人だって思っていないんですよね」

「もちろんですよ。もし犯人だったら、ギャグですよギャグ」

「それなら、記事が嘘になりませんか。責任問題とかも……」

山岡は笑い声を上げる。

「そんなの、ありませんって。私はただ、現役の刑事が四年前の事件について出頭したっていう事実だけを書いたんですよ。直筆の犯罪告白文だってあるんです。会社に報告したら、喜んで飛びついてきましたし、結果として犯人じゃなくても、出頭したのは事実で、それだけで記事にするには十分ですからね。いやぁ、リストラ要員として名前が挙がっていたので、この記事を書けて助かりましたよ」

それもそうかと納得する。目の前の山岡は、すべてを知っていて、あえて記事を書いた。それも、後で責任逃れできるように、事実のみの記事に留めている。

「あ、それで今日ここに来たのは、これを知らせるためでした」

山岡は、よれた鞄から角2サイズの茶封筒を取り出し、中に入っていた二十枚ほどの写真をテーブルに広げる。

「矢野高虎の周辺を嗅ぎ回って、ようやくネタを見つけました」

写真は、矢野高虎の姿が多く、ちらほらと矢野琴乃と、その息子が写っている。

「古内博文の娘でしたっけ、この女」矢野琴乃を指差した山岡は、表情を曇らせる。

「器量はなかなかいいですがね、しかし運が悪い。とんでもない男に捕まってしまいましたなぁ」

「どういうことですか」

春名が急かすと、山岡は痛ましそうな表情を作った。

「高虎ってのは、相当ヤバい奴ですよ。生まれは埼玉県の川口《かわぐち》市で、中学や高校ではかなり荒れていたらしいです。それで、高校卒業後は、アダルトビデオ制作会社に入ったものの、長続きせずに退職。その後は、キャバクラのボーイといった夜の仕事をして食いつないでいたようですが、それもすぐに辞めて、女のヒモになって生活していたようです」

典型的な駄目人間だなと思いつつ、山岡の言葉に耳を傾ける。

「それで、その生活が変化したのが七年ほど前。その頃から、数人と結託して、いろいろな詐欺や悪徳商法に手を出し始めたようですね」

山岡は指を折りながら、点検商法や霊感商法といった手口をいくつか挙げる。

「高虎の上手いところは、生活に困っている人間を取り込んで、そいつに工事現場で働いた経験があれば、リフォーム詐欺をさせたり、女だったらデート商法をやらせたりと、人材によって詐欺の内容を変えていたんです。今回、判子詐欺で捕まった大窪は、飛び込み営業の経験があったようです。調べた限りでは、相手を支配することに快感を覚えるタイプの人間みたいで、詐欺に加担した奴らは、高虎をとても恐れていたようです。大窪が、高虎と自分は関係ないと言っているのは、報復が怖いからでしょうね」

「高虎が人間のクズだということは分かりましたけど、そのことが、事件とどう結びつくんですか」

春名の質問に、山岡は何度か頷く。

「調べている当初は、事件に関係がないんじゃないかと思いましたが、実は、長谷川由美と高虎が繋がっていたんです」

世良の心臓が高鳴る。

「長谷川由美も詐欺を働いていたってことですか」

「その可能性が高いですね」山岡は頷く。

「詐欺の被害者を調べているとですね、その中の一人が、長谷川由美に似た女にお見合いパーティーで騙されて、自分がデザインした宝石を買ってくれと言われて購入したらしいんです。その被害者が女と一緒に写った写真を一枚だけ持っていたんですが、たしかに似ていましたよ。それと、友人関係を当っている時に聞いた噂ですが、矢野高虎と長谷川由美は愛人関係にあったとの話もあります」ただ、と山岡は続ける。

「分かっていることは現状ここまでで、事件にどう関係するかは分かりませんでした」

「……そうですか」

証言や写真だけでは、犯罪を立証するのは難しそうだ。高虎が詐欺を働いている可能性が限りなく高いことは分かったものの、殺人に繋がる証拠はない。

しかし、琴乃は、どうして高虎に惹《ひ》かれたのだろうか。リサイクルショップで見た琴乃は、おとなしい雰囲気で、高虎のような人間と一緒になるタイプとは到底思えなかった。

「もう一つ得た情報は、古内博文が逮捕された当時のことです」山岡は言葉を継ぐ。

「古内博文が殺人罪で捕まった時、頻繁に報道された関係で、娘である琴乃に対して近隣住民や無関係の人間からの嫌がらせが発生していました。その頃、琴乃は子供を宿していましたが、結婚していませんでした。普通、親が殺人を犯したら、結婚は破談になりそうなものですが、高虎は琴乃を誹謗中傷から守って結婚。古内から矢野に苗字を変えて引っ越して、江戸川区にある現在のリサイクルショップに住んでいます。あ、言い忘れましたが、リサイクルショップはほとんど売上がなく、どうやって暮らしているかすら分からないそうです。おそらく、夫婦で詐欺をしているんでしょうねぇ」

語尾を伸ばした山岡は、喉が渇《かわ》いたのか、鞄《かばん》からペットボトルを取り出し、半分ほど残っている緑茶を一気に飲み干した。

「今言えることは、こんなところです」山岡は写真などを片づけ、鞄を肩にかける。

「ちょっと、有馬さんの続報を書かなければならないので、このくらいで失礼しますよ」

そう言って事務所から姿を消す。

世良は、山岡の後ろ姿を見送りつつ、頭の中を整理した。今の話の中で、直接殺人を立証するようなものはなかったが、攻める材料にはなりそうだ。

「春名さん。古内博文に会いに行きましょう」

世良が言うと、春名は肩をぶるっと震わせてから頷き、携帯電話を取り出した。バイブレーションの音が、静まり返った部屋に響き渡る。

「電話、出ないんですか」

その問いに春名は返答せず、思いつめたように画面を凝視していた。

「誰からなんですか」

「……古内博文を起訴した上司。さっきからずっと電話してきているんです」

視線をこちらに向けずに答える。

検事である西島のことかと思い、同時に、相当怒り心頭に発しているなと察する。有馬が誤判対策室のメンバーだということは知っているはずで、そのことを春名に聞こうとしているのだろう。

「どうするんですか」

世良が訊ねると、春名は決心したように顔をあげて、給湯室に向かった。そして聞こえてくる水の音。

様子を見に行くと、ステンレス製のシンクの中に携帯電話が置かれ、蛇口から出る水が一直線に当っている。

「な、なにをしているんですか」

慌てて訊ねると、春名は妙に落ち着いた顔を向けてくる。

「私は電話を取ろうとして、携帯電話をトイレに落としたの。いい？」

有無を言わさぬ声に、世良は首を縦に振った。無表情で頷いた春名は、水を止めると、肩を広げて姿勢を正す。

「有馬さんの決断を見せられたら、このくらいはお安いものよ」

口角を上げた春名からは、一種の覚悟を感じた。

「分かりました」

自分も腹を据えなければならない。不思議なことに、そう思うだけで、弁護士資格くらい賭《か》けても構わないという気持ちになった。

腕時計で時間を確認する。もたもたしている暇はない。

古内博文に面会する必要もあったが、拒否される可能性もある。ともかく、決定的な証拠が必要だ。それには、矢野高虎や琴乃に会う必要があるし、もう一度千葉中央大学医学部の税所に会って、なにか証拠を摑めないか相談するのも手だろう。

二人で行動するほうが安全だが、賢明な判断ではない。時間を有効に使わなければならなかった。

「二手に分かれようと思います」

その提案に、春名は琴乃に会って話を聞くと申し出た。

「私が琴乃さんに会って、なんとか情報を吐かせます」

「でも……一人では危ないですよ」

一度だけ会った高虎は威圧的で、しかも、人を殺しているかもしれないのだ。山岡が入手した情報を考え合わせると、一人で近づいてはいけない類《たぐい》の人間だ。

「私が会いたいのは、琴乃さんのほうです」そう言った春名は、眉間に皺を寄せて真剣な面持《おもも》ちになった。

「私たちが追っている件は、『夕月』に来た男が、人を殺したというようなことを口走り、それを綾子さんが聞いたのが発端《ほったん》ですよね。その事件の被害者人数と、犯行の時期を照らし合わせて、古内博文が有罪となった事件にたどり着いた。それで、調べていくうちに矢野高虎が浮かび上がってきて、奇《く》しくも高虎の妻は、古内博文の一人娘だったんです」そこでいったん言葉を止めた春名は、目を細める。

「ずっと引っかかっていたんですけど、もし古内博文が長谷川由美を殺してなくて、殺人を犯した矢野高虎を庇《かば》っているとしたら、その理由はなんでしょうか」

その問いは、世良の心中にあった違和感と合致していた。

「僕も、それが不思議だったんです。一人娘を庇うのなら分かりますが、その夫の身代わりになるのは変ですよ」

「普通に考えれば、琴乃さんの身代わりになっていると考えたほうが見立てとしては自然です」

「つまり、それって……」

世良の言葉の途中で、春名が頷く。

「高虎は、自らの手で長谷川由美を殺したんじゃなくて、琴乃さんに殺させた可能性がある。それで、琴乃さんが古内博文に相談し、結果、娘が犯した罪の身代わりになろうとした」

筋書きとしては悪くないと世良は思った。しかし、本当にそうだろうかという疑問を払拭《ふっしょく》しきれなかった。琴乃が長谷川由美の殺害を強要され、それを実行したという可能性は考えられる。しかし、二人の子供まで殺すだろうか。疑問点はほかにもある。『夕月』で高虎が殺人を口走ったことと、古内博文が本当に人を殺しているような言動をしていること。まだまだ情報が足りない。

「もっと早く、琴乃さんに会って話を聞くべきだったんです」春名は口惜しそうに呟く。

「たぶん女性同士のほうが、警戒心が和らぐと思うから、なんとか接触してみます」

そう言って立ち上がると、鞄を持ち、素早い足取りで事務所を出ていってしまう。追おうとも思ったが、考え直し、千葉中央大学医学部の税所に連絡を入れる。

電話はすぐに繋がった。

〈ちょうどよかった〉税所《さいしょ》がすぐさま口火を切る。〈有馬さんってさ、やっぱりぶっ飛んでるよね。君もそう思うでしょ。あれは生半可な男じゃないよ。そう思わない？〉

「……はぁ」

ハイテンションの税所に気圧《けお》された世良が呟くと、税所は愉快そうに笑った。

〈あ、いい証拠が見つかりそうだってことを電話で伝えようと思ってたんだ〉

「え……証拠って、古内博文の件のですか」

期待に鼓動を速めながら訊ねる。すると税所は、誇らしげに、そのとおり、と応じた。

〈でも、まだ考えをまとめている最中だから、今日来ても意味ないよ〉

「本当なんですね」

念を押す声に力がこもる。

〈私は嘘が嫌いなんだ〉税所は軽口をたたくような調子で言った。

〈それに、有馬さんに頼まれたら、断れない性質《たち》でもある〉

「……頼まれたって、なにをですか」

〈知りたい？〉

「もちろんですよ。早く言ってください」

苛立ちを覚えた世良が急かす。

〈そんなにさ、焦《あせ》らなくてもいいじゃないか〉言葉の合間に、税所はへらへらと笑う。

〈有馬さんが、狂言で一躍有名人になる前に、なんとか証拠を探し出してくれって突然電話してきたんだよ。そんな漠然としたことを言われてもと思ったけど、ふと頭の片隅で閃《ひらめ》きがピカーッてなってね〉弾むような声を出した税所は、空咳を何度かする。

〈長谷川由美の鑑定書や遺体の所見については穴の開くほど調べたんだけど、殺された二人の娘のことが抜け落ちていたんだ。それで、当時三人を鑑定した太田教授に会

いに明協医科大に行って、検査結果や資料をぶん取ってきたんだよ〉

「なにか分かったんですか」

〈実は、殺された子供の内の一人である長谷川愛菜の爪に、古内博文のとは別のDNAの皮膚片があってね、もしかしたら……あ、今ちょっと忙しいから、また後でかけるよ〉

そう言って一方的に電話が切れた。

携帯電話を見つめた世良は、身体が熱くなっていくのを意識しつつ、春名の名前を電話帳から探して、動きを止める。

春名の携帯電話は、水没して使い物にならない状態だったことを忘れていた。

どうしようかと迷ったが、世良もやらなければならないことがあったので、事務所に留まることにした。早急に、東京拘置所や裁判官訴追委員会に連絡を入れなければならなかった。

なんとか、東京拘置所にいる古内博文と面会したかったし、委員会から状況の報告を求められていた。

三時間後。浮かない顔の春名が事務所に戻ってきた。

そして、矢野高虎のリサイクルショップが閉まっており、人の気配もなかったので帰ってきたと残念そうに伝えた。

7

——二〇一五年十二月二十五日。

有馬は口をすぼめ、冷たい息を吐いた。

身柄を府中東警察署に移されてから、かなりの時間が経っていた。

取調室には時計がないため、正確な時間は分からなかったが、体感的には二十三時ごろだろう。

「お前が殺したわけがねーんだよ！」目の前に立っている坂口は、充血させた目を向けてがなり立てる。

「いい加減にしろよ老いぼれが！」

パイプ椅子を蹴り倒す。取調室に大きな音が響いた。先ほどから、坂口は机をバンバンと叩いたり、椅子を蹴りあげたりと騒がしい。

「俺がやったんだよ」有馬は静かな声を出す。眼光は坂口の目を捉えている。

「証拠の凶器だって持ってきたんだ」

「あんな包丁が証拠なわけねぇだろ！」

坂口の怒鳴り声に、鼓膜の奥に痛みを感じる。しかし、表情は崩さなかった。弱みを見せれば、つけ入られる。また、極端に情報が制限された密室空間では、自己暗示にかかりやすいので注意が必要だ。

「姿勢を崩すんじゃねぇ！」

その言葉に有馬は従い、胸を張った。背筋を伸ばし、足をそろえ、手を握って膝の上に置くことを強要されていた。さすがに長時間この体勢でいるのは疲れるが、崩そうものなら怒鳴り散らされる。拒否することもできたが、耳元で喚《わめ》かれるよりは、いくぶんかいい。

「こんな嘘をついて、ただで済むと思うなよ！」

「承知の上だ」有馬は笑みを浮かべる。

「一つ、いいことを教えてやろう。アメリカの捜査心理学者が考えた取調べ技法だが、取調べのとき、非情緒的な容疑者に対しては、お前が犯人だという確実な証拠があると嘘をつくことだ。そして、情緒的な容疑者に対しては、同情したり、仕方なかったと同調したり、より悪質ではない動機を示唆《しさ》して自白させる。俺は非情緒的だから、犯人である証拠……いや、この場合では、犯人ではないという証拠があると嘘をつくことだな」

「……舐めやがって」

「ただの助言だよ。なかなか上手く取調べができていないようだから。あ、古内博文の裁判で証人として出廷した、船井哉という男に会ったよ。古内博文が腰を悪くしたという証言、お前が誘導して言わせたらしいな。本当は、腰など悪くしていないのに、作文のために言わせたんだろ」

そう指摘したところで、坂口の手が有馬の肩に置かれる。その勢いで、バシンという音が響く。取調室に同席している書記担当の警察官が慌てて制止しようとしたが、坂口は一睨みして動きを封殺した。

「ふざけんじゃねぇ！」

坂口の指が肩に食い込む。

「……放せ」痛みに顔を歪めた有馬は、手を振り払った。

「……取調べで手を出すのは、違法じゃなかったか」

有馬が肩に手を当てながら言うと、坂口は笑みを浮かべた。

「なに言ってんだ？　俺はなにもしてねぇぞ。ただ肩に手を置いただけだ。お前が、自白は嘘でしたと言うまでは、肩に手を置いて励ましてやるからな」

残忍さが窺える坂口の顔を見ながら、こいつは駄目だと思った。取調官としての能力は、下の下だ。

口をすぼめた有馬は、ゆっくりと息を吐く。取調室に冷暖房設備はない。外は相変わらず雪が降り続いており、寒さで末端《まったん》神経から徐々に麻痺していくような感覚があった。

身柄拘束期間は、最長で二十三日間。この間に、世良や春名たちが高虎を追い詰められれば、こちらの勝ちだ。虚偽の出頭をした手前、自分自身は無傷ではいられないだろうが、己の過ちを清算できるなら安いものに思える。

無実の人間に罪を着せてしまった過去を考えると、自分がこうやって罪を被ることは、あらかじめ定められた運命であるように感じられた。

取調室の扉が開き、背広姿の刑事が中に入ってきて、坂口に古ぼけたノートを手渡した。そして、小声で説明をしたあと、部屋から出ていく。

背を向けていた坂口が振り返った。

「俺を舐めんじゃねぇぞ」

そう言って机の上にノートを放る。

「これは平成二十三年五月二十六日に発生した殺人事件で立った帳場の記録だ。練馬警察署の管轄で起きた事件で、捜査一課も駆り出されてる。その中に、お前の名前がしっかりと載っているんだよ。長谷川由美が殺されたのは、平成二十三年六月十日午前一時ごろだ。六月九日もお前は捜査本部にいて、容疑者を取調べているんだ！」

予想通りの推移だと、有馬は冷静に思う。長谷川由美が殺された事件当日、練馬警察署管内で発生した殺人事件の捜査をしていた記憶があったので、ここを衝かれることは想定内のことだった。

俯いてノートを見ていた有馬は、坂口を見上げる。

「そうか。でも、俺は夜遅くまで取調べはしない。その日も、早めに切り上げているはずだ。事件発生は夜中だからな。まさか、そこには、夜中の行動まで書かれているのか」

「しらばっくれんな！」机を力強く叩く。

「お前が殺したわけがねぇんだ！　いい加減……」

そこで、再び取調室の扉が開いた。先ほどとは別の刑事が、緊張気味の顔のまま、坂口に耳打ちをする。

その言葉が漏れ聞こえる。

――事件当日に、有馬に似た男を現場で見たかもしれないという目撃者が名乗り出てきました。

有馬は口の端をわずかに上げた。

「俺を見くびるなよ」

その声に、すさまじい形相で坂口が見返してくる。

凶器の包丁は、もちろん偽物だ。家にあったものを持ってきただけであり、DNA鑑定で、すぐに嘘が露呈《ろてい》するだろう。

だから、次の手を打ってあった。東明新聞社の山岡に頼み、嘘の目撃証言をする人間を斡旋《あっせん》してもらったのだ。

ただ、この目撃証言もすぐに見破られる。警察はそんなに甘くない。

ともかく、時間稼ぎをしなければならない。

一歩一歩、坂口が近づいてくる。もうしばらくは、怒声に耐えなければならないだろう。

8

――二〇一五年十二月二十六日。

世良が東京拘置所に到着したのは、十二時三十分だった。午前中、千葉中央大学医学部の税所に会っていたので、遅くなってしまった。

拘置所内に入る。

現在、古内博文には接見禁止決定がされており、たとえ親族でも会うことは叶わない。刑事訴訟法第三九条一項で、弁護人となろうとする者として接見することは可能だったものの、本人が望まない限りはできなかった。

面会の申請をしてから二十分。拒絶される可能性が高いと思っていたが、意外にも面会の許可が下りた。

透明なアクリル板で仕切られた部屋に入り、世良は座る。

やがて、古内が姿を現した。憔悴《しょうすい》しているのが一目で分かった。古内は、一切の希望が消失してしまったかのように生気がなく、目は虚ろで、青ざめた顔には涙の筋がくっきりと見てとれた。

全身を脱力させたような歩き方をする古内は、世良の顔を確認すると、いきなり近づいてきてアクリル板を強く叩いた。

「お前……いったいなにをした！」嗄《しわが》れた声が痛々しく面会室に響く。

「どうして殺してくれないんだ！　私は人殺しなんだぞ！」

そう言い、泣き崩れる。

「私は……人を、殺したんだ……」

「いえ、この事件の犯人は別にいます」

毅然《きぜん》とした態度で告げる。それを聞いた古内が、恨めしそうな視線を向けてきた。

「長谷川由美と、二人の子供を殺したのは私だ……これは、判決で確定したはずだ……」

「殺したのは、あなたではありません」

「証拠はどこにある！」

「長谷川由美を殺した可能性の高い男を見つけました」

「……男？」

古内は唇を震わせた。

やはり、古内は本当のことを知らないのだ。ばらばらのピースが、ぴたりとはまり、一つの絵が見えた。

「長谷川由美を殺したのは、琴乃さんではなく、夫の矢野高虎です」

世良の言葉に、古内は目を皿のように開く。

いつ面会が終了するか分からない状況下で、世良は焦りを覚えつつも、現在知り得ている情報と、推測を口早に語った。

9

――二〇一五年十二月二十六日。十五時。

春名は、電車で江戸川区にある『矢野リサイクルショップ』に向かう。午前中に一度店に行って、三時間ほど見張っていたのだが、シャッターは閉まったままで、人の気配もなかった。

寒さを堪えつつ、物陰から様子を窺って二時間が経ったころ、一台の車がリサイクルショップの駐車場に停まり、運転席から水色のパーカーを羽織った女性が降りてきた。サングラスをかけているので人相は分からないが、琴乃に間違いなさそうだった。事前に写真で見ていた琴乃よりも痩せている。

琴乃は周囲に視線を向けつつ、裏口の鍵を開け、リサイクルショップの中に入っていった。春名は駆け足で後を追う。

幸い、扉は開錠したままだったので、店の中に身を滑り込ませた。

暖房は効いていなかったが、風がないので暖かく感じる。薄暗い店内を進むと、レジの辺《あた》りで動く琴乃と視線がぶつかった。

小さな悲鳴を上げた琴乃は、手に持っている手提げ金庫を落とし、大きな音が店内に響く。

「あ、あやしい者では……あの、琴乃さんですよね。私は検事の春名といいます」

「……もう店は閉めましたので、帰ってください」

警戒心に身体を硬くした琴乃から発せられた声は、明らかに動揺していた。

春名は一歩間合いを詰めつつ、様子を窺う。琴乃は幼い頃、古内博文の暴力によって、右眼を失明している。そのせいか、少しだけ右眼の色が違った。

「今日は聞きたいことがあって伺ったんです。古内博文さんの……」

その言葉を発すると、突然、琴乃の顔から血の気が失せ、身体を震わせる。

「どうしたんですか」

慌てた春名が近づこうとすると、急に、背後から腕が伸びてきて、手首を摑まれた。

「痛っ……」

万力で締め上げられたかのような痛みが手首を襲う。

「俺の女房《にょうぼう》になにか用か」

耳元で囁《ささや》かれた声に、全身が震える。高虎だ。そう思った時には身体ごと強い力で押され、床に倒れる。

「ったくよ。不法侵入すんじゃねぇよ。俺たちになにか用か」

見下ろす高虎の視線は冷たく、感情が読み取れない。

「……ちょっと、お話をお聞きしようと……」

「なんの話だ？　言ってみろ」

威圧するように冷たい声が、心臓に響く。

「……いえ、なんでも、ないです」

恐怖心が全身を支配し、上手く口を動かすことができなかった。ここにいたら危険だと本能が警鐘《けいしょう》を鳴らし、頭の中でグワングワンと反響する。

「なんでもないってのは、変だろ。さっき、古内博文って名前を言ったな。どうしてその名前が出るんだよ」

なんとかして、逃げなければ。高虎から目を逸らし、退路を探る。正面玄関はシャッターが閉まっており、先ほど通った裏口しかなさそうだった。しかし、その動線には、高虎が立ちはだかっている。状況は絶望的だ。

「俺も聞きたいことがあったんだ。どうして今さら、真犯人が出てきた？　しかも刑事だと」

高虎が履いているブーツが、威嚇するように床を鳴らす。その音が響くたびに、春名の心臓は縮み上がった。

「聞いてんのか？」

脅《おど》しつけるような声を出した高虎に詰め寄られ、身の危険を感じた。

殺されるかもしれない。

そう思った春名は、その場に座り込んだ琴乃に視線を向け、気持ちを奮《ふる》い立たせた。

「……古内博文は、長谷川由美を殺していない」気が動転していて、しっかりと呼吸をすることができなかった。倒れた時に口の中を切ったのか、鉄の味がする。

「……あなたは、この男に強要されて、仕方なく長谷川由美を殺したんでしょ？　証拠もあるの……本当のことを言って……」

その問いかけに、琴乃の身体の震えがピタリと止まった。垂れ下がった髪が邪魔をして、表情を窺い知ることはできなかったが、なにかを考えている風に見えた。

「おいおい。なに言ってんだよ」

高虎の嘲笑するような言葉を無視して、必死に口を動かす。

「……長谷川由美の子供の爪に、皮膚片が残ってたの。たぶん、この男のものだと思う。この男を有罪にできるの」春名は、感情の昂《たかぶ》りを抑えきれなかった。

「本当は、この男が起こした事件なんでしょ！　あなたのお父さんは、あなたを救おうとして身代わりになったんでしょ！　お願い！　本当のことを言って！　あの時なにが……」

「もう喋んな」

高虎の声が覆《おお》いかぶさる。春名を見る目は冷たく、鈍い光を帯びていた。

裏口の方で音がした。その方向を見ると、子供が立って、こちらを見ていた。

突然、頭に衝撃が走る。

温かいものが皮膚を伝い、春名は意識を失った。

10

――二〇一六年三月三十一日。

凍《い》てつく冬の寒さが、少しだけ和《やわ》らいでいた。

スーツ姿の男女が、明るい笑い声を発しながら有馬の前を横切った。まだまだ幼い雰囲気が残っていた。

冬が終われば、当然春がやってくる。それは分かっているのに、冬を耐え抜いた末にやってきた春は、格別だった。

満開の桜の木から降ってくる花びらが、味気ない色のアスファルトを彩っていた。有馬は、青い空に手をかけるようにして枝を伸ばす桜を見上げ、再び歩き出した。

日が長くなり、十七時を過ぎているのに依然として空は明るい。

『夕月』に入った有馬は、店内で仕込み作業をしていた綾子に頭を下げて、一番奥の椅子に座った。

「お久しぶりです」

カウンター越しにいる綾子の顔は、思いつめたように硬く、厳しい眼差しだった。

「ようやく、雑用が片付きました」

有馬はその視線に耐えながら、続けて言った。

証拠偽造の罪で検察に送致されたが、処分保留で釈放されたのは幸いだった。そのお陰で、思っていたよりも早く、ここに来ることができた。

十二月二十五日に出頭した有馬は、猛烈な取調べを受け、翌日の二十六日の十五時ごろに検察に送致され、古内博文を起訴した西島と対面した。そして、取調べをするまでもなく、お前は犯人ではない、と一方的に告げられて不起訴の判断が下され、釈放されてしまったのだ。虚偽自白をしたところで、一日しか時間稼ぎができなかったことに呆然としつつ、すぐに古内博文の刑が執行されるのではないかと危惧《きぐ》したが、矢野高虎が重傷を負って病院に運ばれたと世良から連絡が入り、なにが起こっているのか分からず混乱した。状況を把握するために、高虎が搬送された病院に行くと、頭に包帯を巻いた春名がいたので驚いた。事情を聞くと、琴乃に話を聞きに行ったところ、高虎に見つかって殺されそうになったが、琴乃がナイフで高虎を刺して助けてくれたおかげで、生きてここにいるのだと説明された。その顔は、どういうわけか誇らしげだった。理由を問うと、古内博文の件にかかわったことで、検事になって初めて仕事にやりがいを感じたらしく、もう少し検事として誤判対策室で頑張っていくと答えた。検事を辞めようと思っていたのかという言葉に、春名は戸惑ったような曖昧な笑みを浮かべただけだった。

矢野高虎が病院に運ばれたあと、琴乃は警察に逮捕された。そして、長谷川由美を刺せと高虎に言われ、やむを得ず太股を刺したと自供を始め、その後は淡々と状況を語ったという。

高虎は詐欺に手を染めており、長谷川由美も加担していた。当時、長谷川由美は夫と離婚し、二人の子供を育てるためにスナックで働いていた。そして、そこで出会った高虎に誘われ、デート商法などの詐欺に加担することになる。琴乃が言うには、身体の関係もあったようだ。

それから四ヵ月ほどの間、長谷川由美はデート商法で多額の金を得たが、同時に罪悪感も増していったらしく、もうやめたいと言い出し、警察にも話すと告げたことが高虎の逆鱗《げきりん》に触れた。琴乃が電話で呼び出されて車で行ってみると、長谷川由美が手足を縛られて床に転がり、怯えた目を向けてきたという。平成二十三年六月十日午前零時ごろのことだ。そして、高虎に命令され、長谷川由美を刺してから後の記憶はないと琴乃は言っている。翌日、携帯電話の履歴《りれき》を確認すると、自宅に電話をしていたことが分かり、ニュースで、父親である古内博文が逮捕されたことを知って衝撃を受けた。その際、記憶の一部が蘇《よみがえ》ったという。

自分は、父親である古内博文に助けを求め、犯行現場を見た父親から、自分が身代わりになるからこの場から逃げろと言われて、その通りにしたのだった。

ニュースを見ていて、長谷川由美だけではなく、二人の子供が犠牲になったことを知り、怖くなったそうだ。面会にも行かず、裁判にも足を運ばなかったのは、古内博文が、罪を背負うために二人の子供を殺したのだと思ってショックを受け、同時に、高虎が恐ろしかったからだと供述している。刑事から、高虎が子供を殺したとは思わなかったのかと問われると、お腹の子供を育てていくため、必死にそうとは考えないようにしていたと言った。高虎をナイフで刺して春名を助けた理由については、これ以上犠牲者を出したくなかったと回答したという。琴乃は、長谷川由美を刺した包丁について、気が動転していたために、ハンドバッグに入れて家に持ち帰っていた。そして、それを捨てずに保存しており、そこについていた血痕が、長谷川由美のＤＮＡと一致した。身代わりになった父親を助けたいという気持ちがあったため、凶器を捨てられずにいたと琴乃は語っていたらしい。ハンドバッグも残っており、そこからも長谷川由美の血痕が検出されていた。

『夕月』のカウンターの一番奥に座る有馬は、目の前に置かれたビールに手をつけず、泡が弾けるのを凝視していた。

「あの」

その声に、綾子の眉がピクリと動いたあと、見定めるような視線を向けてくる。

有馬は息をゆっくりと吸った。ここへ来た時点で、もう覚悟はできていた。

「綾子さんは、私が、あなたの夫の取調べをした刑事だと知っていたんですね」

瞳を揺らした綾子は、一瞬の間を置いてから頷く。

「……ええ」

胸がえぐられるような痛みを覚えた有馬は、拳を握りしめる。身分を伏せていたつもりだったが、知られていたのだ。

漠然《ばくぜん》と、気づかれているのではないかという気はしていた。

綾子がときどき見せる複雑な表情。怒りや哀しみといったものに苛まれているような苦悩を察知していた。それでいて、見ないふりをした。

「どうして……」

有馬は言葉を止める。

――どうして、言わなかったんですか。

そう問う資格が有馬自身にないことは分かっていた。自分こそ、ただここに通っているだけで、己の罪を打ち明けられなかったのだ。

綾子は、陰鬱な影を顔に落としつつ、目を細める。

「……結局、有馬さんは、夫の冤罪事件のことを話してはくれませんでした」非難めいた色の混じった声が、とても冷たく聞こえた。

「ここに通ってくださって、二年くらいですよね」

有馬は無言で頷く。どうして、その間に謝罪がなかったのかと咎められているような気持ちになった。

綾子は、ひどく悲しげな表情になる。

「最初は、夫の冤罪に関係した警察関係者だとは気づきませんでした。でも、なにかを言いたそうな様子で、結局なにも語らない有馬さんを不審に思って、ある時、昔のノートを取り出して読み返したんです」

「……昔のノート？」

「夫の冤罪事件に関係した警察官の名前などが書かれたものです」

有馬の全身から血の気が引く。

「ど、どうしてそんな……」

「冤罪だと分かって釈放されてから、夫はずっと塞《ふさ》ぎこんでいました。それを見て、どうしても夫を刑務所に追いやった警察が許せなくて……それで、当時の事件に関係した警察官の名前を知ろうとして、興信所にお願いしたんです。警察を探るなんてと最初は断られましたが、そこの興信所に警察ＯＢの方がいて、なんとか引き受けてくださったんです」一度言葉を区切った綾子は、自分を落ち着かせるように胸のあたりに手を置いた。

「夫の冤罪に関係した人を調べて、どうこうしようとは思っていませんでした。個人の誰かが夫に罪を着せたのなら別ですが、警察という組織が夫を犯人だと言ったわけですから、恨む相手が大きすぎて、怒りをどこにぶつけていいのか分からなかったんです……ただ、なにも知らないままなのが嫌で……」

「それで、興信所が調べたものの中に、私の名前があったんですね」

「はい」綾子は顎を引く。

「有馬さんのことは苗字しか知らなかったんですけど、間違いないと思いました。普通のお客さんとは身にまとっている雰囲気が全然違いましたから……でも、どうしてここに何度も来るのかは聞けなかったんです……聞いたら、罵倒《ばとう》してしまいそうで……」

唇を噛んだのが、有馬からも見えた。

綾子の心中を想う。有馬の正体を知って、憎しみが渦巻いていたのだろう。どうして謝ることもしないのかと怒りがこみ上げていただろう。そのことを思うと、このまま消えてしまいたくなった。

「……もう一つ」有馬は逃げ出したい気持ちを堪え、口を開いた。

「矢野高虎が、この場所で、人を殺したというようなことを漏らしたのは、嘘ですよね」

綾子は答えなかった。それでも、有馬は構わず続ける。

「あれから、矢野高虎のことを調べていたら、あなたの……」

「そのとおりです」綾子は決然たる態度で言い、有馬の言葉を遮った。

「……その、とおりです」

二回目の声は、やや弱々しかった。

綾子は、躊躇するように目を泳がせていたが、やがて、唇をわずかに開く。

「私の夫は、無実の罪を着せられて服役し、のちに冤罪だと判明して出所しました。目撃者が嘘の証言をしたり、真犯人が偽装工作をしていたと聞かされていますが、それに加えて、夫は、取調べで嘘の自白を強要されたと言っていました」

反論が喉まで出かかった有馬だったが、寸前で呑み込んだ。結果を見れば、嘘を押しつけ、罪を着せてしまったことには変わりはないのだ。

三年前に発生した風俗嬢殺害事件について、当時の有馬は、綾子の夫である中倉徹《とおる》が犯人だという確信を持っていた。中倉徹は、死体となって見つかった風俗嬢の被害者と知り合いであり、事件当時も一緒にいたという目撃証言に加え、現場で中倉徹の毛髪も見つかっていた。その上、凶器の金槌にも指紋がついていたのだ。しかし、目撃証言は嘘で、毛髪や凶器についても真犯人が仕組んだものだった。真犯人の目的は、被害者と仲の良い中倉徹が憎くてたまらなく、自分のものにならない被害者を殺して、中倉徹を陥れようとしたと供述し、また、嘘の目撃証言をするように友人に頼んだということだった。調べを進めると、中倉徹と被害者の風俗嬢は、ただの飲み仲間で、真犯人の妄想が招いた殺人事件だった。それにもかかわらず、有馬は、苛烈な取調べをして、中倉徹を自白させてしまったのだ。その後、真犯人が別の事件で捕まって、中倉徹の冤罪が判明した。そのことで、有馬は胸がえぐられるほどの自責の念に駆られていた。

中倉徹の冤罪を、個人的に謝りたいと考えていた。しかし、なかなか実行に移せなかった。その矢先に、中倉徹の自殺を知り、有馬は『夕月』の客となり、謝罪の機会を窺っていたのだ。

罪滅ぼし。

いや、そんな大それたもののために謝罪したかったのではない。

ようするに、自分のエゴのためだ。

有馬は、許しの言葉が欲しかったのだ。

綾子は、自分を落ち着かせるように深呼吸をしてから、堰《せき》を切ったように喋った。

「夫は、有罪判決を受けたあと、無実と判って出所しました。でも、無実だと証明されたとしても、刑務所に入っていたことに変わりはありません。世間からは白い目で見られますし、心に負った傷も簡単には癒《い》えませんでした。夫は仕事が続かず、やがて、稼ぐために詐欺を働くようになりました。その点においては、私は夫を軽蔑しています。でも、許してあげたいと思う部分もあるんです。だって、やってもいない事件の犯人にされて、刑務所に入れられたんですよ。しかも、面白おかしく報道されて……警察を恨むことはもっともだし、詐欺という方法で社会に復讐したいと思うのも理解できます」

一度言葉を止めた綾子は、喉元に手を当てた。眉間に皺が寄り、話すこと自体がつらそうだった。

「ただ、夫は、悪事を働くには弱すぎたんです……」

顔面蒼白になった綾子が卒倒してしまわないかと心配になったが、喋ろうという意志が瞳に宿っており、制止することができなかった。

「……ある時、夫の詐欺で被害を受けた老人が、自分が騙されたことを悔いて、誰にも打ち明けられずに自殺しました。そのことを夫に教えたのは、当時の詐欺仲間だった矢野高虎で、夫はそれからますます弱っていきました。夫が自殺したのは、そのことがあってから一週間後で、夕飯のあと、ちょっと寝ると言って二階に上がって、寝室で首を吊っていたんです。その日の夕食の席で、夫は、警察がもっと事件を調べていれば自分は捕まらずにすんだのにと愚痴《ぐち》をこぼして、これは矢野本人から聞いたことだから、真偽のほどは分からないと前置きした上で、無実の人間が死刑囚になっているかもしれないと切り出したんです。二〇一一年頃に矢野が事件を起こして、三人の被害者が出たなどといったことを話してから、自分は無実の死刑囚よりマシな境遇なのに、どうしてこんなに落ちぶれてしまったんだと笑みを浮かべました。そして最後に、矢野には近づくな、あいつは、自分を守るためなら、なんでも利用すると忠告してきたんです。その時には、すでに自殺しようと決めていたんだと思います」

一気に喋った綾子は、声のトーンを落として、その後のことを訥々《とつとつ》と語った。矢野夫婦とは、夫に紹介されて一度だけ会ったことがあり、去年の十一月十日に、三鷹で矢野高虎が男と二人で歩いている姿を見かけ、夫から、矢野は人殺しだと聞かされたのを思い出したこと。そして、有馬にそれを教えたこと。

話を聞くのはつらかった。すべて、自分が蒔《ま》いた種のような気がして、激しい悪寒《おかん》に襲われた。それでも、聞かずにはいられなかった。

「……どうして、矢野高虎のことを、私に教えようと思ったんですか」

その問いに、綾子は瞳を震わせる。

「……矢野高虎という男が、夫と共に詐欺を働いて、夫を死地に追いやったからです。もちろん、直接の原因ではないと分かっていますが、矢野高虎がいなければ、夫は自殺しなかったかもしれません。だから、もし本当に矢野高虎が真犯人なら、事件を暴いてほしかったんです。矢野高虎に対する恨みを、自分で晴らそうとしたこともありますす。でも、私には力がなかったので、それは叶いませんでした。それで、有馬さんに、あいつを断罪してほしかった。その結果、有馬さんが傷ついてもよかった。いえ、むしろ、それすら望んでいたのかもしれません」

胸に刺さる一言だった。綾子は、二〇一一年に起きた事件のことを有馬に話すことで、矢野高虎を断罪しようと目論《もくろ》むだけではなく、有馬に対しても復讐しようとしたのだ。

「……冤罪の死刑囚がいて、矢野高虎が真犯人だという話を旦那さんから聞いて、それを信じたんですか」

綾子は一瞬考えるそぶりを見せたあと、首を横に振った。

「死刑囚の話が嘘でもかまいませんでした。夫からこの話を聞いた時も、半信半疑でした。ただ、矢野高虎は、なにかしらの悪事を働いていると思っていたので、それを暴いてくれるだけでもよかったんです……自ら謝罪してこない有馬さんを使って、復讐しようとしたんです」

一度言葉を区切った綾子は、顔を伏せ気味にした。

「でも、本当に冤罪だったなんて……」

苦しそうに顔をしかめた綾子は、薄い紅を塗った唇を強く結ぶ。

有馬は痛みに堪《た》えるために歯を食いしばった。

そうなのか。すべてを知った上で綾子は、矢野高虎のことを伝えて、高虎を追い詰める道具として自分を利用したのか。

綾子の思惑通りかどうかは分からないが、有馬は罪悪感から、古内博文のことを探ることを決め、そして、ここまできた。その行動が、綾子にとってはどう映っているのか分からなかったし、聞く勇気もなかった。

「……私は、有馬さんを恨んでいます」感情を無理に押し込めたような低い声を出した綾子が、突然、視線を上げて有馬を睨みつける。その目は、真っ赤に充血していた。

「私の夫を、返してください」

悲痛な叫び声に聞こえた。

「私の夫を……どうか……」

顔が哀しみに歪む。しかし、涙は流さなかった。そうしてしまうと、頽《くずお》れてしまうと言わんばかりに、眉間に力を込め、自制しているようだった。

次の言葉を発することなく、時間が流れる。

やがて、綾子は大きく息を吐いて、視線を天井に向けた。

「……個人を恨むべきではないとも思っています……冤罪を作ったのは、警察という組織であって、有馬さんじゃない。そう頭では分かっていても、気持ちは晴れないですし、やり場のない怒りを抑えることができなかったんです」

でも、と続ける。

「もう、終わりにしたいと思います。有馬さんは、自分を犯人だと偽って死刑囚を助けました。その行動で、十分に、冤罪を悔いているという気持ちは伝わってきましたので……ただ、もう、店には来ないでください……夫のことを思い出して、つらいんです」

綾子の目から雫《しずく》が一滴流れ落ち、それが契機となったかのように、次々と頬に涙が伝う。

息を吐いた有馬は、強張った肩の力を抜いた。

綾子に対しての贖罪になったのかと自問しても、答えは出ない。いや、今、目の前にある状況を見れば、失敗だったのかもしれない。それでも、最大限のことはやったと思えた。

真実を暴くためとはいえ、虚偽の出頭や証拠偽造の罪によって一時は懲戒免職《ちょうかいめんしょく》になりそうだった。その代わりに報道機関の援護もあって不起訴となり、退職日までは在籍できる温情を受けることになった。また、警視庁は、有馬や警察幹部を減給処分にした。さらに、誤判対策室の発起人である衆議院議員の世良光蔵以下数名が議員報酬を三ヵ月分返還して、一応の体裁を整えた。

六十歳という、刑事人生最後の年。

今日は、その最後の日だ。綺麗事ばかりではなかった。刑事としても甘かった。まだまだ改善できたという後悔も多分にある。でも、やるべきことはやったと、自分に言い聞かせられそうだった。

グラスについた結露が流れ落ち、カウンターを濡らしていた。

ただ——。

どこか、しっくりとこないものが残っていた。明確には分からないが、ほんの些細《ささい》な〝しこり〟のようなもの。それが、喉につかえているように感じた。

綾子の、高虎をこの店で見たという目撃証言の嘘が、綾子の夫を冤罪にしてしまった目撃証言の嘘と重なる。

有馬は首を横に振った。いや、考えすぎだ。この事件は、矢野高虎が犯人で間違いない。

そう言い聞かせつつ手を伸ばし、グラスを口元に運ぶ。そして、温くなったビールで、小さな〝しこり〟を流し込み、立ち上がって店を辞した。

終章　刑法第六〇条

——二〇一六年四月二十五日。

再審請求趣意書を東京地方裁判所に提出してから、実に三ヵ月。裁判所による意見聴取や事実の取調べを経て、ようやく再審が認められた。それまでの間、古内博文の死刑執行は停止された。法務大臣の異例の指示だった。

東京地方裁判所一〇二号法廷で、第一回再審公判が開かれた。傍聴席が九十六席もある大法廷だったが、傍聴人が殺到し、抽選となった。

世良は、この日のために仕立てたスーツに身を包み、ネクタイの結び目に手を置いた。ドミニック・フランスのネクタイの柄は派手で、自分には合っていないと思ったが、父親から贈られたものなので、不満はない。

世良たちが揃えた新証拠は、古内博文の死刑判決を覆すのに十分だった。しかし、裁判所は書面決議ではなく、公判で争うことを求め、検察側もそれに応じた。今回、検察庁は西島をこの事件の専従にするため、他の事件を配点することを一時的にやめたらしい。意地でも有罪に持ち込むつもりだろう。だが、分は弁護側である自分にある。

「公判前整理手続の結果を顕出《けんしゅつ》します」

裁判長はやや甲高い声で述べ、二〇一一年の地裁において取調べた証拠構造、つまり、被告人の自白が重視されたことを示し、本公判の主な争点は、被告人が公訴事実の犯罪をおこなったか、被告人の自白は信用に足るものか否かであることを明らかにした。

一呼吸入れて、裁判長は言葉を継ぐ。

「弁護人は、包丁、法医学者の意見書など証拠等関係カード記載の証拠の取調べと、矢野琴乃、矢野高虎、太田堅一、税所昭の証人尋問もおこないます。弁号証の取調べのあとに、まず矢野琴乃の証人尋問、次に矢野高虎の証人尋問、次に太田堅一の証人尋問、最後に税所昭の証人尋問をおこないます。弁護人、検察官ともに尋問すべきことが多々あるようなので、主尋問六十分、反対尋問六十分ずつとします。本日は弁号証の証拠調べ及び矢野琴乃の証人尋問と矢野高虎の証人尋問、明日、太田堅一と税所昭の証人尋問、明後日に被告人質問、明々後日に判決の予定です。では、弁護人、お願いします」

裁判長が立証を促し、それに世良は呼応して立ち上がった。裁判官や裁判員、そして傍聴席に座る人間の視線が一挙にこちらに向けられる。武者震いをした世良は、心の中で自分に活を入れてから、主張を喋り始めた。

「平成二十三年六月十日午前一時ごろに発生した殺人事件により、長谷川由美さんと二人の子供が犠牲になり、古内博文さんが逮捕されました。しかし、新しく組織された誤判対策室が調査をした結果、新たな事実が判明したのです。長谷川由美さんは、殺される四ヵ月ほど前から詐欺を働いていました。そして、結託していた人間が矢野高虎という男です。矢野高虎は、人を誘っては詐欺に加担させて荒稼ぎをする一方、他人を支配することに快感を覚える人間でした。事件の数日前に、長谷川由美さんは良心の呵責に耐えかねて、警察に自首すると言い出しました。そのことに矢野高虎は激昂し、事件当日に家に上がって二人の子供の首を絞めて殺害、長谷川由美さんの自由を奪いました。そして、電話で呼び寄せた当時内縁だった妻の琴乃さんに包丁を持たせ、長谷川由美さんを刺さなければ殺すと強い口調で脅して共犯関係にし、恐怖に捕らわれた琴乃さんは、言われるがままに長谷川由美さんの左太股を刺し、それが致命傷となります。その後、矢野高虎は一人で現場を去り、残された琴乃さんはどうすればいいのか分からずに、父親である古内博文さんに電話を入れます。駆けつけた古内さんは、娘である琴乃さんの罪を被るために、自ら犯人になることを決心し、家に火をつけて証拠を燃やしました。しかし、肝心の凶器が見当たらなかったので、捨てたと言い張るために、わざわざ走って多摩川まで行ったと言っています。非道な行為に違いありませんが、我が子を守るための苦渋の決断だったのです。また、火を放った時点で、家の中にいる三人はすでに死んでいました」

千葉中央大学医学部の税所に再鑑定を依頼したものの、遺体がすでにないので、写真鑑定のみとなった。それによると、気管支にわずかに煤《すす》が入っているようであり、気管の中に熱傷の所見も見られるとのことだったが、火事が発生した時の生死は断定できないという。それならば、都合のいいように解釈するべきだ。結局、火災が発生した時点では、死んでいた可能性が高いと結論づけた。古内博文に殺意がなかったのは事実であり、鑑定書が採用されない場合でも、過失致死として片づけられるだろう。

「古内さんは、わざと目撃者ができるように多摩川まで走りました。これは、手元になかった凶器を捨てたと言い張るための工作に加え、自分が犯人である証拠を増やす行為です。やがて古内さんは逮捕され、警察による取調べを受けます」

証拠品として、府中東警察署に保管してあった取調べ小票をモニターに映す。十三枚の小票には、供述の変遷がしっかりと書き込まれ、警察官の筋立て通りに供述が誘導されていったことを示していた。これを見ると、秘密の暴露とされている頸部の刺創について、当初、古内博文は供述していない。途中から突然話が出てきたことから、警察官による誘導の可能性があった。

また、証拠品である血痕が付着したワイシャツを映し、血がべっとりと付着するのは不自然であり、返り血の場合は星形になることを指摘し、わざとワイシャツに血を塗りたくって、犯人であることを偽装しようとしたのだと説明する。

「このように、古内さんは、娘である琴乃さんを守るために、嘘の供述や偽装工作をおこない、死刑囚となります。古内さんがとった行動は、けっして正しいものではありませんが、親が子を思う気持ちは理解できます。そして、誤判対策室の再調査で、被害者の一人である長谷川愛菜ちゃんの爪から、古内さんとは別の人間の皮膚片が検出されていたことが判明し、調べると、矢野高虎のＤＮＡと一致しました。矢野高虎は、殺害を一貫して否定していますが、古内博文さんや琴乃さんの供述に矛盾はなく、客観的事実を踏まえても、矢野高虎が真犯人であることを疑う余地はありません」

喋りながら、世良は頭の片隅で、別のことを考えていた。

古内博文が火をつけて、その結果として、長谷川愛菜は焼け死んだのかもしれない。

高虎が、長谷川由美の太股を刺し、なおかつ子供も殺したのかもしれない。

琴乃が、自らの意思で、長谷川由美の太股を刺したのかもしれない。そして、二人の子供をも殺したのかもしれない。

結局のところ、この事件では、TF問題のように、t《トゥルー》かf《フォルス》かを断言することはできない。誰の行動がどう作用したのかを完全に知ることは叶わないし、だからこそ、多様な捉え方が考えられる。その組み合わせにより、殺害人数も変わる。結果、死刑になったり、懲役刑になったりするのだ。証拠は焼けてしまい、遺体ももうない。情報が少ない中では、どうしても主観的な観点で事件を見なければならなかった。人間は全知全能ではない。だから、目の前にある材料のみで判断するしかないのだ。身勝手な解釈になる危険性を孕《はら》むことを承知の上で――。

人が人を裁く限界であり、それは同時に、人が人を救う縁《よすが》にもなる。

琴乃が高虎を刺して、春名を救った理由について、疑念の余地が残っていた。

琴乃の供述内容では、長谷川由美と同じ目に遭わせないためということになっていたが、別の解釈だって考えられる。

琴乃は、高虎に抵抗したという事実を作ることで、自分はずっと高虎の言いなりになっていたと印象付けようとしたのではないか。そして、長谷川由美や子供を殺したことを、強要されて仕方なく殺したと思わせようとしたのではないか。

犯行に使用した包丁を、琴乃が処分しなかったことも妙だった。琴乃を信じるならば、父親に罪を被せてしまった罪悪感と、助けたいという気持ちから捨てられずに持っていたと考えられる。凶器があれば、古内博文の無実を証明することも可能だろう。

ただ、琴乃を疑うならば――。

凶器である包丁を古内博文に渡し忘れた琴乃は、犯行現場に戻るという危険は冒《おか》さず、父親の冤罪が証明されてしまった時のことを考え、今度は高虎を犯人に仕立て上げるための二段構えとして保存していたのではないか。高虎に無理やり殺害を強要されたと主張するため、包丁を保険として持っていたのではないか。今回のシナリオを描くためには、凶器を琴乃が捨てずに持っているのが望ましい。

法廷内には、両脇を刑務官に固められた琴乃がいた。顔は伏せ気味だが、落ち着いている様子だった。右眼が、世良を捉えている。その目に、世良は父である光蔵と同じ色を感じ取り、寒気を感じた。

なんとしてでも生き残ってやるという、執念を感じさせる瞳。

平成二十三年六月十日の事件当日。本当に、琴乃は高虎に命令されて、長谷川由美を刺したのだろうか。

高虎と長谷川由美は、詐欺仲間だったが、同時に愛人関係でもあったことが分かっている。その痴情のもつれの結果、長谷川由美は、詐欺をしていることを警察に話すと言い始めた可能性も考えられる。そして、高虎は長谷川由美を説得しようとし、顔面を一度殴打した。

高虎がおこなったことは、本当は、ここまでなのではないか。

現に高虎は、長谷川由美が警察に詐欺のことを言わないように脅しに行ったのは事実で、殺意も少しはあったが、結局は殺しておらず、二人の子供にも手を出していないと主張している。そして、三人を殺したのは、途中で現場にやってきた琴乃だと言い張り、子供の爪に残っていた皮膚片は、琴乃が殺そうとしているのを止めようとしたときに引っかかれたものだと供述していた。そして、琴乃から、この事件のことは誰にも話すなと釘《くぎ》を刺され、父親を身代わりにするから安心していいと言われて、先に現場を後にしたという。自分にも後ろめたさがあったことと、琴乃を敵に回すことの恐ろしさを知っていたので、このことは警察に話せなかったと語った。

よくできた創作。

そう解釈することもできたが、絶対にないとは言い切れないものがあった。そもそも、高虎からは、三人の人間を殺すほどの動機が見えてこなかった。長谷川由美に対する殺意はあっただろう。しかし、その殺意は、実行に移すほどのものだったのか。激昂《げっこう》し、我を失った状態での犯行。果たして、本当にそうなのだろうか。

高虎の言葉を信じるならば、高虎と長谷川由美に身体の関係があって、それに嫉妬した琴乃が凶行に及んだことになる。太股を刺した包丁を、えぐるように動かしているのは、恨みによるものだと解釈できる。子供を殺したのも、高虎と長谷川由美との間にできた子供かもしれないと琴乃が疑い出したために起こったことだと言っており、嫉妬による過剰な行動として、殺意に説明がつく。この場合、高虎に加え、琴乃にも殺意があったとして、刑法第六〇条の共同正犯とも考えられ、高虎と同じ殺人罪を負うことになるが、琴乃自身が犯行を否認しているし、この解釈は、今回の弁護方針として望ましくない。

世良は目を瞬かせる。

『夕月』の女将である綾子の、高虎が人を殺したと店内で語っていたという話は嘘だったことが判明しているので、高虎は自ら殺害したとは仄《ほの》めかしてはいない。事実は、綾子の夫が、〝矢野には近づくな〟という言葉を発し、十一月十日に道端で偶然高虎と大窪を見かけたことで、その時の話を綾子が思い出して、有馬に告げたのだ。

――矢野には近づくな。

綾子の夫が言ったとされる言葉が、引っかかる。

これは、矢野高虎のことを指しているのではなく、矢野琴乃のことを言っていたのではないか。

疑問が次々と浮かぶ。

琴乃によって脇腹を二度刺された高虎は、なんとか一命を取り留めた。そして、長谷川由美や二人の子供を殺したのは琴乃だと現時点でも言い張っており、争点の一つになりそうだった。

不思議だった。どうして琴乃は、高虎を二度刺したのか。春名を助けるためというよりも、高虎を殺すことが目的だったのではないか。

春名は頭を殴られて意識を失ったが、誰に殴られたのかは見えなかったらしい。

琴乃は、長谷川由美と、二人の子供を殺し、父親である古内博文に助けを求めた。

これは、父親が自分を助けると計算した上での行動と捉えることもできる。親が子を守るという本能的な部分に加え、幼い頃の暴力によって右眼を失明させたという弱みにつけ込み、犯行を引き受けてくれるはずだという打算があって、電話をしたと考えられなくもない。

長谷川由美を殺した時、琴乃は、自分の生活を守るために古内博文を犠牲にした。今回は、高虎を刺すことで、自分の犯行を隠そうとした。

世良の中で、琴乃という人物が、どんどんと恐ろしい形になっていった。自分の利益に忠実で、そのための手段を選ばない人間。

――あいつは、自分を守るためなら、なんでも利用する。

『夕月』の綾子が、夫から聞いたという言葉。これはやはり、琴乃のことを指して言ったのではないか。

胸中をかすめる、さまざまな可能性を振り払い、一点に集中した。

検察側は、古内博文に全責任を負わせようとし、現実に死刑判決が下された。それが、検察側の事件の解釈だ。ならば、弁護側の自分の解釈は、古内博文を無罪にすることなのだ。

真実は重要ではない。正義なんて曖昧な定義も必要ではない。

重視するべきは、自分のエゴだ。

この裁判に勝つ。死刑囚の冤罪を明らかにすれば、弁護士としての株が上がる。そのために、一番都合のいい解釈をする。それは同時に、裁判員を味方につけやすく、リアリティがあり、裁判に勝つことのできるものなのだ。その解釈は、琴乃をも犯人とする、刑法第六〇条の共同正犯ではない。裁判官や裁判員を味方につけるための戦略は、すでに定まっている。

「娘である琴乃さんの片目を失明させてしまった過去のある古内さんは、罪悪感と愛情から、琴乃さんを必死で守ろうとして、犯人であると嘘をつきました。しかし、殺害に一切関与していませんし、娘の琴乃さんも、矢野高虎によって殺害を強要された被害者なのです」

法廷内にいる古内博文、矢野琴乃、矢野高虎を見てから、大きく息を吸う。二人を救うため、世良は、一人を刑場に送り込むのだ。

「私はこの裁判で、被告人の無実はもちろん、実質的に、琴乃さんの無実を証明し、真犯人を暴き出します」

その言葉を発して境界線を飛び越えた瞬間、迷いはなくなった。

○主な参考文献

『冤罪と裁判』今村核著（講談社現代新書）
『冤罪はこうして作られる』小田中聰樹著（講談社現代新書）
『絶望の裁判所』瀬木比呂志著（講談社現代新書）
『ドキュメント死刑囚』篠田博之著（ちくま新書）
『無罪請負人　刑事弁護とは何か？』弘中惇一郎著（角川ｏｎｅテーマ21）
『死刑はこうして執行される』村野薫著（講談社文庫）
『元刑務官が明かす　死刑のすべて』坂本敏夫著（文春文庫）
『国策捜査　暴走する特捜検察と餌食にされた人たち』青木理著（角川文庫）
『裁判員法廷』芦辺拓著（文春文庫）
『ゆれる死刑　アメリカと日本』小倉孝保著（岩波書店）
『検察捜査』中嶋博行著（講談社文庫）
『黙秘　裁判員裁判』小杉健治著（集英社文庫）
『冤罪死刑』緒川怜著（講談社）
『死刑　究極の罰の真実』読売新聞社会部（中公文庫）
『検事失格』市川寛著（毎日新聞社）

『教誨師』堀川惠子著（講談社）
『刑事訴訟法講義　第6版』渡辺咲子著（不磨書房）

※この他、多くの書籍、インターネットホームページを参考にさせていただきました。

参考資料の主旨と本書の内容は、まったく別のものです。

謝辞

本書の執筆にあたり、弁護士の北尾昌宏氏、福本明氏、福井信彦氏に丁寧なご指摘、多大なご協力を賜りました。ここに、心より感謝の意を表します。

石川智健

二〇一五年九月三十日

解説

池上冬樹（文芸評論家）

石川智健《いしかわともたけ》といえばアイデアが独創的な作家というイメージがある。『エウレカの確率　経済学捜査員　伏見真守《ふしみまもる》』『エウレカの確率　よくわかる殺人経済学入門』（『エウレカの確率　経済学捜査員とナッシュ均衡の殺人』改題）、『エウレカの確率　経済学捜査員VS.談合捜査』などの「エウレカの確率」ものは、経済学捜査員・伏見真守を主人公にした連作で、行動経済学を犯罪捜査に応用しているし、『もみ消しはスピーディーに』は警察内部の不祥事を委託をうけた民間会社がもみ消していくというストーリーで、いったいどこからそんな発想が生まれるのかと思ってしまう。

本書『60　誤判対策室』（『60　t《トウルー》　と　f《フォルス》　の境界線』改題）は法廷サスペンスであるが、これまたアイデアに富む。誤判対策室という架空の組織を中心にすえて、新たなリーガル・スリラーを作り上げた。石川智健なので実に読みやすいけれど、今回のテーマは重く、社会派ミステリの力作といってよい。

死刑が確定した死刑囚が、拘置所で無罪を訴え続けている場合に、事件を再調査する組織が生まれた。それが誤判対策室だ。刑事と弁護士と検察官で構成され、多角的に事件を検証して、冤罪の可能性を探る。メンバーは四ヵ月後に定年を迎える刑事・有馬英治《ありまえいじ》、若手弁護士の世良章一《せらしょういち》、女性検事・春名美鈴《はるなみすず》の三人。発足当時は画期的な試みとして世間とマスコミに注目されたが、半年経った今ではほとんど関心をもたれていなかった。

そんなおり、有馬は小料理屋の女将《おかみ》から、二人組の客が殺人の犯行を仄《ほの》めかしていたことを聞く。冤罪事件を疑い、母親とその子供二人を殺害した罪で、古内博文《ふるうちひろふみ》という男の死刑が確定していることをつきとめる。有馬は起訴状を読み、違和感を覚える。

そこで、誤判対策室の会議室にこもり、春名が用意してくれた取調べの録画データを見る。検察官による裁判員裁判の対象となる凶悪事件の取調べは、二〇〇六年以降、録画する試みが始まっていて、古内のデータもあった。

有馬は録画を見て、違和感が確信に変わった。古内は冤罪ではないのか。古内は犯行を自供し、罪を認めているが、凶器についてはすぐに答えられなかった。凶器の存在がすっぽりと抜け落ちているとしか思えない。しかも犯行にも納得がいかない。犯行の発覚を恐れて、母親を殺すのは理解できるが、二人の幼い子供を殺した動機に取ってつけたような印象があった。長年刑事をやっていると普通の人間の感覚では推《お》し量れない価値観の人間に出会うが、古内にはその特殊性が感じられなかった。

三人は冤罪につながる証拠を求めていくが、調べれば調べるほど逆に古内の犯罪の可能性が強まってくる。犯人しか知りえない被害者に加えられた犯行の細部を、どうして古内は知っているのか。誤判対策室として一度も成果をだしていないために、逆に焦りが生まれる。

死刑囚をめぐり、関係者たちが奔走《ほんそう》するダイナミックな物語である。誤判対策室という設定が生きているし、さらにこの手の冤罪追及の場合、死刑囚が無実であることを訴えるのが常道なのに、古内は自分が真犯人であることを強硬に主張するのも興味をそそる。一体三人はどこから突き崩し、冤罪を証明するのか。

まず印象深いのは、誤判対策室の三人の人物像だ。刑事の有馬は警視庁捜査一課に配属されてから十二年、このまま定年を迎えるはずが、突然出向を命じられた。だが、ほっとする部分もあった。ある事件の挫折から捜査一課では使い物にならないと感じていたし、罪悪感と贖罪《しょくざい》の意識を強く抱いてもいた。

弁護士の世良は、眉目《びもく》秀麗で頭脳明晰で人当たりもいい。高校生の頃に漫画家をめざしたこともあり、似顔絵を描くのが得意。長じて刑事になりたかったが、弁護士に落ち着いた。しかし世良の親はもっと別の道を選ばせようとしていて（中盤で世良の出自がわかる）、そのためにも成果をあげたかった。

検事の春名もまた状況を変えたかった。誤判対策室への異動は明らかに左遷《させん》人事だった。起訴した被告人が続けて三件とも無罪判決となり、有罪率が九十九・九パーセントを誇る日本の検察では屈辱的。能力の問題ではなく、不運が災いしたのだが、「すべてを見通せないお前が馬鹿なんだ」と上司にいわれて返す言葉がなかった。

このように三者三様、それぞれ問題を抱えていて、物語が進むにつれてその内実が少しずつ明らかになっていく。メインともいうべき冤罪か否かの追及もさることながら、この三人の脇筋、とくに有馬の抱える問題が大きな比重をしめるようになる。

本書のテーマは、冤罪であるが、同時に繰り返し語られるのは、日本における死刑制度の現状認識だろう。死刑判決が出されても死刑が執行されることは少ない。死刑囚がたくさん増えているのだ。歴代の法務大臣が死刑執行の署名を敬遠していることもあるが、そこに冤罪の可能性がついてまわるからでもある。本書によると刑罰には「特別予防」と「一般予防」があり、死刑制度は後者であり、死刑がのぞまれると関係者の一人が述べるくだりがあるけれど、本書はかならずしも死刑制度を支持するものではなく、むしろ制度の危うさをテーマにしているといっていい。そもそも「誤判対策室」発足の裏には秘められた意図があり、やがてそれを三人は知って衝撃を受けることになる。

本書『60　誤判対策室』はＷＯＷＯＷでテレビドラマ化されるが（後述）、そのドラマ化にむけて、作者の石川智健がＷＯＷＯＷのホームページに次のような文章を寄せている。「『60』という作品は、膨大な文献を調べるだけではなく、実際に再審開始が決定された死刑囚の方の講演会に参加し、半端なものにはできないと決意して書き進めたものです。／刑事・検事・弁護士それぞれが持つ正義や矛盾。裁判という限定的な世界で判断せざるを得ない真実と偽りの曖昧《あいまい》さを描きました。作中に描かれた番狂わせが映像になったらどうなるのか、今から楽しみでなりません」

本書を読めば〝膨大な文献〟を読み込んでいることがわかるだろう。警察小説であまり語られることのない「取調べ小票《こひょう》」（容疑者や関係者の、その時々の証言の変遷《へんせん》を書き留めたもの）、法廷ものでも近年取り沙汰されるようになってきた「証拠開示問題」（検察官が選ばなかった証拠の存在）など〝真実と偽りの曖昧さ〟を充分に描きこんでいるし、死刑制度へのある種の挑戦ともいえる〝番狂わせ〟などは、ミステリファンからみても無謀であるけれど、意表をつく展開で実に面白い。

そう、この番狂わせ、実は第五章で提示されるのだが、おそらく誰もが〝おいおい、そんなことをするの？〟と驚くのではないかと思う。アイデアに富む石川智健ならではの展開である。僕は単行本刊行時に、「スピーディーでひねりのきいた法廷ミステリ。畳みかけるラスト2章が特に面白い。」という賛辞を帯に寄せたのだが、その大胆な行動が逆に痛快さにつながり、物語の大きな駆動力となるからである。心地よい昂奮を覚えさせながら、加速度を増して結末へと向かうのだ。

とくにミステリ的には、エピローグの推理が読ませる。本書の単行本刊行時のタイトルは、『60　t《トウルー》と f《フォルス》の境界線』であるが、まさに真実《トウルー》と虚偽《フォルス》のあわいを突き詰めていくのである。犯人は本当にAなのか、ひょっとしたらAではなくてBなのではないかと、推理をめぐらせて事件の真相に迫っていく。ときに証拠を元にして推理していく過程が何ともスリリングで、このエピローグだけでも百頁前後の物語に仕立てることも可能だろう。それほどネタが詰まっている。それをあえて短めのエピローグにして、きりりと仕上げたところに、石川智健の作家としての節度と洗練がある。

前述したように、本書『60　誤判対策室』は二〇一八年WOWOWでドラマ化され、五月から放送される。刑事有馬を演じるのはベテランの舘《たち》ひろし、世良役は若手で注目株の古川雄輝《ふるかわゆうき》、春名役は実力派女優の星野真里《ほしのまり》で、監督は『海炭市叙景《かいたんしじょけい》』『私の男』『武曲 MUKOKU』などの話題作を撮った熊切和嘉《くまきりかずよし》である。

その熊切監督は、WOWOWのホームページに次のような文章を寄せている。「シドニー・ルメット監督の刑事物や法廷ものが好きで、いつかそういう渋い方向に挑戦したいと思っていたので、今回の作品はその両方の要素があることにとても興奮しました。厚みのあるミステリーをしっかりと、説得力を持って物語りたいです」。シドニー・ルメット監督の刑事ものといえば『セルピコ』『Q&A』、法廷ものといえば法廷劇の古典といっていい『十二人の怒れる男』、そしてポール・ニューマンの渋さが際立つ『評決』だろうか。いずれも厚みのあるミステリであり、とくに『評決』などは男女の屈折した思いが交錯するラストシーンが忘れがたい（あの鳴りつづける電話のベルをやりすごす苦悩にみちた場面がいい）。それとは全く趣《おもむき》が異なるけれど、第五章最後に男女のやりとりがあり（ただし恋愛関係ではない男女の対峙があり）、読者に何ともやるせなさを覚えさせる。いったいどんな風にドラマ化されるのか期待したいものだし、できればこの機会に、「誤判対策室」ものをシリーズ化して、早く第二弾を読ませてほしいものだ。

本書は二〇一五年十月、小社より刊行された『60 t《トウルー》とf《フォルス》の境界線』を文庫化にあたり改題し、加筆・修正しました。

|著者|石川智健　1985年神奈川県生まれ。26歳で作家デビュー。『エウレカの確率　経済学捜査員 伏見真守』は、経済学を絡めた斬新な警察小説として人気を博し、シリーズ最新作『エウレカの確率　経済学捜査員VS.談合捜査』も好評を得る。その他の著書に『もみ消しはスピーディーに』『法廷外弁護士・相楽圭　はじまりはモヒートで』『小鳥冬馬の心像』『ため息に溺れる』など。現在は医療系企業に勤めながら、執筆活動に励む。

60《ロクジユウ》　誤判対策室《ごはんたいさくしつ》

石川智健《いしかわともたけ》

講談社文庫

定価はカバーに
表示してあります

2018年３月15日第１刷発行

発行者――渡瀬昌彦
発行所――株式会社　講談社
東京都文京区音羽2-12-21　〒112-8001
電話　出版（03）5395-3510
　　　販売（03）5395-5817
　　　業務（03）5395-3615

Printed in Japan

デザイン―菊地信義
本文データ制作―講談社デジタル製作
印刷―――豊国印刷株式会社
製本―――株式会社国宝社

ISBN978-4-06-293875-4

講談社文庫刊行の辞

二十一世紀の到来を目睫に望みながら、われわれはいま、人類史上かつて例を見ない巨大な転換期をむかえようとしている。

世界も、日本も、激動の予兆に対する期待とおののきを内に蔵して、未知の時代に歩み入ろうとしている。このときにあたり、創業の人野間清治の「ナショナル・エデュケイター」への志を現代に甦らせようと意図して、われわれはここに古今の文芸作品はいうまでもなく、ひろく人文・社会・自然の諸科学から東西の名著を網羅する、新しい綜合文庫の発刊を決意した。

激動の転換期はまた断絶の時代である。われわれは戦後二十五年間の出版文化のありかたへの深い反省をこめて、この断絶の時代にあえて人間的な持続を求めようとする。いたずらに浮薄な商業主義のあだ花を追い求めることなく、長期にわたって良書に生命をあたえようとつとめるところにしか、今後の出版文化の真の繁栄はあり得ないと信じるからである。

同時にわれわれはこの綜合文庫の刊行を通じて、人文・社会・自然の諸科学が、結局人間の学にほかならないことを立証しようと願っている。かつて知識とは、「汝自身を知る」ことにつきていた。現代社会の瑣末な情報の氾濫のなかから、力強い知識の源泉を掘り起し、技術文明のただなかに、生きた人間の姿を復活させること。それこそわれわれの切なる希求である。

われわれは権威に盲従せず、俗流に媚びることなく、渾然一体となって日本の「草の根」をかたちづくる若く新しい世代の人々に、心をこめてこの新しい綜合文庫をおくり届けたい。それは知識の泉であるとともに感受性のふるさとであり、もっとも有機的に組織され、社会に開かれた万人のための大学をめざしている。大方の支援と協力を衷心より切望してやまない。

一九七一年七月

野間省一

講談社文庫 最新刊

松岡圭祐　黄砂の進撃
中国人の近代化の萌芽《ほうが》と、秘めたる強さの秘密とは？『黄砂の籠城』と対になる傑作！

内館牧子　終わった人
定年って生前葬だな。これからどうする？大反響を巻き起こした大ヒット「定年」小説。

海堂　尊　スリジエセンター1991
天才外科医は革命を起こせるか。衝撃と感動。「ブラックペアン」シリーズついに完結。

竹本健治　涙《るい》香《こう》迷《めい》宮《きゅう》
明治の傑物黒岩涙香が残した最高難度の暗号に挑むのはIQ208の天才囲碁棋士牧場智久。

林　真理子　見城　徹　過剰な二人
最上のパートナーのつくり方がここにある！とてつもない人生バイブルが文庫で登場。

石川智健　60《ロクジュウ》〈誤判対策室〉
老刑事・女性検事・若手弁護士の3人チームが、冤罪事件に挑む傑作法廷ミステリー！

花房観音　恋　塚
夫を殺してくれと切望する不倫相手に易々と籠絡《ろうらく》される男。文芸官能の極致を示す6編。

決戦！シリーズ　決戦！本能寺
大好評「決戦！」シリーズの文庫化第3弾。その日は戦国時代でいちばん長い夜だった！

高田崇史　神の時空《とき》　三輪《みわ》の山祇《やまつみ》
三輪山を祀《まつ》る大神《おおみわ》神社。ここには、どんな怨霊が。そして、怨霊の覚醒は阻止できるのか？

講談社文庫 最新刊

藤沢周平
闇の梯子
木版画の彫師・清次、気がかりな身内の事情とは。表題作他計5編を収録した時代小説集。

室積 光
ツボ押しの達人 下山編
達人が伝説になるまで。生けるツボ押しマスターの強さに迫る、人気シリーズ第2弾！

姉小路 祐
緘《かん》殺《さつ》のファイル
〈監察特任刑事《デカ》〉
先端技術盗用を目論むスパイの影と誤認捜査問題。中途刑事絶体絶命！〈文庫書下ろし〉

小路幸也
原作・脚本 山田洋次
脚本 平松恵美子
妻よ薔薇のように
〈家族はつらいよIII〉
夫にキレた妻の反乱。「家族崩壊」の危機を描いた喜劇映画を小説化。〈文庫書下ろし〉

三津田信三
誰かの家
何気ない日常の変容から悍《おぞ》ましの恐怖と怪異の底なし沼が口を開ける。ホラー短篇小説集。

リー・チャイルド
小林宏明 訳
パーソナル（上）（下）
仏大統領を凶弾が襲った。ジャック・リーチャーは真犯人を追って、パリ、ロンドンへ！

横関 大
スマイルメイカー
家出少年、被疑者、バツイチ弁護士がタクシーで交錯する……驚愕ラストの傑作ミステリ。

朝倉宏景
つよく結べ、ポニーテール
大切な人との約束を守るため、真琴《まこと》は強豪野球部へ。ひたむきな想いが胸を打つ青春小説！

高橋克彦
風の陣 三 天命篇
女帝をたぶらかし、権力を握る怪僧・道鏡。その飽くなき欲望を、嶋足《しまたり》は阻止できるか？

講談社文芸文庫

石牟礼道子
西南役伝説
解説=赤坂憲雄　年譜=渡辺京二
西南戦争の戦場となった九州中南部で当時の噂や風説を知る古老の声に耳を傾け、庶民のしたたかな眼差しとこの国の「根」の在処を探った、石牟礼文学の代表作。
978-4-06-290371-4
いR2

モーム　行方昭夫　訳
報いられたもの／働き手
解説=行方昭夫　年譜=行方昭夫
初演時〝世界に誇りうる英国演劇の傑作〟と評された「報いられたもの」と、最後の喜劇「働き手」。〝自らの魂の満足のため〟に書いた、円熟期モームの名作戯曲。
978-4-06-290370-7
モB2

群像編集部・編
群像短篇名作選　1946～1969
敗戦直後に創刊された文芸誌『群像』。その歩みは、「戦後文学」の軌跡にほかならない。七十年余を彩った傑作を三分冊に。第一弾は復興から高度成長期まで。
978-4-06-290372-1
ぐK1

内田康夫　「横山大観」殺人事件
内田康夫　江田島殺人事件
内田康夫　琵琶湖周航殺人歌
内田康夫　夏泊殺人岬
内田康夫　「信濃の国」殺人事件
内田康夫　鐘
内田康夫　風葬の城
内田康夫　透明な遺書
内田康夫　鞆《とも》の浦《うら》殺人事件
内田康夫　箱庭
内田康夫　終幕《フィナーレ》のない殺人
内田康夫　御堂筋殺人事件
内田康夫　記憶の中の殺人
内田康夫　北国街道殺人事件
内田康夫　蜃気楼
内田康夫　「紅藍《くれない》の女《ひと》」殺人事件
内田康夫　「紫《むらさき》の女《ひと》」殺人事件
内田康夫　藍色回廊殺人事件
内田康夫　明日香の皇子

内田康夫　伊香保殺人事件
内田康夫　不《し》知《ら》火《ぬい》海《かい》
内田康夫　華の下にて
内田康夫　博多殺人事件
内田康夫　中央構造帯(上)(下)
内田康夫　黄金の石橋
内田康夫　金沢殺人事件
内田康夫　朝日殺人事件
内田康夫　湯布院殺人事件
内田康夫　釧路湿原殺人事件
内田康夫　貴賓室の怪人〈「飛鳥」編〉
内田康夫　イタリア幻想曲　貴賓室の怪人2
内田康夫　靖国への帰還
内田康夫　若狭殺人事件
内田康夫　化生の海
内田康夫　日光殺人事件
内田康夫　不等辺三角形
内田康夫　ぼくが探偵だった夏
内田康夫　怪談の道

内田康夫　逃げろ光彦〈内田康夫と5人の女たち〉
内田康夫　皇女の霊柩
内田康夫　悪魔の種子
内田康夫　戸隠伝説殺人事件
内田康夫　歌わない笛
内田康夫　新装版　死者の木霊
内田康夫　新装版　漂泊の楽人
内田康夫　新装版　平城山《ならやま》を越えた女
歌野晶午　死体を買う男
歌野晶午　安達ヶ原の鬼密室
歌野晶午　新装版　長い家の殺人
歌野晶午　新装版　白い家の殺人
歌野晶午　新装版　動く家の殺人
歌野晶午　密室殺人ゲーム王手飛車取り
歌野晶午　新装版　ROMMY　越境者の夢
歌野晶午　増補版　放浪探偵と七つの殺人
歌野晶午　新装版　正月十一日、鏡殺し
歌野晶午　密室殺人ゲーム2.0
歌野晶午　密室殺人ゲーム・マニアックス

講談社文庫　目録

大江健三郎　河馬に噛まれる
大江健三郎　M/Tと森のフシギの物語
大江健三郎　キルプの軍団
大江健三郎　治療塔
大江健三郎　治療塔惑星
大江健三郎　さようなら、私の本よ！
大江健三郎　水死
大江健三郎　晩年様式集《イン・レイト・スタイル》
小田実　何でも見てやろう
沖守弘　マザー・テレサ〈あふれる愛〉
岡嶋二人　あした天気にしておくれ
岡嶋二人　開けっぱなしの密室
岡嶋二人　ちょっと探偵してみませんか
岡嶋二人　そして扉が閉ざされた
岡嶋二人　どんなに上手に隠れても
岡嶋二人　タイトルマッチ
岡嶋二人　解決まではあと6人〈5W1H殺人事件〉
岡嶋二人　眠れぬ夜の殺人
岡嶋二人　七日間の身代金

岡嶋二人　コンピュータの熱い罠《わな》
岡嶋二人　殺人！ザ・東京ドーム
岡嶋二人　99％の誘拐
岡嶋二人　クラインの壺
岡嶋二人　増補版　三度目ならばABC
岡嶋二人　ダブル・プロット
岡嶋二人　新装版　焦茶色のパステル
岡嶋二人　チョコレートゲーム　新装版
太田蘭三　殺《さっ》・風《ぷう》・景《けい》〈警視庁北多摩署特捜本部〉
太田蘭三　殺人理想郷〈警視庁北多摩署特捜本部〉
太田蘭三　虫も殺さぬ〈警視庁北多摩署特捜本部〉
太田蘭三　口唇紋〈警視庁北多摩署特捜本部〉
大前研一　企業参謀　正・続
大前研一　やりたいことは全部やれ！
大前研一　考える技術
大沢在昌　野獣駆けろ
大沢在昌　死ぬより簡単
大沢在昌　相続人TOMOKO
大沢在昌　ウォームハート　コールドボディ

大沢在昌　アルバイト探偵《アイ》
大沢在昌　調毒師を捜せ　アルバイト探偵《アイ》
大沢在昌　女王陛下のアルバイト探偵《アイ》
大沢在昌　不思議の国のアルバイト探偵《アイ》
大沢在昌　拷問遊園地　アルバイト探偵《アイ》
大沢在昌　帰ってきたアルバイト探偵《アイ》
大沢在昌　雪蛍
大沢在昌　ザ・ジョーカー
大沢在昌　亡命者〈ザ・ジョーカー〉
大沢在昌　夢の島
大沢在昌　新装版　氷の森
大沢在昌　暗黒旅人
大沢在昌　新装版　走らなあかん、夜明けまで
大沢在昌　新装版　涙はふくな、凍るまで
大沢在昌　語りつづけろ、届くまで
大沢在昌　罪深き海辺(上)(下)
大沢在昌　やぶへび
大沢在昌　海と月の迷路(上)(下)
大沢在昌　C・ドイル原作　バスカビル家の犬

逢坂　剛　コルドバの女豹
逢坂　剛　十字路に立つ女
逢坂　剛　イベリアの雷鳴
逢坂　剛　重《じゅう》蔵《ぞう》始《し》末《まつ》
逢坂　剛　じぶくり伝兵衛〈重蔵始末(二)〉
逢坂　剛　猿曳遁兵衛〈重蔵始末(三)〉
逢坂　剛　嫁盗み〈重蔵始末(四)長崎篇〉
逢坂　剛　陰の声〈重蔵始末(五)長崎篇〉
逢坂　剛　北門の狼〈重蔵始末(六)蝦夷篇〉
逢坂　剛　逆浪《げきろう》果つるところ〈重蔵始末(七)蝦夷篇〉
逢坂　剛　遠ざかる祖国(上)(下)
逢坂　剛　牙をむく都会(上)(下)
逢坂　剛　燃える蜃気楼(上)(下)
逢坂　剛　新装版 カディスの赤い星(上)(下)
逢坂　剛　暗い国境線(上)(下)
逢坂　剛　鎖《とざ》された海峡
逢坂　剛　暗殺者の森(上)(下)
逢坂　剛　さらばスペインの日日(上)(下)
オノ・ヨーコ 飯村隆彦編　ただの私《あたし》

オノ・ヨーコ 南風椎訳　グレープフルーツ・ジュース
折原　一　倒錯のロンド
折原　一　倒錯の死角〈201号室の女〉
折原　一　倒錯の帰結
折原　一　タイムカプセル
折原　一　クラスルーム
折原　一　帝王、死すべし
小川洋子　密やかな結晶
小川洋子　ブラフマンの埋葬
小川洋子　最果てアーケード
小野不由美　月の影 影の海(上)(下)〈十二国記〉
小野不由美　風の海 迷宮の岸〈十二国記〉
小野不由美　東の海神《わだつみ》 西の滄海〈十二国記〉
小野不由美　風の万里 黎明の空(上)(下)〈十二国記〉
小野不由美　図南の翼〈十二国記〉
小野不由美　黄昏の岸 暁の天〈十二国記〉
小野不由美　華《か》胥《しょ》の幽夢《ゆめ》〈十二国記〉
乙川優三郎　霧の橋
乙川優三郎　喜知次

乙川優三郎　屋烏《おくう》
乙川優三郎　蔓の端々
乙川優三郎　夜の小紋
恩田　陸　三月は深き紅の淵を
恩田　陸　麦の海に沈む果実
恩田　陸　黒と茶の幻想(上)(下)
恩田　陸　黄昏の百合の骨
恩田　陸　『恐怖の報酬』日記〈酩酊混乱紀行〉
恩田　陸　きのうの世界(上)(下)
奥田英朗　新装版 ウランバーナの森
奥田英朗　最悪
奥田英朗　邪魔(上)(下)
奥田英朗　マドンナ
奥田英朗　ガール
奥田英朗　サウスバウンド
奥田英朗　オリンピックの身代金(上)(下)
乙武洋匡　五体不満足〈完全版〉
乙武洋匡　だから、僕は学校へ行く!
乙武洋匡　だいじょうぶ3組

講談社文庫　目録

大崎善生　聖《さとし》の青春
大崎善生　将棋の子
大崎善生　ユーラシアの双子(上)(下)
小川恭一　江戸の旗本事典〈歴史・時代小説ファン必携〉
奥野修司　放射能に抗う〈福島の農業再生に懸ける男たち〉
奥野修司／徳山大樹　怖い中国食品、不気味なアメリカ食品
奥泉　光　プラトン学園
奥泉　光　シューマンの指
大葉ナナコ　怖くない育児〈出産で変わること、変わらないこと〉
岡田斗司夫　東大オタク学講座
小澤征良　蒼いみち
大村あつし　エブリ リトル シング〈クワガタと少年〉
折原みと　制服のころ、君に恋した。
折原みと　時《とき》の輝き
折原みと　天国の郵便ポスト
折原みと　おひとりさま、犬をかう
面高直子　ヨシアキは戦争で生まれ戦争で死んだ
岡田芳郎　世界一の映画館と日本一のフランス料理店を山形県酒田につくった男はなぜ忘れ去られたのか
大城立裕　小説　琉球処分(上)(下)

大城立裕　対馬丸
太田尚樹　満州裏史〈甘粕正彦と岸信介が背負ったもの〉
大島真寿美　ふじこさん
大泉康雄　あさま山荘銃撃戦の深層(上)(下)
大山淳子　猫弁〈天才百瀬とやっかいな依頼人たち〉
大山淳子　猫弁と透明人間
大山淳子　猫弁と指輪物語
大山淳子　猫弁と少女探偵
大山淳子　猫弁と魔女裁判
大山淳子　雪猫
大山淳子　イーヨくんの結婚生活
大山淳子　光二郎分解日記〈相棒は浪人生〉
大倉崇裕　小鳥を愛した容疑者
大倉崇裕　蜂に魅《ひ》かれた容疑者〈警視庁いきもの係〉
大倉崇裕　ペンギンを愛した容疑者〈警視庁いきもの係〉
大鹿靖明　メルトダウン〈ドキュメント福島第一原発事故〉
大野更紗／開沼　博　1984フクシマに生まれて
緒川　怜　冤罪死刑
荻原　浩　砂の王国(上)(下)

荻原　浩　家族写真
小野展克　JAL虚構の再生
小野正嗣　獅子渡り鼻
大友信彦　釜石の夢〈被災地でワールドカップを〉
乙　一　銃とチョコレート
織守《おりがみ》きょうや　霊感検定
織守きょうや　霊感検定〈心霊アイドルの憂鬱〉
織守きょうや　霊感検定〈春にして君を離れ〉
尾木直樹　尾木ママの「思春期の子」ともと向き合うすごいコツ
岡本哲志《さとし》　銀座を歩く〈四百年の歴史体験〉
クァク・ジェヨン原案／鬼塚　忠著　風の色
小野正嗣　九年前の祈り
海音寺潮五郎　新装版　江戸城大奥列伝
海音寺潮五郎　新装版　孫子(上)(下)
海音寺潮五郎　新装版　赤穂義士
海音寺潮五郎　列藩騒動録(上)(下)〈レジェンド歴史時代小説〉
加賀乙彦　新装版　高山右近
加賀乙彦　ザビエルとその弟子
柏葉幸子　ミラクル・ファミリー

勝目 梓 小説家
勝目 梓 死《しに》支《じ》度《たく》
勝目 梓 ある殺人者の回想
鎌田 慧 新装増補版 自動車絶望工場
鎌田 慧 橋の上の「殺意」〈畠山鈴香はどう裁かれたか〉
鎌田 慧 残夢〈大逆事件を生き抜いた坂本清馬の生涯〉
桂 米朝 米朝ばなし〈上方落語地図〉
笠井 潔 梟《ふくろう》の巨《おおい》なる黄昏《たそがれ》
笠井 潔 青銅の悲劇(上)(下)〈瀕死の王〉
川田弥一郎 白く長い廊下
神崎京介 女薫の旅
神崎京介 女薫の旅 灼熱つづく
神崎京介 女薫の旅 激情たぎる
神崎京介 女薫の旅 奔流あふれ
神崎京介 女薫の旅 陶酔めぐる
神崎京介 女薫の旅 衝動はぜて
神崎京介 女薫の旅 放心とろり
神崎京介 女薫の旅 感涙はてる
神崎京介 女薫の旅 耽溺《たんでき》まみれ

神崎京介 女薫の旅 誘惑おって
神崎京介 女薫の旅 秘に触れ
神崎京介 女薫の旅 禁の園へ
神崎京介 女薫の旅 色と艶と
神崎京介 女薫の旅 情の限り
神崎京介 女薫の旅 欲の極み
神崎京介 女薫の旅 愛と偽り
神崎京介 女薫の旅 今は深く
神崎京介 女薫の旅 青い乱れ
神崎京介 女薫の旅 奥に裏に
神崎京介 女薫の旅 空に立つ
神崎京介 女薫の旅 八月の秘密
神崎京介 女薫の旅 十八の偏愛
神崎京介 女薫の旅 大人篇
神崎京介 女薫の旅 背徳の純心
神崎京介 I LOVE
神崎京介 天国と楽園
神崎京介 新・花と蛇
神崎京介 美人と張形〈四つ目屋繁盛記〉

加納朋子 ガラスの麒麟
加納朋子 ぐるぐる猿と歌う鳥
かなざわいっせい ファイト!〈麗しの名馬、愛しの馬券〉
鴨志田 穣 遺稿集
角岡伸彦 被差別部落の青春
角田光代 まどろむ夜のUFO
角田光代 夜かかる虹
角田光代 恋するように旅をして
角田光代 エコノミカル・パレス
角田光代 ちいさな幸福〈All Small Things〉
角田光代 あしたはアルプスを歩こう
角田光代 庭の桜、隣の犬
角田光代 人生ベストテン
角田光代 ロック母
角田光代 彼女のこんだて帖
角田光代 ひそやかな花園
角田光代他 私らしくあの場所へ
川端裕人 せちやん〈星を聴く人〉
川端裕人 星と半月の海

講談社文庫　目録

2017年12月15日現在